ハヤカワ文庫NV

〈NV1539〉

ウィキッド・チャイルド

グレゴリー・マグワイア

市ノ瀬美麗訳

早川書房

9159

ELPHIE
A Wicked Childhood
by
Gregory Maguire

Translated by
Mirei Ichinose
First published 2025 in Japan by
HAYAKAWA PUBLISHING, INC.
This book is published in Japan by
arrangement with
WILLIAM MORROW,
an imprint of HARPERCOLLINS PUBLISHERS
through JAPAN UNI AGENCY, INC., TOKYO.

イディナ・メンゼルとシンシア・エリヴォに
そして過去と未来のすべてのエルファバたちに捧げる

本物を追い求めなさい――まず何が本物かを見極め、
そして心の底からそれを追い求めなさい。
空(から)っぽになるとは思えない空間であり、
残酷な瞬間が詰まったクローゼットである、その心で。
――『私自身へのアドバイス』ルイーズ・アードリック

もくじ

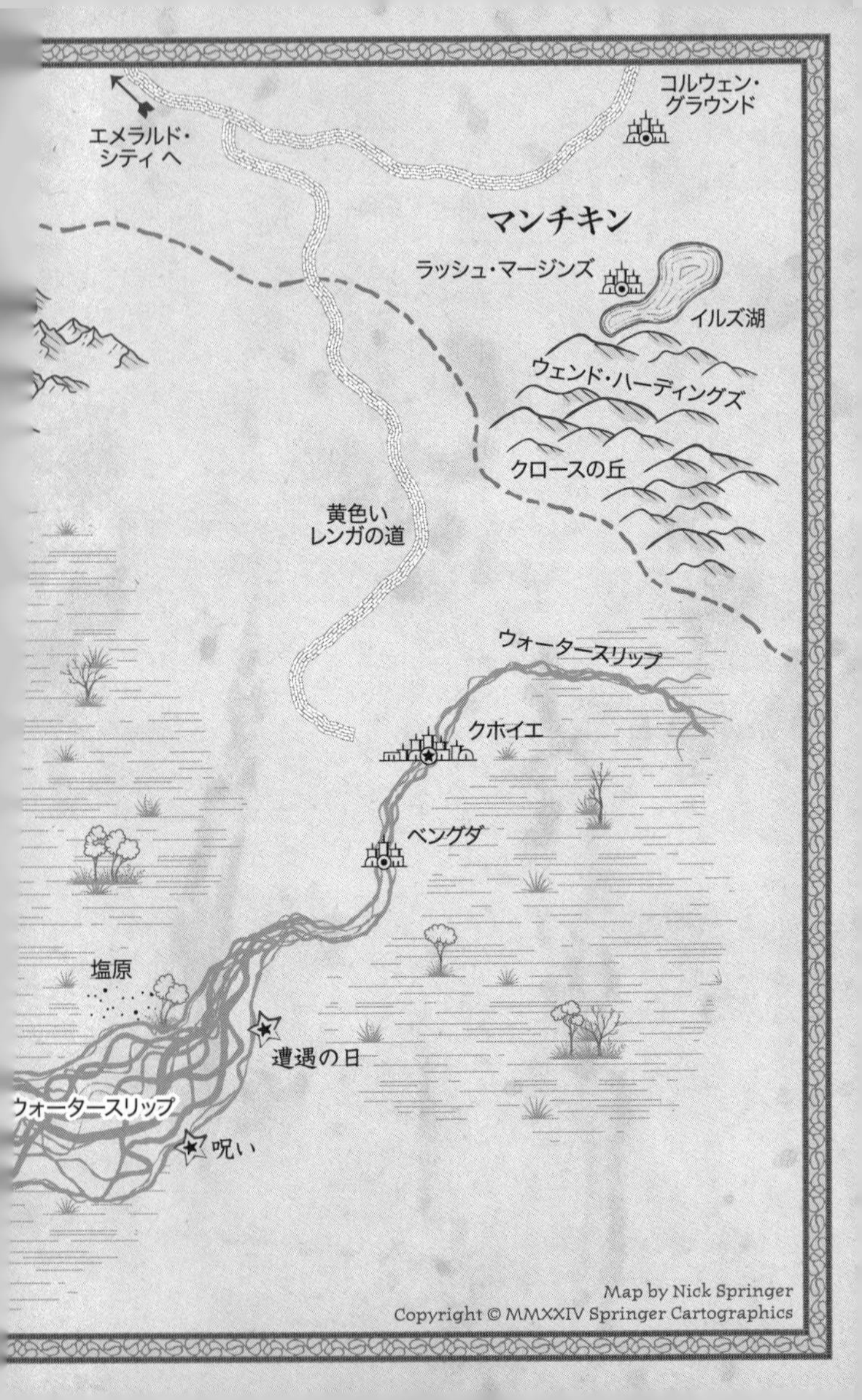
エメラルド・
シティ へ
コルウェン・
グラウンド
マンチキン
ラッシュ・マージンズ
イルズ湖
ウェンド・ハーディングズ
クロースの丘
黄色い
レンガの道
ウォータースリップ
クホイエ
ベングダ
塩原
遭遇の日
ウォータースリップ
呪い
Map by Nick Springer
Copyright © MMXXIV Springer Cartographics

大ケルズ山脈
ヴィンカス
カドリング・
ケルズ山脈
カドリング
ウォータースリップ
サマニ
オッベルズ
ベジタブル・パール
野菜真珠
巣立ち

登場人物

エルファバ（エルフィー）……………………緑色の肌をもつ少女
メリーナ……………………………………エルファバの母
フレクシスパー・トーグ
　　　　　　（フレックス）……エルファバの父。牧師
ネッサローズ（ネッサ）……………………エルファバの妹
シェルターゴッド（シェル）………………エルファバの弟
キャッテリー・スパンジ（ばあや）……家族の世話役
ブージー……………………………………料理人
オポロス……………………………………幽霊猿
タートル・ハート…………………………カドリング人のガラス吹き
ウンガー・ビークシ………………………服飾店店主
ネリ・ネリ
ロッロ・ロッロ｝…………………………〈コビトグマ〉
レイリ・レイラーニ（レイ）……………下宿の大家
ターピ………………………………………ガラス吹き職人の親方
パリーシ・トール…………………………オッベルズの青年
パリーシ・メンガール……………………トールのおじ。高官

ウィキッド・チャイルド

第一部　遭遇の日

1

戦いの雰囲気が漂っているが、空気は穏やかだ。腐りかけのジャスミンに、熟したザゼンソウ（スカンクキャベツ）。ススキの生えた沼地のカエルたち。上流のどこか見えないところから聞こえる、水牛の深い低音（バッソ・プロフォンド）の鳴き声。さらに遠くのほうからは、パラ、パララ、パラという音。雨ではなく、人間の手がアリゲーターの皮の太鼓をたたく音。文法を知らなければ、ランダムに聞こえる。後知恵のように訪れる夜明けに響く、単なるパララ、パララ。

家族の中にはこれに気づく者もいるが、ほとんどは気づいていない。父親は目を閉じ、指で数珠（じゅず）をまさぐりながら熱心に祈りを捧げている。母親は腰まで裸になって、毎日そうしているように水浴びをしている。流れる川の上には霧が停滞し、その霧の中で虫がキラリと光っては消える。

ふたりいる子供のうち年上のほうは、泥の上に直に敷かれた毛布の上でのんびりと過ごしている。赤ん坊ではないので、好きなときに歩きまわることができる。走ることを覚えていれば、走ることができる。年は三歳とちょっと、四歳かもしれない。十分な年齢だ。それでも、ほとんどの時間をただ座って、親指をしゃぶりながらあたりを見まわしている。両親の注意が自分に向いていないときはいつもそうしている。つまり、しょっちゅうということだ。世界を監視しているかのように見えるが、ただの子供らしい好奇心にすぎない。

他の子に比べて用心する子がいる。この女の子もそのひとりだ。エルフィー嬢ちゃん、とばあやは呼ぶ。エルフィー嬢ちゃん、そこから下りなさい。エルフィー嬢ちゃん、言葉に気をつけなさい。エルフィー嬢ちゃん、そこから指を出して――エルフィー。

緑豊かな世界にいる緑色の子。緑はこの子にとって、時間や重力や正義の概念と同じように、目に見えないのかもしれない。毛布の上に座っているただの子供。太陽が生み出す霞（かすみ）の中では、ガーゼ越しに見える傷口のよう。川のほうから、見えないカヌーのパドルを漕ぐ音が聞こえる。エルフィーの綿の遊び場を縁取るサテン生地の上で、二匹の虫が出会う。だが、種類が違うため、気づかずに通りすぎる。一匹は割ったばかりの竹の色で、もう一匹は濡羽色（ぬればいろ）。

母親、父親、子供、ばあや。そして、従者と案内人たち。

なぜかこの日はいつもの沼地とは違っていた。水の向こうから幼女の耳に叫び声が届く。人間の叫び声。驚いたような声。想像を絶する朝の事態に遭遇した人間の声。

父親は数珠を握る手に力をこめ、よりいっそうきつく目を閉じる。母親はショールで片方の乳房を隠す。片方だけ。危険な朝でも、何かを誘惑できるかもしれない。ばあやが来て、エルフィーの毛布の端にしゃがみこむ。エルフィーの手を探り、何も言わずに握りしめる。子供を安心させるためであり、自分を安心させるためでもあるが、エルフィーは他人を気遣うような人間ではない。

戦いの雰囲気が漂っている。エルフィーはかすかに感じ取っていたが、戦いが何なのかはまだ知らない。口から親指を出し、染みのついたなめらかな毛布で拭く。ばあやが言う。「あれはきっとナゲキバトですよ。そうでしょう？」嘘。平和の音はこんな音ではない。平和などというものがあればだが。エルフィーはばあやをちらりと見るが、自分の意見は胸に秘めておく。いや、それは少し言いすぎだろう。そのとき、エルフィーには胸に秘めておく意見などないのだから。ばあやは出来損ないなのだと、エルフィーはやがて知ることになる。

黒い虫は、毛布からほつれたピンク色の糸に興味を示していた。エルフィーはそれを眺める。「あらやだ、汚らしい」とばあやが言い、虫を弾き飛ばす。「この場所。それに虫、ども。メリーナ様、服を着てくださいまし。こんな奥地だって売春婦はごめんこうむりますよ」

実際にどんな会話が交わされたか、エルフィーは覚えていない。家族の言い伝えによると、エルフィーは言葉の習得が遅い。だが、他のどんな道具で、すべての始まりをとらえればいいのだろう？　言葉。言葉しかない。それと、邪悪(ウィキッド)な世界の輝かしい冒険。

2

歯について。今でも、エルフィーはヘビの歯を持って生まれたのだと噂(うわさ)する者がいる。もしそうなら、そのせいで母親はこのカドリングでの伝道にばあやを無理やり連れてきたのかもしれない。自分がエルフィーにしたように、生まれたばかりの赤ん坊に乳をやるために。誰かがやらねばならない。もっとも、年下の子の歯茎はやわらかく、ピンクで、普通だし、生えてきた乳歯は標準的なかわいらしい形なのだが。

メリーナは昔から自分の資産に価値を置いていた。特に、個人の魅力しか残っていない今はなおさらだ。数着の上質なドレスと、ぽっちゃりした体つきは、場合によっては社会関係資本を表す――例えば、故郷のマンチキンのコルウェン・グラウンド界隈では。ああ、言いたいことはわかる。メリーナはこの四年以上、家族の監視から逃れてきた。しかしどうやら、すでに身についた影響からは逃げきれなかったらしい。態度、身のこなし。血筋の誇り。今では、残されたものといえば形のいい胸くらい。少なくとも、暗い気持ちになるときはそう考えている。

エルフィーは、意地悪な微笑みの中にギザギザしたやっとこを宿していたことを覚えていない。不自然なほど早く生えてきた永久歯は、人並みの形をしていた。乳歯がぐらぐらしていたときに自分で抜いたことも覚えていない（おそらく、誰もエルフィーの口の中に手を入れる危険を冒したくなかったのだろう）。

ばあやはいつも言っている。「赤ちゃんにキスしちゃいけませんよ、エルフィー嬢ちゃん。怖がらせてしまいますからね」そう、赤ちゃん。おくるみに包まれた赤ん坊、コケヤシの枝に吊るされたスリングの中の赤ん坊。もうじき二歳になるが、成長は遅い。もっと年端のいかない子供のように、小さく、動かない。蚊帳の下にいる、かわいらしい静かな塊。「ジャガーはコケヤシの実の香りが嫌いですからね、ここなら安全ですよ。猿はスリングの結び目をほどけませんし。心配いりません」

心配しているわけではない。エルフィーは自分の鋭い乳歯をぼんやりと思い出して、ひもをかじってやろうかと考えていたのかもしれない。そうすれば、猿たちがこの煩わしい生き物をさらいやすくなる。どのみち、猿たちは縛られたり閉じこめられたりしていないものなら何でも盗むのだ。

3

木に吊るされている幼い妹。かみそりのように鋭い歯がなくなって一ヵ月。湿地の朝の空気に漂う奇襲の気配。このあたりの異教の先住民との会合に備える父親。裕福な家庭環境を捨ててカドリングでかびにまみれながら母になった理由を忘れ、いいように利用され、不当に苦しめられ、気もそぞろな母親。必要不可欠であることが唯一の資産であるばあや。毛布の外の世界。緑からあふれ出る緑、甲高い声で鳴く鳥たち、寡黙なヘビ。虫の国の十億もの企業。霧の中の叫び声、好奇心旺盛な静寂。必然的に一日が始まる。

「おふたりとも聞こえちゃいないようですね」ばあやがつぶやき、祈っているフレックスと身支度をしているメリーナに向かって肩をすくめる。そして緑色の子供を引き寄せようとするが、べたべたされるのはエルフィーには我慢ならない。

けれど、今この瞬間、父親はここにいるのだろうか？　それとも、すでに部族の長老たちとの会合へ出かけた？　母親は——どうしている？　父親と一緒に出かけるはずはない。伝道の仕事に興味はないのだ。ばあやがメリーナを連れ出したのかもしれない。同じ日の出来事ではないのかもしれない。ある朝は際立って、他のすべての朝を退けてしまう。太陽の光が川床にあるひとつの石にキラリと反射するのと同じ。見えるのはその石だけで、まわりにある他の石は見えない。

木の下に、エルフィーの身長の三分の二はありそうな大きな平皿のようなものが置いてある。軽くて頑丈な黄色の素材を打ち延ばした皿。グレイビーソースがこぼれないように縁が斜めにそり返っている。持ちあげるのはそれほど難しくない。草の上を引きずると、ズルズルと何かを吸うような音を立てる。持ちあげては落とし、持ちあげては落とす。世界がパカ、パカ、パカと進んでいく。

転がらないだろうかと思い、エルフィーは押してみる。それは転がり、坂を下っていく。ぐるぐると高速で回転し、金属っぽいカチンという音を立てて地面に倒れる。誰かがエルフィーに向かって怒鳴る。

だが、エルフィーを気にする者はほとんどいない。父親——フレックス、フレックスパパー、本名フレクシスパー・トーグ、牧師さん、パパ——は、祈りからほとんど顔を上げない。エルフィーは母親が亡くなるまで、父親に話しかけられた記憶はほとんどなかった。だから、声の主は父親ではないのだろう。このとき、父親は近くにさえいないのかもしれない。雌鶏（めんどり）のような声で叱りつけたのは母親のメリーナ・スロップでもなかった。メリーナは自分のひなを育てたりしない。

ひとりぼっちのエルフィー。未開の土地にいるエルフィー。

おそらく、ばあやの声だろう。夜明けのハサミカケスのように耳障りなカーカーいう声。背景雑音。

あるいは——そう、ときどき、まわりに何人かいる。セヴェリンという名の現地案内人。まだ十代くらいだろうが、道案内がうまい。父親が別の湿地での伝道集会に向かう際には、セヴェリンともうひとりの少年が舟を漕ぐ。その少年は甲虫のようなものを噛んでいて、歯が黒灰色になっている。エルフィーは少年から笑顔を返されないように、口を閉じて微笑まないようにこらえる。

それからもうひとり、ブージーがいる。本名ではないが、カーティ語の彼女の名前はマンチキン人の耳にはそう聞こえるのだ。ブージー、さすらいの料理人。好きなときにこの伝道団の一行と旅をし、もう十分だと思うと何日も姿を消す。ばあやより二十歳年下なのか、それとも二十歳年上なのか、エルフィーにはわからない。年齢のことはまだ知らない。

成長するということも。

ともあれ、我らのブージーはたしかに存在する。ブージーは印象を残した。何十年も経ってから、羽根ペンの先でインクを自在に操る才能がエルフィーにあったら、ブージーの似顔絵を描いたかもしれない。額は高く、つややかな髪は頭の後ろでひっつめ、沼イチゴの蔓のバンドで留めている。上唇にはしわが寄り、片側が上下によじれている。昔、熱すぎるスープを飲んで、永遠にしわが刻まれてしまったかのようだ。この時点でのブージーに関するエルフィーの記憶は、他のものよりあたたかい。エルフィーはカーティ語――カドリング人の言語――よりも、ブージーがしゃべる言葉のほうがよくわかっているのかもしれない。ブージー語とでもいおうか。

この伝道団に加わっては去っていく人々。劇の演目の脚色された登場人物リストなら、〝漁師〟、〝予言者〟、〝女性調理師〟、〝族長〟、〝裁縫女〟と書かれるだけだろう。誰もきちんとした名前はない。通行人役と同じだ。けれど、ブージーは物語に欠かせない。セヴェリンも、灰色の笑みの友人――名前はスナッパーという――も、ばあやも。そしてもちろん、エルフィーも、両親のフレックスとメリーナも。他の者たちは重要ではない。いや、赤ん坊のいらだたしい泣き声がうっすらとうねりながら聞こえてくる。エルフィーはしばしば、木に吊るされているこの赤ん坊のことを忘れてしまう。ネッサローズと呼ばれている。かわいらしい出来損ないの子にぴったりの、かわいらしい名前。

4

ある朝、もしくは別の朝のメリーナ。どの朝かは問題ではないだろう。どの日も同じで、テントが張られている川岸で始まる。伝道活動のこの段階では、一行はわざわざ奥地へは行かない。川では魚が豊富に獲れるし、沼地の人々が行き交っているので、メリーナの夫にとっては改宗を説くのにうってつけの場所なのだ。

また、現地人が抵抗してきた場合、川は逃げ道となる。とはいえ、逃げ道が必要となったことはない。メリーナとフレックスは気づいていた。平和を好むカドリング人は、ジャガーや沼ジャッカルといった捕食動物に対してだけ武器を使う。気に入らない人間がいたら、たいていは自分たちの土地から出ていけと怒鳴って追い出そうとする。最悪の場合でも、屈辱的ではあるが、短時間だけ竹の檻に幽閉されるという罰を受けるくらいだ。とはいえ、用心深いマンチキン人の伝道団は、カドリング人のもてなしの精神が消えた場合に備えて、いつでもカヌーに乗れるようにしていた。

緊急避難用のカヌーに加え、身を守るための道具もいくつかある。〝信仰の盾〟もそうだ――中央に縦帯(ベイル)が施された、青銅製の本物の盾。このように難儀な任務に就くべきだという天命を受けずにすんでほっとしている数人の主教たちからの贈り物だ。ふくらんだ側面がきらきらと輝く神聖な装飾品。実際に役立つと言われている。母親とふたりの子供くらいなら、後ろに身を寄せてしゃがめば隠れられるだろう。

ウォータースリップと呼ばれているこの黒いシルクのような長い川は本流なのかもしれない。違うかもしれない。このあたりのカドリングの土地には何十本もの水路が走り、細いのも太いのも、すべてウォータースリップを出入りし、地図に記せないほど複雑に絡み合ったり分かれたりしている。地元民でさえ、わざわざ水路に名前をつけたりせず、直感に従って現在地を確かめている。

去年、メリーナが哀れな新生児と世話役のばあやを連れてコルウェン・グラウンドから戻ってきたことを、夫はどう思っているのだろうか。コルウェン・グラウンド。メリーナの故郷。生と死が同じ日に起きた舞台。体(てい)のいい厄介払い。そのことをメリーナは黙っているが、夫はくよくよ悩んでいる。だが、もともとメリーナは他人の視点に立って想像することは得意ではなかった。健康な第一子がいつか抱くかもしれない考えを予想するなんて無理だし、第二子は何かを考えられるほど長くは生きられないだろう。そういうわけで、自省の苦手なメリーナは、この追放に、このカエルの天国に、これまでのなじみのある生活からの撤退に自分を導いた一連の出来事をいまいましく思っていた。

メリーナは二度、実家を出た。一回目のときは、フレックスと駆け落ちし、マンチキンのウェンド・ハーディングズの僻地に移り、エルフィーが生まれた。羊の糞(ふん)のような国。その後、家族の領地に戻って二人目の娘を出産したあと、再び逃げ出した。それが最後の家出になるだろうが、まだ定かではない――メリーナはまだ生きている。

親戚はメリーナをあまり評価していない。ある意味では、それは責められない。だからメリーナは目移りしてしまう――それのどこが罪だろうか？　誰だって、パーティー向けの笑顔や上等な靴の後ろにちょっとした小さな欠点を隠している。自分の欠点は孤独であることだけ、とメリーナは考える。そのせいで、人目につくようにあられもない姿で魅惑的なポーズを取りながら、必要以上に長い時間をかけて水浴びをしている。見られたい。男たちに。それが何？

たしかに夫がいる。家族からは、こんなにも将来性のない狂信的な男は認めないと反対されたものだ！　マンチキンの総督である祖父はつねに、各地を放浪する牧師よりもいい結婚相手を見つけようとしていた。

〝篤信家のフレックスパー〟。昔ながらのマンチキンの農民に比べると背が高い。彼らは樽のような体で、あごは地面から一メートルも離れていない。それとは対照的に、フレックスは梯子(はしご)、またはリンゴを集める熊手のようだ。メリーナは、愛のためというより、両親と祖父を怒らせるスリルを求めて、フレックスに執着した。そのことに気づいたのは、フレックスがマンチキンの石だらけの奥地のウェンド・ハーディングズに配属され、夫婦として最初の伝道活動を始めた頃だった。

いずれにせよ、メリーナは自分の忠誠心に満足している。メリーナが定義するところの忠誠心、欲望に合わせて作られた特注の美徳。好奇心をそそられれば、ときどき男を受け入れる。いつどこにいようと、メリーナはいつだって誰より極めて魅力的な厄介者なのだ。けれど、緑色の生き物が生まれないうちから、ウェンド・ハーディングズの生活によってメリーナは鍛えあげられた。子供が生まれてからは、道を外さないようにしてきた。そう、気取り屋のメリーナ・スロップでさえそうしてきたのだ。他の女だったら、先祖代々の家に逃げ帰っていたかもしれない。あるいは、夜中に姿をくらまし、汚(けが)れた赤ん坊の世話は他の人間に任せていたかもしれない。育児ができるなら、父親に（まちがいなくフレックスにはできない）。だがメリーナは下唇を噛み、道徳について計算して決めた。毒された赤ん坊を抱きしめたり、やさしい声をかけたりするふりはできないけれど、自分の地位にしがみつくことはできる。伝道師の妻という地位に。

赤ん坊のエルファバと過ごす最初の数年は試練だった。羊の哀れな鳴き声のような初めての子守歌。ばあやにずっといてもらうのは難しかった。訪ねてきてはくれるが、すぐ去ってしまう。コルウェン・グラウンドに戻ったときにエルフィーの状態についてうっかり口をすべらせたりしたら、すぐに解雇して推薦状も書いてやらないとメリーナに脅され、ばあやは従った。最初の二、三年は終身雇用ではなかったものの、ばあやは約束を守った。メリーナの実家ではエルフィーはおおよそ秘密にされた。少なくとも、特殊な肌の色については。

この日、首都クホイエから離れた奥地にある、緑の油のようにひそかに流れる名もなき川の岸辺で、他にもメリーナの記憶に残ることがあるかもしれない。だが、メリーナはポーズを取ったまま、もう少し静寂を楽しむことにする。左腕を上げ、スポンジでひじからむき出しの乳房の脇へ水をかける。その身のこなし、なめらかなバターのような肌。完璧な美、完璧な標的。

結局のところ、メリーナは虚栄心が強いだけなのかもしれない。あるいは、こういう方法で見られ、見えているだけなのかもしれない。そもそも、これらは誰の記憶だろう？もしかしたら、川の記憶なのかもしれない。

5

誰かがばあやに何かを持ってきた。ボンネットを修理するための糸をのせた皿。熱く、油っぽく、とろりとした朝食のスープの入ったボウル。誰かがばあやに何かを持ってきた。そして、それを折り畳み椅子らしきものの上に置いた。

誰かとはブージーだが、調理用テントの中で大騒ぎしている。近づく脅威に気づいていたのかは定かではない。メリーナは？　フレックスは？　あの善良な男はすでに出発したのかもしれない。ばあやは不安を感じても無視するだろう。今は親指に刺さった木のとげを抜くために、急いで毛抜きを探しに行ってしまった。他の人たちは皆、大人の仕事に従事している。

あるいは、エルフィーがびくびくしているのは、川の雰囲気のせいかもしれない。霧の中に危険が潜んでいる。あのびくっとする叫び声、空中でくぐもって聞こえる中母音からもわかる。

エルフィーはばあやが椅子の上に置いた物を落とし、椅子を手に持つ。持ち運べるほどに軽い。それから木に吊るされている赤ん坊のもとへ行く。正確には赤ん坊とは呼べないかもしれない。ときどき〝発育不良〟と呼ばれる状態に苦しんでいて、一年前と比べてそれほど大きくなっていない。それ自身ではあまり動くことができないので、一緒に遊んでもつまらない。切断された物体、子供の断片。エルフィーは下からおたまでつつく――底の丸い部分で。痛めつけるためではなく、笑わせるため、泣かせるため、何か反応を引き出すために。赤ん坊はこのうえなく小さな声でもごもごと答える。生まれながらに冷静。なんてつまらない生き物だろう。それなのに、みんないつもこの子の世話を焼いている。おしめを汚す以外、自分では何もできないから。みんながちやほやしている。みんながいつも抱きしめている。自分では自分を抱きしめられないから。この子にできるのは、じっと見ること。非難するようにじっと見つめる。そして、ときどき意味のわからないことをしゃべる。おしゃぶり代わりの砂糖の塊が、ひもで足首に結びつけられている。ひもで窒息する心配はない。手を伸ばして取ることも、寝返りを打つこともできないのだ。赤ん坊の形をした動けない物。その場にいるだけ。

この生き物は何らかのメッセージを発しているのだと、エルフィーは思う。執拗に催促する音節。他のみんなにとっては違う。エルフィーはよくわかっている。この赤ん坊は自分自身に魔法をかけて完璧になろうとしている。体が治るように。必要とされるように。愛されるように。けれど、うまくいかない。まったく残念だ。

大人たちは、エルフィーの状態は改善するだろうと話す。変わる、きっと変わる。のちにエルフィーは気づくだろう。汚れたシーツを漂白するみたいに、日光に当てて白くしようと、大人たちが来る日も来る日もエルフィーを外に座らせていたことを。だが、この赤ん坊に対しては誰もそういう奇跡を求めない。この子は歩かない。バランスを取ることができない。強くなれない。そんな余裕はないから。

大人たちは親切心から、この赤子に叶わない希望を抱かせないようにしているのかもしれない。次の誕生日を迎えられないと思っているのかもしれない。または、あまり期待しないことで、それが刺激になっていつかネッサローズが覚醒すると思っているのかもしれない。成長できると証明してくれると。

エルフィーはおたまを投げ捨てる。あと数センチあれば……もしかしたら……あたりには他に誰もいない。セヴェリンとスナッパーは川の近くでひそひそささやきながら、ひざを曲げた格好で歩きまわっている。やがてセヴェリンが腿まである高さのイグサの中で立ち止まり、自身の秘密の言葉を叫び、こだまを聞くかのように耳を手で覆う。こちらに注意は向いていない。エルフィーは父親が演説の練習に使っている脇のテントになんなく忍びこむ。そして父親の重くつまらない本を一冊引き抜く。ときどきブージーがネッサを頭の上にのせて運ぶように、本を頭の上にのせてバランスを取ろうとする。

野営地をよろよろと突っ切る。椅子の平らな座面に本をドスンと置く。その上によじ登る。学問はたしかに高みへ押しあげてくれる。本のおかげで十分な高さを得られた。エルフィーは下から赤ん坊を押す。おたまでやったように、今度は両手を使って。スリングの網越しにその生き物を傾け、外に出す。それはエルフィーの腕の中にすべり落ち、冒険を楽しむようにのどを鳴らす。ネッサローズはめったにエルフィーに微笑まないので、エルフィーが良心の呵責（かしゃく）を覚えるとしたら、今がそのときだろう。けれど、エルフィーは頑として考えを曲げない。たとえ自分がまちがっているとわかっていても。

エルフィーは両腕でネッサを脇にかかえる。ネッサの頭は草の生えた地面を向き、小さな脚はほぼ天を指している。いつの間にか空中で泳いでいることに驚いて斜めになっている魚。赤ん坊は小さく足をばたつかせる。エルフィーは料理を盗んだ猿のように、足早に坂を駆けおりる。この子をどこに置いてこよう？

6

次はフレックスについて。最も調子のいいときでも、男が何を考えているのか知るのは難しい。男が本当に考えているのだとしても。信心深いフレックスパー、自分の高尚な天職を愛するのと同じくらい、マンチキンの唯一無二のピアレス・スロップ総督の最愛の孫娘、メリーナ・スロップを大胆に求めている。

求めている？　あれは誘拐と同じだった。実際の出来事を弱めに脚色してオペレッタが作られた。フレクシスパー・トーグ。パーサ・ヒルズの丘に暮らすトーグ一族の末裔（リンゴ酢を作る一族で、それは一目瞭然だった）。フレックスパーには、今でもコルウェン・グラウンド付近で遊びまわっている、彼よりも裕福なトーグ家のいとこたちがいる。信心深い若者だったフレックスは、ウェンド・ハーディングズでの一年間の伝道活動の資金を支援してもらおうと、この裕福な親戚を訪ねていった。だが、フレックスの嘆願に耳を傾けてはもらえなかった――コルウェン・グラウンドの近くに住むトーグ家は、自分たちの社会的地位を高めてはくれないたわごとに決して資金提供などしなかった。

しかしちょうど、財布のひもの堅い親戚たちの家にフレックスがいた日、招待状が届いた。毎年開催される、地元の救貧院への寄付金を集めるための舞踏会。フレックスはいとこたちについていったか？　かもしれない。なんという喜劇だ、とフレックスは思ったが、シャツの袖口のほこりを払った。頭の中には計画があった。

もちろん慈善パーティーには貴族が姿を見せるだろう。

実際、主催者は著名なスロップ家の代表、ピアレス・スロップ総督だった。そもそも会場であるコルウェン・グラウンドはスロップ総督の屋敷なのだ。富の象徴、地元の名士——勲章で飾り立て、眼鏡をかけ、かつらをつけ、まごついている。思慮深い娘のレディ・パートラが同伴し、総督の腕を取り、シルクで飾られた大広間を進んでいく。何十年も前から付き合いのある知人たちが歓迎のあいさつをしようと列をなして近づいてくると、彼らが誰なのか教えるためにレディ・パートラが老人の耳に各々の名前をささやいた。皆、おじぎをして敬意を示す。忠誠。賛辞。偽善。いつものおべっか。

フレックスが近づくと、レディ・パートラは父親にささやいた。「この方は知りませんわ。へりくだった感じで、なんだか意気込みを感じます。お気をつけください」レディ・パートラは鼻にしわを寄せた。「きっと頼みごとがあるんですわ」レディ・パートラの夫のローマンは、豪華なパーティー会場では存在感がなく、喜んで外に逃げ出し、前庭をぶらつきながら、到着する馬たちにニンジンをやっていた。

ピアレス・スロップのもう片方の肩の後ろで、孫娘の麗しいメリーナがドレスの前身ごろをぐいと引きあげた。肩にはバラを散らしていて、三枚の花びらが血の滴のように足元の床に落ちた。フレックスはそれに気づいた。いつかこう思うだろう。この花びらはメリーナの三人の子供を表していたのだと。それぞれが悲しみの種である子供たち。メリーナ自身はそうは思わない。三人目の赤ん坊が生まれる頃には、花びらのことを思い出す気力もなくなっているのだから。お産で死んでしまうのだ。

まずレディ・パートラが好意的に微笑んだ。父親の耳に伝えるべき名前がわからない。スロップ総督が言った。「ああ、何だね？」あたかも、列に紛れこんで、前に進み出る許可を待っている野良犬を相手にするかのように。

フレックスの後ろにいたトーグ家の年上のいとこが割って入ってきた。「誓って、そなたより私のほうが名を知られている、いとこのフレックスパーどの」いまだに「そなた」や「汝（なんじ）」という言葉を使い、気取って主張するところなど、フレックスより聖職者らしい。

「ああ」レディ・パートラが言い、父親に小声で伝えた。「甜菜（テンサイ）商人のロトロニウス・トーグと、田舎の親戚のようですわ。わたしの鼻が正しければ」

「フレックスパーとお呼びください」青年は言った。神聖なほど白い歯、蒸し暑い季節には少し長すぎる髪。フレックスはすぐに本題に入った。「閣下、よろしければ支援をしていただけないでしょうか」

「なぜだね？」まだ列に並んでいる三十人の客たちへの義務を忘れ、年老いた総督はたずねた。

レディ・パートラが偽りの寛大さを見せて微笑んだが、その声は鋼（はがね）のように冷たかった。

「今はおよしください、お若い方」

「今しかないのです」フレックスは言った。そう言うのが極めて重要なことだと感じていた。そして完全に即興だった。

「わたしに任せてちょうだい。わたしが理由をお聞きするわ」メリーナが言った。そして、愚かなレディ・パートラとその愚かな年老いた父親は、メリーナをこの広い肩とひょろりとした腕を持つ、洗練されてはいないけれどハンサムな男とふたりきりにさせた。寄付を渇望する表情を浮かべた男と。

だが、年長のスロップ家の者たち、総督と献身的な娘のレディ・パートラは、自分たちがたった今、一家の跡継ぎを賞金稼ぎに寄付してしまったとは気づいていなかった。

メリーナ・スロップはフレックスの中に何を見たのか？　自由。フレックスは――あらゆる世俗的な事柄を宗教的な視点で観察するのを好む男は――メリーナの中に何を見たのか？　メリーナが豊かなまつ毛の下からちらりと視線を向け、ますます顔を赤らめたことに気づいたのだろうか？　気づかないはずがない。目の見えない男ですら、しばしば真実を見ることができる。

ふたりは小さな部屋へ移動し、歩きまわった。緊張した新米の牧師の姿がぼんやりと浮かびあがっている。いつもよりまともな服（〝一張羅〟など持っていない）を着ていても、肌に染みついた甜菜の匂いを隠せない——監視の厳しいトーグのいとこの家では、ポマードを拝借することもできない。メリーナはこの匂いに興奮し、小鼻をふくらませる。フレックスはそのふくらんだ小鼻に反応する（当然だろう？）。ふたりは奥地に必要なことについて話し合う。ふたりとも熱心に語っているが、それぞれ別の奥地を想像しているとは気づいていない。

週末が過ぎる前に、メリーナはフレックスへの出資について口添えしていただろう。スロップ総督は、この青年が招かれもせずにコルウェン・グラウンドの前庭に現れて騒がないように、金を払って追い払うつもりでいたのだ。

闇に紛れ、青年は去っていく。なにがしかの現金を手に。ピアレス・スロップの孫娘も、青年とともに去っていく。フレックスパーは職業柄、結婚させる権限を持っているので、自分自身をメリーナと結婚させる。そしてふたりで、陰気で雑草だらけの田舎のウェンド・ハーディングズへ向かう。コルウェン・グラウンドの南西に位置し、カドリングと国境を接するクロースの丘がある。フレックスとメリーナはウェンド・ハーディングズで新婚生活を送る。ウェンド・ハーディングズで精神的な目覚めというほどでもないものに耐える。味気ない朝食、鉛のように重い夕暮れ。フレックスがより信仰に深くのめりこむにつれ、メリーナは悪びれることなく結婚の誓いを破るようになる。

この人、あの人。旅の行商人。藪の茂る丘から来た山羊飼い。そして、魅惑的なカドリング人のガラス吹き。名をタートル・ハートといい、南にある故郷への不当な扱いに苦情を申し立てるために北にやってきたのだが、まずメリーナに心を奪われた。それから、おそらくフレックスにも。現代の社会通念では不倫と呼んでもいいかもしれない。まあ、たしかにフレックスは、自分の天命を鼻にかけている点に目をつぶれば、ハンサムだし、陰のある雰囲気が悔悟者を惹きつけ、金を恵んでもらえることもある。やがて、このタートル・ハート、ルビーの鉱脈が眠るカドリングの湿地から来た予言者のような男は、そもそもの目的を思い出し、ウェンド・ハーディングズのラッシュ・マージンズの村にある小屋を去り、やがてコルウェン・グラウンドにたどり着く。そしてそこでこの気の毒な田舎者は命を奪われる。これで予言者といえるのだろうか。まったく奇妙な話だ。

　エルフィーはすでに生まれていた。こともあろうに、時計の中で。機械仕掛けの門歯を備えた機械仕掛けのドラゴンの下で。けれど、このことは誰も話さない。ばあやはその場にいなかったし、タートル・ハートはまだ登場していないし、ブージーにいたっては構想段階にもなかったし、メリーナは痛み止めのピンロブルの葉を噛んで意識が朦朧としていたし、フレックスは離れた場所にいた。揺れる振り子のこと、それが時をリボンのように細く刻んでいたことを知っているのはエルフィーだけ。そしてエルフィーは――たしかにサメのような歯を持って生まれたかもしれないが、もしこの世に生まれ落ちた最初の夜に鋭い舌も持っていたとしても、誰にも言わずに自分の胸の内にしまっておいた。

7

エルフィーが今後も名前を覚えているであろう三人は、今はっきりとここにいる。さすらいの料理人ブージー、案内人のセヴェリンとスナッパー。他の従者たちは仕事をさぼって木々の中にいるのかもしれない。案内人がここにいるなら、父親もいるはずである。自分ではカヌーを出さない。では、父親はどこだ？

スナッパーはセヴェリンのすぐ隣にいる。秘密があるとしても、打ち明けたりしない。唇の上にうっすらひげを生やしていることから、北部か西部の血が混じっているのだろうと察せられる。セヴェリンがこっちに行くと、スナッパーはあっちへ移動する。親戚か、それとも友人だろうか？　あるいは、クホイエの日雇い労働者たちの仕事場で雇われて、一時的に一緒に働いているだけかもしれない。

スナッパーはたまにクスクスと笑う。カヌーを漕ぎながら歌い、ヘビを追い払ったり、乗客を魅了したりする。真っ黒な歯のあいだからこぼれる歌。スナッパーについてエルフィーの記憶に残るのはそれくらいだろう。

セヴェリン。スナッパーより年上で、立場が上。セヴェリンの姿もある。地上にいるときより、木や水の上にいるときのほうが優雅に動く。驚くことではない。多くの部族は、オーカンサスやチークバオバブの枝付き燭台のような枝に吊るされた住居で暮らしている。手足のある大人のカドリング人なら、枝にぶら下がったり、登ったり、歩きまわったり、跳んだりする。ジャガーのようにひそやかに、コブラのような身のこなしで。ありがたくない訪問者が近づいてくるパラ、パララという音がかすかに聞こえると、セヴェリンは片方の腕を枝に巻きつけ、木の幹に当てた片方の素足をぴくぴくさせた。太鼓の皮をたたく音と、川鳥のまねをしている人間の声に耳をそばだてる。秘密のコミュニケーションは聞けばわかる。この地味な伝道団の目的については少し知っている。セヴェリンは忠実な従者であり、裏切り者ではないが、彼らの主義（すでに十分なほど宗教的な人々にユニオン教の福音を広めること）を支持しているわけでもない。セヴェリンは敬意を持って自分の仕事に取り組んでいる。給料のためだけではない。この脆弱（ぜいじゃく）な一行に属する女や子供たちを、そして言うまでもなく、罪悪感に苦しむフレックス牧師を守る責任がある。この異郷人たちが償いのためにどれだけ後悔の苦しみに耐えねばならないとしても、槍や小銃の犠牲にさせるわけにはいかない。

ああ、そうなのだ、カドリング人は小銃を持っていることがある。五年前に襲来した洞窟探検家や鉱物学者から実際に銃で撃たれるという経験をしていた。名目上は、彼らの目的はカドリングの首都とされているクホイエの湿地帯へレンガの道をつなげることだった。しかし本当のところは？　より金になるルビーの鉱脈を見つけるには、どこの沼地の底をさらえばいいかを調査するためだった(たしかに、道路があれば、はるかに簡単にルビーを輸出できるだろう)。カドリング人は他の種族と同様に気高く、そして現金に弱い。仮の地図と開発権の契約書をエメラルド・シティに持ち帰った異郷の探検家もいた。冒険家たちは小銃と、奇妙な致死性の咳と、あと少し──あともう少し──欲しいという新たな欲求を残していった。その欲求は決して、絶対に、満たされることはないだろう。新たな経済──集積の経済。

年長の案内人のセヴェリンは足の位置を変え、首を伸ばして別の方向を向く。パラパラと降る雨のような音が、相手の位置をより正確に伝えている。思った以上に近い。それに、近づいてくる集団はピクニック用のバスケットを持ってはいない。そろそろ、もっと遠くまで警告の音を鳴らさなければ。

セヴェリンは別の枝に移り、小さな声でブージーに合図を送る。しかし今ではブージーも警戒していた。ブージーはばかではない。朝食のシチューをあきらめ、雇い主たちを見捨てなければならなくなった場合に備え、家族のトーテム像をショールにくるむ。随行者たちのあいだで次のようなメッセージが交わされる――

――野蛮な集団が川の曲がったところを越え、イトマグノリアの木々の下を進んでくる。(これはセヴェリン)

――ここのおばかな人間たちに何の用なのかね。(ブージー)

――おしゃべり男はどこだ? 奥さんは? (セヴェリン)

――知ったこっちゃないね。連中はここで何をしてる? なぜここに来る?

――宗教男を見つけろ、ブージー! (間) 静かになった。スナッパー、何が起きてる?

スナッパーは答えない。手のひらを木の幹に押し当て、耳をすませている。やがて歌うような調子で言う。

――セヴェリン! 後方からもっと来る。連中はそいつらが追いつくのを待ってる。合流してから襲撃するつもりだ。

──何人いる？　何人やってくる？

──数はわからない。ただ、もっとだ。時間はある。

──俺たちに気づかせて、先に逃げ出させようとしてるのか？

──かもしれないが、なんでこんなに大人数なんだ？　年長者ふたりで斧を持って抗議すりゃ、おせっかいな伝道者たちはおびえて逃げるだろうに。


ブージーは食料の中でも最も重要なものを持ち出していた。残りは、チャンスがあったら取りに戻ればいい。雇い主たちの姿を捜して野営地にさっと目を走らせながら、包みの口を縛る。

──でも、なんであのばかなマンチキン人たちを襲う？（ブージー）

セヴェリンは木から離れ、大声でメリーナを呼んでいた。ただごとではないセヴェリンの声に、メリーナはテントから飛び出す。何が危険なのかわからないものの、ことの重大さを理解し、服を身につけながら、声を押し殺してばあやを呼ぶ。皆、慌てふためいて無駄に走りまわる。スナッパーは近くの藪の中に走っていき、フレックスパーの姿を捜す──

——大便でもしているのかもしれない。ブージーがもう一度たずねる。

——この人たち、そんなにひどい悪さをしてるのかい、セヴェリン？

——奥さんは上流階級の出身だ。奥さんの家族が、あの若き予言者タートル・ハートを殺した。去年。ついに誰かがそのことを知って、戦闘団が報復に来たんだ。

——タートル・ハートなんて、ちっぽけな存在じゃないか。誰がこんなに腹を立てる？なんであいつの死がさらなる死を招く？ ここには子供がいるんだ、セヴェリン。あの出来損ないの子供たちはどこ？

ばあやは気を失って草の上に倒れていた。メリーナは叫んでいる。エルフィーの姿が見当たらないのだ。川岸に近づくことはないから溺れる心配はないが、いったいどこへ？それに、スナッパーは襲撃までの時間を短く見積もっていた。また、伝道団の一行は川に係留してあるカヌーから遠く離れているため、もはや逃げられない。

裏声の独唱に続いて、金切り声の合唱が聞こえ、それを合図に攻撃が始まり、空中から矢がビュンビュンと飛んでくる。霧の川岸の向こうから太陽が昇りはじめる。何艘(なんそう)ものカヌーが現れ、ガラスのような水面にくっきりと姿を映しながら近づいてくる。

8

派遣団が葦（あし）の中から姿を現す。頭、肩。ひとり、またひとり、次から次に出てくる。槍、さまざまな銃、高く掲げられたナイフが一、二本。三人組が鼻声で蜂の羽音のように警告を発している。五千人はいそうに思えるが、せいぜい十数人いるだけだ。それでも伝道団の倍の人数だ。あるいは、倍の倍か。

表敬訪問ではない。少し前からスロップ家に仕えている若いカドリング人の雑用係――いや、セヴェリンでもスナッパーでもなく、他の誰か――が驚いて叫び声をあげる。運の悪いことに、この少年は霧から現れる戦士たちの間近にいた。何かが飛んできて当たり、倒れる。投石器の石かもしれない。胸から深紅の血を虹のようにほとばしらせながら、驚くほどエレガントに後方に倒れこむ。優雅に、だが無名のまま息絶える。

伝道団は身を守れない。フレックスは行方知れず。かの有名な装飾用の盾も行方知れず。部屋着に身を包んで腰にひもを巻いたメリーナは子供たちの名前を呼びながら、どうにか両手と両ひざをついて起きあがっていたばあやの横をふらふらと通りすぎる。カドリング人の案内人たちは腕を上げ、襲撃者に向かって控えめではあるが警告の言葉を叫んでいる。「止まれ、悪党ども！」と「おまえたちを傷つける気はない」の両方の意味を表している。相反するメッセージに聞こえるが、カドリング人には許容範囲だ。

ブージーがばあやを引っ張って立たせようとする。セヴェリンが前に出る。二十五メートルほど離れた草の中で脇役の少年が血を流していることを考えると、勇敢だと認めざるをえない。だが、襲撃者たちは近づいてくる。昔ながらの戦場と違って、慌てることなく、ほとんど普段どおりに。今では、誰かの腰に吊るされた樽型の太鼓をたたく音が、戦士たちを前に進ませ、異郷人たちをいっそう怖がらせている。

セヴェリンとスナッパーは背後で腕を振りまわし、メリーナとばあやとブージーと伝道団の他の者たちに、下がっていろ、藪の中に逃げろと合図する。たとえ一行が完全に無防備ではないとしても。フレックスは銃を持っている。しかし、商売道具や軟膏、聖石、水、聖典などと一緒に鍵のかけられた仕事用の収納箱にしまわれている。鍵はフレックスが持っている。すべての鍵を握るフレックス。だがフレックスはここにいない。

それから、次のような会話が交わされる。

——何なんだ、何が望みだ。俺が案内してるこのヘンテコなよそ者たちは、もうテントを

畳んで移動する。（これはセヴェリン。いつもより高い声で、真面目さと冷静さを示そうとしている）

——あっちへ行け。我々は必要なものを手に入れる。余計な首を突っこむな。（襲撃団の首領がセヴェリンに答える）

——この人たちに手を出すな、放っておけ。

——あの女の家族は、我らの大使、タートル・ハートを殺した。そうだ、あの女だ。ヒステリーを起こしてる女。静かにさせられるか？　殺す気はないが、あのわめき声は我慢ならん。

——奥さんの家族が殺したかもしれないが、奥さんは殺してない。あんたたちのタートル・ハートの身に何が起きたにせよ、あの人は関係ない。

——ここにいるのは先発隊だ。石を割るのみの先端。わかりきったことだ。これが開拓者どもへの我々の返答だ。我らは引き下がらない。領主たちがルビーを求めてやってくる。支配するために来る。沼地をひっかきまわすつもりだ。おまえに話はない、ごますりめ。皆のもの、広がれ、そこのイグサと、あっちの水小麦まで、左へ、右へ。

男たちは運動選手のように走って広がり、まわりを囲む。メリーナがその場でくるりとまわる。今回ばかりは、きれいにまわれたか、ぶざまだったか気にせずに。「赤ちゃんが！　それにエルフィーが！」メリーナは叫ぶ。「ばあや、ネッサをお願い！」

男たちはメリーナにさっと近づく。拉致できるほどの至近距離だ。ひざから力が抜けるが、メリーナはなんとか倒れずに踏ん張る。男たちはメリーナを囲み、群がるが、手は出さない。ばあやがようやく立ちあがる。危機感から敏捷性が増し、襲撃者たちに勢いよく襲いかかる。毛抜きで男たちの肩を突く。さらにエプロンのポケットに入っていた編み針をもっとうまく使い、メリーナのそばまで行く。ブージーが泣き叫びながら両手をもみ合わせている――少し芝居がかっているといってもいい。セヴェリンとスナッパーは襲撃者たちと取っ組み合っている。だが今のところ、カドリング人の雇われ案内人たちのほうが軽くあしらわれている。

ほどなくして伝道団の残りの者たち、カドリング人の従者や雑用係が、藪の中に消えていった。フレックスの姿はない。エルフィーの姿もない。ネッサはおそらくかご型ベッドの中で眠っているだろう。一方、ばあやとメリーナとスナッパーとセヴェリンは、とがった槍の先端にぐるりと囲まれ、背中合わせできつく身を寄せ合っている。

ブージーは調理器具を取りに戻る。突如として、野営地で起きていることにはほとんど関心を示さなくなった。スプーンはスプーン同士で束ね、二本のナイフは鋭い切っ先が突き出ないようにオオバコの葉でくるむ。

9

ブージーの本名はブーゼージという。〝スープに浮かぶ塵〟という概念に由来する。きれい好きなマンチキン人にとっては、罪深いほど不潔に感じられる。けれどカドリング人にとっては、先祖への神聖で静穏な態度を表している。スープに浮かぶ塵。ぐつぐつ煮立ったスープでも、清らかな死を察知するために静まる。心構えができた状態、啓示を待つ忍耐力。優先順位の決定、家事の神聖さ。

なかなかの概念だ。だが、ブージーにふさわしい名前ではないかもしれない。彼女の場合、スープに浮かぶ塵は、食べ残しの料理の怪しいレシピのようなものだ。

いや、それはブージーに失礼かもしれない。ブーゼージ。滑稽ともいえそうなこの恐ろしい瞬間、ここにいる。カドリング人の同僚とよそ者の雇い主ふたりが調理用テントから数メートルのところで囲まれているあいだ、ブージーは片づけを続けている。フレックスはどこかをほっつき歩いている。彼らしくない。メリーナとばあやは、赤ん坊のスリングが空だということには気づいていないが、エルフィーの毛布の上にエルフィーがいないことには気づいていた。もう誰もエルフィーの名前を呼ばない。きっとどこかに隠れているのだろう。そのままそこにいてくれればいい。

男たちが威嚇するように近づいてきて、槍でつんつんとではなくぐいと突いてくる。セヴェリンの虚勢も効果がない。事態の収拾はブージーにかかっている。

――なんでこの人たちを苦しめるんだ。誰にも迷惑はかけてない、そうだろう、ただのでかいフンコロガシだ！（この一行に加わってから、ブージーがこれほど長くしゃべるのは初めてだった）

――あの人は何を言ってるんです？　あたしたちを裏切る気？（ばあや）

――あんたらの同族のタートル・ハートを実際に殺したやつとやり合いな。このおばかな連中とじゃなくてね！

――今、あたしたちのことを「ばか」って言いました？（またばあや。自分で思っている以上にカーティ語を習得していた）

――均衡を保たねばならん（襲撃隊の首領）。代償を払わせねば、このシロアリどもは我らの足元から我らの家と生活を食い荒らすだろう。命には命を。残念だが、他に選択肢はない。キーキーわめくのはやめろ、料理人。おまえを傷つけはしない。我らの狙いはこいつらのうちのひとりだ。最も軽んじられているやつにしてやる。思いやりだ。

——でも、あんたらはすでに川岸で少年を殺したじゃないか。（ブージー）

——あれは事故だった。

——内緒にするよ。

——マンチキン人でなくてはならんのだ。情けをかけてやる。最も価値がないのは誰だ？

それを答えるのはブージーではない。

セヴェリンが口を開く。

——ブージー、フレックスさんの盾は？　あの坂にあったはずだ。フレックスさんはあれを持って出かけたのか？　こうなることを知ってたのか？　家族を捨てたのか？

ブージーはしわの寄った唇を噛む。醜い部分を隠せば見た目がよくなると思ったのだが、実際には発狂して自分自身を食べてるかのようだ。だが、彼女はスープに浮かぶ塵、落ち着かせるもの。勇気と不器用さをもって、メリーナの肩に手を置き、交渉を試みているセヴェリンを無視して首領に言う。

――これで十分なはずだ（言い争う気満々だったブージーは今や言葉が止まらない）。家族と随行者たちをおびえさせるために来たんだろう。もう目的は果たされた。あんたらがこの人たちのひとりを殺さなかったことは、誰にも言わなければいい。あんたらは同族のひとりを殺した。あの少年の死を代償にすればいい。そうすれば、あんたらはこの人たちにもっと大きな貸しができる。自分たちのほうが偉大だと示せる――高貴な生まれの娘を、あるいは彼女のおしゃべりな夫を殺すこともできたが、殺さなかった。この人たちは悔しさと恥ずかしさでいっぱいだ。あんたには輝かしい勝利と名誉が約束される。ここに来た目的はすでに果たされた。ここが誰の土地か、わからせてやったんだ。この人たちのものさしではなく、自分のものさしを信じろ。胸を張って帰れ。

ブージーは前に進み出る。両手を開け、木製の調理用スプーンを草の上に落とす。あごを上げ、挽歌（ばんか）を口ずさむ。タートル・ハートのことも、タートル・ハートがどんな使命のせいで不幸な結末を迎えたかも知らなかったが、彼のために歌う。安らかに眠りたまえ。

死体はコルウェン・グラウンドの糞まみれのどぶに捨てられているのだが。

歌い終わると、ブージーは侵略者たちを押しのけ、おびえている一行のもとへ向かう。自分も伝道団の一員であり、仲間たちに愛着を覚えていた。セヴェリンがブージーの手を握る。たった今ふたりで団結の儀式を終えたかのように。

10

――我らが兄弟タートル・ハートも喜んでいる。（首領）殺すことはしない。わかった。撤退しよう。だが、我らが役目を果たしたという証拠を持ち帰らねばならない。子供のひとりを連れていく。ふたりいるようだ。連れてこい。ひとりは我々が連れていき、もうひとりは置いていく。それで勘弁してやろう。
――いったい何の話をしてるの？（メリーナ）
――子供のひとりを連れていく。
――「子供」って言った？　「子供」って言ったの？

メリーナは襟（えり）を少し開けようかと思う。けれどやめる。思いもよらなかった言葉が口から出る。

「セヴェリン」早口で言う。「子供はだめよ。わたしを連れていけと伝えて」

「ひと晩、子守から解放されたいんでしょう。ほとんど何もしていないくせに」ばあやが言う。恐怖でおかしくなっているのだ。誰もばあやに返事をしない。

メリーナは昔から注目されるのが好きだが、ここではほとんど見てもらえなかった。この貴重な瞬間、メリーナは足がかりを見つけていた——かろうじて。残念ながら、気づいてはもらえない。気づいた人がいても、口には出さないだろう。メリーナの言葉は、セヴェリンとスナッパーにはあまり意味がない。彼らの世界では、母親だったら同じことを言うはずだから。また、ばあやも証言することはできない。次の瞬間にはこう言われるかもしれないから。「なんで自分が身代わりになると申し出ない？」

エルファバが生まれたとき、メリーナはウェンド・ハーディングズのみすぼらしい集落からコルウェン・グラウンドの家族宛てに手紙の返事を書いた。そこにはこう書かれていた。「わたしを捜しに来ないで。わたしは自分から家を出たの。自由人として。でも、ばあやをよこして——助けが必要なの」メリーナの祖父はしぶしぶこの要望に応じた。なにしろ、メリーナはたったひとりの孫なのだ。そういうわけで、ばあやはラッシュ・マージンズへ向かう準備をした。ハリエニシダが生い茂り、石だらけの坂がある、くずかごのような過酷な地。舌打ちをしながら、不平を漏らしながら、計画を立てながら、到着した。スロップ家の祖父と孫のあいだで交わされるやり取りは、ばあやが仲介をした。ちなみにばあやは、乳母の制服を脱いで私服に戻ったときはキャッテリー・スパンジと呼ばれていた。

だが、ばあやは奉公人であり、それを忘れたことはなかった。エルフィーとネッサの世話をするけれど、自分の子供ではない。身代わりを申し出る立場ではない。そのような取引を提案することさえおこがましい。身のほど知らずだ。そんなことを考えるなんて。ばあやは口を閉じている。

メリーナにとっては、これは絶好の瞬間である。ほんの一瞬、本心から言葉が出た。あの子たちを生かして、と思う。あのゾッとするダニのような子供たちを。ダニにだって、たたきつぶされる人生を生きる権利がある。

「わたしを連れてって」メリーナはもう一度言う。突然、気づいたかのようだ。自分の行動が、クホイエの南西に位置するカドリングの地で、このあたたかい冬の朝、この川岸で、この瞬間の出来事を引き起こしたのだと。しかし、それは推測だ。メリーナは原因と結果をあまり気にかけたりしない。

タートル・ハートが、自分にいくらか惚れこんでいたメリーナとフレックスを捨て、マンチキンのラッシュ・マージンズのイルズ湖のほとりに建つ石造りの小屋からとうとう出ていったとき、この純真なカドリング人の予言者は再び自分の目的を果たすための旅に出発したのだ。実際のところ、ラッシュ・マージンズを去ったあと、コルウェン・グラウンドにたどり着くまで数カ月かかった。しかし、タートル・ハートはこの巡礼の旅を人生経験と考えていた。メリーナのときと同じように、さまよい歩きながら他の人たちとむつみ合った。スープに浮かぶ塵。一方で、メリーナの腹は大きくなり、出産の日が近づいていた。

このカドリング人のガラス吹きはマンチキンの北部を進み続け、忌まわしい黄色いレンガの道を見つけた。センター・マンチが首都だと聞いていたが、マンチキンの名士のうちで最も地位の高いスロップ総督はもっと離れた場所で暮らしていた（特権のある者の隔離生活だ）。コルウェン・グラウンドと呼ばれる要塞。それがたまたまそこにあった。三つの野原と鹿苑を越え、隠れ垣を上ったところに。石のファサードと前庭、拱廊、左右対称の離れがある、時代遅れの屋敷。ようやく。

カドリングのガラス吹き兼、自称使者には、かつての恋人メリーナが――貴重なキャベツのように――ここで育てられたとは想像しがたかったはずだ。

この不運な巡礼者は、どうすればカドリング人がエメラルド・シティに苦情を申し立てられるか、有力者から助言を得たいと思っていた。だが、誤ったドアをたたいてしまった。スロップ総督は、摂政オズマ（オズマ・リージェント）のパストリアスを退位させて成り上がった野心家のオズの魔法使いに対して何の影響力も持っていなかった。薄汚いカドリング人たちに何が起ころうと、スロップ総督には何の関係もなかった。マンチキンとカドリングは国境を接しているのだが。総督の知ったことではない。

まちがったときにまちがった場所にいたタートル・ハート。侵略を予期しながらも、愚かにも外交を信じている、部族の不運な使者。

タートル・ハートは屋敷に突入し、メリーナと牧師の夫からのあいさつを伝えた。メリーナは家族でラッシュ・マージンズから離れるつもりだと言っています。私が故郷の惨状について訴えたことで、彼らはそこで暮らすつもりでいます。部族にとっていいことです。伝道師としてカドリングへ向かうそうです。彼らを誇りに思ってください。

スロップ総督はカドリング人の主張を信じた。次女のソフェリアが子供を残さずに流感で亡くなったため、家系の存続はレディ・パートラのひとり娘メリーナに託されていた。跡継ぎの孫娘はすでに一度手を離れていた。だがウェンド・ハーディングズでは、総督の称号を継ぐエルファバ・スロップという名の小さな女の子がよちよち歩いている。おそらく、靴も履かず、正式な教育も受けずに育っている。メリーナと家族が沼地のもっと奥に姿を消すことになれば、ピアレス・スロップが先代から受け継いだ称号と土地は失われ、遺産は浪費されてしまう。何のために？　ありがたくない知らせを持ってきた、平和を好むこのいまいましい異郷人のために？　その不運な親族や部族のために？

スロップ総督は激怒し、この罪のない男を葬り去るよう命じた。のちに、その後に起きた不幸な出来事について地元の警察に聞かれると――ただの形式的な尋問だ――ピアレス・スロップはぶつぶつと答えた。カドリング人の放浪者が、国を苦しめている干魃（かんばつ）の精霊に復讐するために身を捧げると言ってきたのだ。そして、その場にいた人々が集まり、汚れ仕事をやってくれた。珍しいことではない。「人身御供（ひとみごくう）」という皮肉な言葉で記録されたが、その後実際に干魃がつかの間だけ収まり、殺人は正当だったことにされた。残念だが、そういうことだ。そしてそのニュースが少しずつ広まり、沼地にいる予言者の家族の耳にも届いた。

殺された男は知らなかった。自分が姿を見せたそのとき、スロップ総督の孫娘が――これが生涯で最後になるが――コルウェン・グラウンドの屋敷にいたということを。

二度目の出産が近づくにつれ、エルフィーを産んだときのおぼろげな記憶がよみがえり、メリーナは嫌な予感を覚えた。ウェンド・ハーディングズの意地悪な目つきですきっ歯の助産師ではなく、安心できる専門医に赤ん坊を取りあげてほしかった。駆け落ち以来初めて、両親と祖父のもとに連れ帰ってほしいとばあやに頼みこんだ。当然ながら、エルフィーはフレックスに預けた――緑色の子供を総督家の客間に連れていく覚悟はできていなかった。成長すればもっとましな肌の色になるかもしれないと、まだ希望を抱いていた（コルウェン・グラウンドでは、ばあやは言いつけどおりエルフィーのことは何も言わなかった）。

生まれ育った家での出産を完璧にすべく、メリーナは厩舎が見える裏の部屋に隔離された。そして医者とふたりの看護師に付き添われ、タートル・ハートが前庭で虐殺されたそのとき、タートル・ハートの娘を産んだ。当時はタートル・ハートの死を知らなかった。出産中は何も考えられない。のどから漏れる自分のうめき声が耳に響き、屋敷の反対側で起きている騒ぎは聞こえなかった。

そして一年ほど経ったこの日、タートル・ハート殺害の復讐のため、朝霧の中とうとう襲撃者の一団が到着し、マンチキン人の伝道団に属する幼い娘のどちらかを探している。人質として、あるいは復讐の犠牲者として。

しかし。メリーナ。なぜ彼女に注目するのが難しいのだろう？　彼女が美しく、美というものに注意を向けるのは難しいから？　私たちと同様に冷たく残酷な母親だと濡れ衣を着せられたことしかなく、この一瞬に見せた威厳と勇気でさえ、私たちが知るメリーナとはそぐわないから？

メリーナがこれほど勇敢になることはこの先二度とない。セヴェリンが口ごもりながら代弁した彼女の提案に対する首領の答えを待ちながら、メリーナはすでに自分の言葉を後悔していた。けれど腕を動かさず、あごを高く上げている。自分で思っている以上に、怒れる祖父の血を受け継いでいた。

エルファバもいくらか受け継ぐだろう。しかし、この緑色の幼女がそれを知ることはない。きちんとした模範を見せてもらえず、自分で自分の性格を作りあげたのだと思いこむことになる。だが、その考えが正しいかどうかなど、誰も気にしない。結局のところ、私たちがどのように形成されるかは問題ではない。何者であるか、それだけが重要なのだ。

11

首領の名前はまだ出てきていない。侮辱だと思われるかもしれないが、そうではない。襲撃団の首領は、その日の朝に、条件を満たした志願者たちの中から選ばれたのだろう。

そして夕方にはその地位を引退しているだろう（この交戦を生き延びていればだが）。名前がないほうが無難だ。実際にはこの男の名前はオイーアシだが、覚えておく必要はない。二度と耳にすることはないだろうから。

メリーナやセヴェリンよりも背が高く、あらゆる点で彼らと同じくらいの気骨を持った男を思い描いてほしい。汗で額と胸筋が際立ち、光沢のあるレリーフのようだ。集団の他の者たちも似たり寄ったりだ。どのカドリング人の復讐者も、この軍事行動について道徳的な確信がないようには見えず、親に志願させられたことにいらだっている様子もない。

しかし、見た目というのは、人間の行動を実際に人間らしいと定める多義性を示すものではない。

メリーナはまちがいなく殉教者になれるほど美しい容姿を持っている。家紋があるような高貴な一族に生まれ、他の一族のほとんどは家紋など持っていないということに気づかないほど裕福だったメリーナ。

歴史は重々しく進んでいく。止まることはできない。このような瞬間が大理石の石板や都市の壁に描かれたとしても、その意味は何十年にもわたって発展していくだろう。メリーナは傲慢でわがままな女だと思われるかもしれない。ばあやは虐げられた者。セヴェリンとスナッパーは日和見主義で打算的。首領と仲間たちは土地の気高い守り主。廃れゆく精霊崇拝の、カドリングの独立の、最後の砦。ブージーは――ブージーがどう関わるのかは、決して誰にもわからないだろう。一度限りの登場で、この瞬間を静かに盛り上げる。記憶と歴史は認識を体系化するが、現実世界では、他人が何を考えているかは誰にもわからない。じっと止まっているものは何もない。タペストリーに飛んでくる蛾、大理石の柱に渡した水平材（エンタブラチュア）に降り下ろされるハンマー。混乱。

九十センチにも満たない緑色の子が、二本の緑色の足で葦の中から歩き出てくる。

12

首領が左手を振る。意味はこうだ。近くにいる者たちよ、散らばり、草むらを調べろ。隠れている者をたたき出せ。

半数の男たちが広がる。短剣は鞘（さや）に収められている。残りの者たちが近づいてくる。首領はチッと舌を鳴らし、伝道団から目を離すなと指示する。そしてエルフィーに少しだけ近づく。この幼女におびえていないことを仲間たちに示すために。

エルフィー――メリーナもばあやも、この子供が何を考えているのかわからない。何かを考えているのならだが。あるいは、ただこの場にいて、先が予測できないこの時間をやりすごしているだけなのか。エルフィーはユニオン教も精霊崇拝も、支配権も従属性も、性的緊張感も精神的欲求も知らない。野生の葦と暗い川岸で暮らす生き物。けれど水に入ることは避けている（浅瀬を歩くことすらしない）。何を認識しているにせよ、それを言葉にはしない――しゃべれるようになるのは数年後だ。この年齢の子供にしては言葉の習得が遅い。

けれど、言葉を必要としない事物は豊富にある。大人になるにつれて、言葉で表せるようなささいな事柄へ衰えていく、未発達の大きな情熱。

――子供のひとりか。（質問。首領）

――手を出すな。（セヴェリンが勇敢に立ち向かう。このせいで死ぬかもしれないが、それでも）

――この子には手を出さない。我々が欲しいのはこの子ではない。

一瞬が過ぎ、太陽がまた少し霧の上に出てくる。首領はむずむずする腰をかき、続ける。

――欲しいのはこの子ではない。

――何て言ってるの？（メリーナ）

――ふたりいるんだろう。子供はふたりいると聞いている。もうひとりはどこだ？

セヴェリンが答えずにいると、首領はまた舌を鳴らす。ふたりの男が短剣を引き抜く。スナッパーが縮みあがる。いざとなったら、この包囲された数人の中で自分が一番先に見捨てられる。スナッパーはわかっていた。

「ネッサローズはどこだ？」セヴェリンが小声で一行にたずねる。

メリーナがあたりを見まわす。身を寄せ合っているところからは、テントの向こうにあるかご型ベッドは見えない。「ばあや？　ネッサローズは？」

「いつものようにスリングの中ですよ。まだ下ろしてませんからね。あそこなら安全でしたよ」ばあやが早口でまくしたてる。「お嬢様がパニックで大騒ぎして、あたしたちが場を収めていたあいだは」

メリーナは悲鳴をあげはじめる。どんどん高くなる一音節。カドリング人の襲撃者たちは不満そうだが、じっとしている。

エルフィーが少し近づいてくる。母親のこんな声は聞いたことがなく、興味を引かれていた。有機的な声。石がごろごろしていて、成長不良で節くれだった木々が生えている荒涼としたウェンド・ハーディングズの丘に吹く風を思い出しているのかもしれない。あそこを離れてから二年も過ぎているが。

しかし、首領はエルフィーに触れようとしない。エルフィーを恐れているのか、それとも動じることなく自然体でいることに敬意を払っているのか。誰にもわからない。もしかしたら、並外れた逸脱行為のせいかもしれない。襲撃されているときに、母親のひざに飛びつかない子供がいるか？　だが、エルフィーはその場に立ったまま、様子を観察し、耳をすませている。そこにいる人間たちにまったく圧倒されていない。

ようやくばあやが口を開く。「ばあやのところにいらっしゃい、お嬢ちゃん、いい子のエルフィーちゃん」それが偽りの言葉だとしても。今、ばあやはエルフィーにそばに来てほしいかわからない。けれども、こっちに来るよう声をかけた。それだけでもたいしたものだ。

エルフィーは、これが初めてではないが、ばあやの指示が聞こえないふりをする。完全な反抗ではないとしても、極めてそれに近い。

今、首領は四歳児にじっと見つめられている。コミュニティの中での立場を考えると、これはあまりよくない。首領の名誉を救うために、戦士たちが仕方なく彼を殺すことになるのではないか。そこで首領は近づいていく。嫌悪感を抱いているわけではない。ただ興味を引かれていた。かつて、尾を二本持って生まれてきた沼ヤギを見たことがあるし、別のときは、野良ブタがもう一匹の野良ブタを背中にのせて空き地に現れたこともあった。こうした異様さが世界に広まらないよう、このような異常種は殲滅しなければならない。この子供を殺したりはしないが、自然の中に捨ててやろうか。そうすれば、自然が役目を果たしてくれるだろう。自然は競争相手が存在することを認めない。首領にはわかっていた。

首領は小声で言葉を発する。かたや、エルフィーはその場から動かない。興味をそそられていた。初めて他者について研究しているかのように。首領の態度が気に入っていた。エルフィーを避けているメリーナやフレックス、甘い言葉で言うことを聞かせようとするばあやと違って、この首領はエルフィーがこれまで受けたことがないほど大きな称賛を送ってくれている。人間からこれほど熱く注目されたことはない。

他の者たちが気づく前に、エルフィーは背後で物音がするのに気づく。ネッサローズを探している戦士たちの静かな呼び声や、もっと静かな足音ではない。川でまた太鼓がたたかれているのでもない。何かを掃くような乾いた音。砂の粒を揺らすようななめらかな音。やがて他の者たちも気づき、それから首領がそちらに目を向ける。エルフィーは振り返って背後で何が起きているのか見ようとしない。そのため、今この瞬間エルフィーが何を考えているのか、誰にもわからない。

長い母音で続いていたメリーナの悲鳴が途切れ――ばあやが、あまりに流行遅れになっていて繰り返す価値もない、古臭い田舎女がよく使う悪態をつく（まちがいなく完全に下品な言葉だ）。ブージーがおたまを落とす。スナッパーはこの一時間で初めてとばかりに息を吐き、安堵のあまり気を失いそうになる。セヴェリンは大胆にも手を伸ばし、首領の前腕をつかむ。そして槍を投げるまねをする。獲物がいるぞ。

ゾッとするような生き物が地面の上にいる。見慣れた姿であると同時に、醜い姿をしている。カドリングの言葉では〝パークーンティ〟というような名前で呼ばれる。クロコドリロス、あるいはクロコドリロス科の仲間としてよく知られている。クロコダイルと呼ぶ土地もある。しかし、この個体には欠陥がある。普通のクロコドリロスと違って、背中に突起物がいくつも生えている。生物学的な虚勢。世界への反対声明。まだ瞬膜も開かず、ポクサイトのような眼球の焦点も合っていないというのに。ざらざらした皮は黒緑色と黒茶色で、疱疹（ほうしん）と戦いによる傷がある。

首領は興奮している。仲間たちは槍をさらにきつく握りしめる。こういう生き物は、夕食にカドリング人のカヌーを何艘かぺろりとたいらげてしまいそうだ。致命的な脅威。これまで目にしてきた中で最悪のクロコドリロス。

動物も動きを止めている。子供の三メートルほど後ろにいる。まるでエルフィーの奴隷であり、エルフィーの言葉を待っているかのように。それは低い声を漏らす。ゴロゴロとのどを鳴らすような、割れたガラスが擦れ合うような音。それから、匂いがする。鱗のあいだに溜まって乾いた沼水の匂い。

子供のあとについて家まで来て、飼ってほしそうにする子犬とはわけが違う。この生き物は殺せと命じられるのを待っているかのようだ。

それでも、エルフィーはクロコドリロスが背後をうろついていることに気づいているそぶりをまるで見せない。

野獣が鼻を鳴らす。エルフィーにも聞こえたにちがいない。だが、宇宙がうめいている音だと思っているのかもしれない。そんなのは愚かな見解ではないか——エルフィーが宇宙の何を知っているというのか。ましてや宇宙がどうやって意見を表現するというのか。

とはいえ、エルフィーは用心深い子だ。言葉の習得は遅れているかもしれないが、頭を傾けて人間の耳には聞き取れない何かを聞こうとする犬ほどには注意深い。では、なぜ振り向かないのか？　ひょっとしたら、妹の不可思議さについて考えこんでいるのかもしれない。真相は誰にもわからない。

首領が合図する。伝道団を囲んでいた男たちが後ろに下がる。エルフィーの背後にまわり、奇形のパークーンティを取り囲む。

厄介な生物はまっすぐ前を見つめている。一度ならず朝食前に戦いに遭遇してきた。人間が気づくよりも早く動くことができる。だがたいていは、力を示すだけでこと足りる。背中のとげ状の突起がふくらみ、カタカタと音を立てて傾いたり揺れたりする。カドリング人が投げた槍が藪のように生えている突起物のあいだを通過するが、パークーンティの皮膚は鎧のように硬い。槍の先は刺さらず、柄の部分はとげのあいだにはさまってしまう。首領が仲間たちに武器を無駄にするなと怒鳴る。

この水びたしのハリネズミのような野獣は、静かにエルフィーのあとをついてきたのだった。あごを開けて嚙みつくこともなく、エルフィーが立ち止まると進まない。今は一緒に足を止めていた。自分なりの生き方があるのだろう。だから悪臭を放ち、恐ろしい見た目をしている。だから他の仲間と違って奇妙な姿をしている。命に関わる脅威だと判断するのは正当だろうか？

しかし、まさに一触即発といった雰囲気になっていた。集団は再びパニックに陥る。

身体的に最も劣っているずんぐりしたカドリング人の戦士が、伝道団の横を駆け抜け、ブージーがまだ消していなかった調理用のたき火へ向かう。カヌーのパドルの乾いた先端に火をつける。たいして急ぐことなく、そのたいまつを野獣の硬いとげだらけの背中に近づけ、たたき落とされないように炎がちょうど背中の真ん中に当たるように置く。

そのときになって、エルフィーは何かが起きていることにはっきりと気づく。くるりと振り返り、危険を見定める。トカゲのような生き物がいる。エルフィーは甲高い悲鳴をあげる。星や砂が存在する前から世界が知っている、幼い女の子の悲鳴。襲われるかもしれないという恐怖の悲鳴ではなく、警告のメッセージかもしれない。

エルフィーの叫び声に生き物が注意を向ける。しなやかな首をかしげ、怒って、あるいは驚いて、スゲに縁取られた口を開ける。それからパークーンティは恐ろしいスピードで向きを変える。カドリング人の傭兵ふたりが脇によけ、そのあいだを野獣はするするとすべるように進み、川に入って炎を消すために砂だらけの岸へ向かう。

だが間に合わない。皮膚は油っぽく、濡れているときでさえ燃えやすい。クロコドリロスは体をねじ曲げ、下半身をくるりと丸める。とげ状の突起物が円を描く形になり、まるで火のついた車輪のようだ。体を伸ばしたときに敏感な腹があらわになり、その機に乗じて二本の槍が突き刺さる。心臓から血が流れ、背中の藪のようなとげが燃えている。のどから漏れる抗議のうめき声が、朝という布地を切り裂く。震える前脚がほんの数センチ先の川べりへ伸びる。

背中に燃える藪を背負ったクロコドリロス。数センチ先の川にたどり着けば、炎は消えて、まだ生きていられたかもしれない。自由な生き様、ゆっくりと明滅する意識、苦しみ。何を認識しているとしても、次に起こることは変わらない。それでも。認識しているとはたいしたものだ。

13

背中が弓なりに反り――燃えるとげが互いに火をつけ合う――片方の目が斜め上を向く。初めて天国についてじっくり考えているのかもしれないが、パークーンティの注意は、空の表面ではなく、川の表面のほうにしょっちゅう向けられている。普通のカキやタコと同じく、天国に興味など持っていないと仮定しよう。

エルフィーは夢中で見ている。警戒しているのか、哀れんでいるのか、冷静かつ客観的に観察しているのか？　知ることはできない。それでも、前へ走りだす。いつもみたいに操り人形のようなぎこちない動きで。手足を動かしては、ぴたりと止まる。矛盾する衝動に駆られているかのように。

クロコドリロスが息絶える瞬間、子供と野獣は見つめ合う。もう四肢をばたつかせていない。のどと心臓に刺さった槍がとどめとなっていた。腹部の傷から血が噴き出し、丸くふくらんだ鼻の穴からも血が流れている。声を立てない。

今まで人間についてはほとんど知らず、知っていることといえば人間を避ける方法くらいだった。けれど今朝、エルフィーが冒険に出かけるのを見かけた。そして思わずあとをつけ、結局死ぬことになった。

その衝動の本質については、あらかじめ理にかなった説明をすることはできない。なぜ私たちは、それが何であれ、別のものに惹かれるのだろう？　蜂は花に惹かれ、人間は恋人の胸に惹かれ、彗星は太陽のまわりで軌道を描き、季節は永遠に巡り不滅に近づこうとする。生き物は別の生き物を見つける。知性、心、神々しい姿、慈愛、容姿、有機的な匂いのする魅力的な芳香。パークーンティはたまたまエルフィーに出会い、何か正しいものを見たのかもしれない。それまで正しさが存在するという証拠を見せてくれなかった世界で。

あるいは、エルフィーが出来損ないで邪悪（ウィキッド）だから、パークーンティはただ仲間意識を感じただけかもしれない。はぐれ者が別のはぐれ者に抱く気持ちを。

その子供が緑色であることは単なる偶然なのかもしれない。クロコドリロスが色覚異常かどうか、誰にわかる？

もしくは、見えるのは緑色だけで、パークーンティが初めてはっきりと目にした人間がエルフィーなのかもしれない。

今は息絶えた。命を奪ったカドリング人たちが、やさしさと悲しみを抱きながら近づいていくが、パークーンティが死んだふりをしている場合に備えて警戒している。だが、パークーンティは血を流し煙を上げながら横たわっている。男たちは死骸を川まで引きずっていって火を消すと、首領のもとに戻り、次の展開に備える。

14

首領は、この頼りない男は、野獣の処刑に狼狽（ろうばい）している。いかに恐ろしい見た目の生き物であったとしてもだ。首領はその脅威的な筋肉と表情とは裏腹に、やさしい心を持っている。気が進まないながらもマンチキン人の伝道師を殺すために送りこまれたのだが、今では無理だと気づいていた。代わりに子供を拉致するつもりでいた。

しかし、首領はパークーンティを予測していなかった。カドリングの建国神話の中で特別な存在として描かれる生き物。パークーンティと、同じ生息地で暮らしている先住民たちは仲が悪い。沼地の住人が咳払いをする前に、パークーンティはその人間の脚と尻を食いちぎることができる。そして、その種の中でも醜い個体が、ゾッとする見た目の幼女のあとをつけてきたのだ！　なぜだ？　服従か、食欲か、単なる脅しか？　たしかなことは何もない。今となってはパークーンティの意図を明らかにすることもできない。すでに仲間たちが背中の藪をかき分け、肉を得るために皮膚を切り裂こうとしている。

——最初のひと切れは、母なる族長のためにとっておけ。（権威のある首領が一族の女族長に言及する）

——何を言ってるんですかね、なんであんなばかなことを言うんだか、いらいらさせられるったりゃありゃしない。（ばあや）

——黙れ。今なら助かるかもしれない。（分別のあるセヴェリン）

——丁寧な言葉遣いをしてくれませんかね、お若いの。

——黙らないと、二度としゃべれなくなるぞ。

ばあやは口を結び、静かになる。

首領はもう一度緑色の子供をまじまじと見つめる。この取引――カドリング人のガラス吹きの命の代わりにパークーンティの命が奪われたこと――を鑑みて、子供をさらうことはやめてもいい。慈悲深い妥協。もしそうしたら、仲間たちから情けない男だと思われるだろうか？　明日の戦いでは、他の誰かが指揮を執り、自分は隊の一員になるだろう。自分が言ったこと、言わなかったことを、誰が覚えているだろう？

いずれにせよ、この子供をさらうとして、そのあとどうするかは自分が決めることではない。タートル・ハートと名づけ、殺された予言者の代わりとして育てることで意見が一致するかもしれない。あるいは、代償として命を奪うか。もしかしたら、一族の者たちが十年後にこの子を返すかもしれない。記念にクロコドリロスの革から作ったサンダルを履かせ、スイレンの花冠を頭にのせて。しゃべるのも考えるのも異郷の言葉を使うようになっているだろう。ウイルスのように、振り払うことはできない。

もしくは、自分に押しつけられるかもしれない。家に住まわせなければならなくなったら、息子たちとかわいい赤ん坊に病が伝染して緑色になってしまうかもしれない。あるいは、この不気味な幼女は十歳になる前に致死の病にかかって、首領の子供たちも同じ運命をたどるかもしれない。

そのようなリスクは断じて冒せない。

首領は子供から目をそらす。この子は自分が拉致されないことを侮辱だと思っているのではないかと、奇妙な感覚を抱く。すでに拒絶されることに慣れているのだ。首領は言う。

——死骸はそのままにしておけ。鳥と虫と魚に食わせろ。川の世界への捧げものだ。骨は流されるままにしろ。何も手出しはするな。行くぞ。広がれ、できればもうひとりの子を見つけるんだ。どのみち、この子は連れていかない。行くぞ。

男たちは安堵の気持ちを隠しながら後ろに下がる。パークーンティの死骸には触りたくない。その場に置き去りにする。それは川に数十センチほど入ったまま、水流で回転し、頭が真北を探すコンパスの針のように揺れる。

ようやくばあやが我に返り、エルファバに向かって両手を広げる。子供はそれに気づかず、クロコドリロスにじっと視線を向けている。さっきエルファバと目を合わせた野獣の目が今またこちらに向けられ、最初に這い出てきた水の中からうつろなまなざしで見つめている。エルフィーは水の中に歩いていって、その前脚に、鼻づらに触れたいと思う。だが、ふと気づく。水。無理だ。

15

カドリングの自警団員たちは、伝道団を取り囲むのをやめる。槍で藪を打ちながら、もうひとりの子供を探す。理性を失って茫然としていたメリーナが前に走り出る。湿地草の中にひざをつく。倒れたカドリング人の従者を地面から抱きあげる。ついさっき死んだばかりで——すべてがあっという間の出来事だった——まだ体がやわらかくあたたかい。頭が後ろにぐったりと倒れ、ただ酔っ払っているだけのように見える。メリーナは一瞬、昔のおとぎ話のように、この少年にキスをして目覚めさせたいという衝動に駆られる。だが、傷口が悪臭を放ち、すでにハエが集まって血に群がっている。メリーナは涙を流しながら少年を再び地面に横たえる。泣いたことで少しすっきりし、冷静になる。

ばあやがエルフィーの手をつかみ、水際から急いで引き離す。エルフィーがわざと水に飛びこむ心配があるわけではない。ばあやの行動はただ、自分がプロとして振る舞えることを証明するためでしかない。

ブージーは再び調理道具をまとめていた。今の出来事は興味深い気晴らしだったけれどまだ昼食の準備の途中だったとでもいうように。セヴェリンとスナッパーは野営地の隅へ走っていく。先に赤ん坊を見つけて守ろうとしてくれているのだと、メリーナは気づく。ところが、テントの裏にまわったメリーナは、スリングが空っぽで赤ん坊の姿がないことをついに知る。一方で侵入者たちは草木に紛れ、ある者はあちこちたたいてまわり、またある者はカヌーに戻って騒々しく離岸している。その中には首領の姿もある。

「あの人たちを止めて！　赤ちゃんをさらわれたわ！」メリーナは叫び声をあげ、川岸へ向かって駆けだす。

ちょうどそのとき、フレックスがとうとう姿を現す。上流から川のカーブに沿って水の中を歩いてくる。服はびしょ濡れで、髪からはぽたぽたと水が垂れている。背後には三頭の水牛を引き連れていた。二頭はねじれた角を生やし、一頭は真横にまっすぐ伸びる槍のような角を生やしている。パークーンティがエルフィーのあとをついてきたのとは違い、水牛たちはフレックスについてきたのではなく、彼を追いたてている。

「いったい何事だ」フレックスはきつい口調で言う。何もかもが自分以外の他の者たちの責任であると言わんばかりに。フレックスは濡れたサンダルを手に持っており、岸辺でつまずく。

「やつらがネッサをさらったの。あの子を殺す気よ。カヌーを止めて――」

カヌーはすでに川岸から十メートルほど離れており、止めるすべはない。獰猛だと評判の水牛が頭を低くして迫っているとあればなおさらだ。フレックスは蚊を追い払うかのように両手を振りまわすが、巨獣たちは低くうなるだけだ。離れようとしない。水際からフレックスを追い出し、警戒している。フレックスは湿地草の中に隠されたカドリング人の少年の死体につまずいて転びそうになる。なんとかひざをつき、顔をゆがめなら、祈りをつぶやいて嘔吐する。

ばあやはエルフィーを脇にかかえ、〝ばあやの七つ道具〟が入った袋を肩にかつぐ――軟膏、お守り、トランプ一式、恋愛小説、ひもと糸、エルフィーが遊ばなくなって久しい人形。

セヴェリンとスナッパーが、ネッサはどこにもいないと叫びながら野営地に戻ってくる。空（から）のスリングを脇によけ、下に生えている草を蹴り、藪の中にネッサがいないかと捜していたのだった。ネッサがはいはいで遠くに行くことはできないというのは、とっくに全員がわかっている！　けれど、ネッサが去っていくカヌーに運びこまれるのを誰かが見たわけでもなかった。

再び口がきけるようになったフレックスが全員をきつく叱りつける。自分たちの身を守れず、気の毒なカドリング人の従者をみすみす死なせてしまうとは何事か。「オールド・パストリアのユニオン教の主教が授けてくれた、あの聖なる信仰の盾はどこだ？」と問いかける。「なぜ銃を取って、やつらに向けなかった?」

「銃は撃つためのものじゃなく、見せびらかすものですよ」ばあやがぴしゃりと言う。

「それに、見せびらかすのはフレックス様で、ばあやじゃございません。ここで大騒ぎが起きてたときに、あなた様はどこにいらっしゃったんです?」

物語の全貌はすぐには明らかにならないが、フレックスが下流のいつもの場所で朝の禊をしていたことがのちに判明する。裸で無防備な状態でいるときに、水牛が水辺を歩いてきてフレックスはぎょっとした。水牛たちは互いの角が触れそうなほどの小さな円形を作って水中のフレックスのまわりに立った。川岸で家族と随行者たちが囲まれていたように、フレックスは水辺で取り囲まれた。水牛を脅して奇襲から逃げようとすると、鋭い角を持った野獣はフレックスを突き刺そうとするかのように頭を斜めに傾けた。水牛がおとなしいどころではなく、このように敵意を持って仲間同士で行動するとは知らなかった。そのまま三十分ほど身動きが取れずにいるうちに、朝に活動する虫たちに耳と尻と陰部を刺された。伝道の道に導かれた男にとってなんと不名誉なことか! この巨大な歩哨たちはカドリング人の襲撃者に生け捕られていたにちがいない。使役させられていたのだろう。と、ある瞬間、野獣たちが警戒を緩めた隙に、フレックスは慌てて服を身につけた。すると水牛たちはフレックスを脅すように浅瀬へ追い立て、そのまま野営地へ導いたのだった。

　そして獣たちは今でもここでじっと立っている。フレックスは事態を把握しようと努めた。一行の人数を数える——かわいそうな出来損ないのネッサローズと、死んだ従者以外は全員いる。あの少年の名前はシカパリだったか、スカパリだったか？

「やつらのあとを追い、娘を取り返す」とフレックスは断言するも、嘘になるかもしれないとわかっていた。そう言う必要があったのだ。結局のところ、これがネッサローズの人生の行く末なのかもしれない。フレックスは予言者ではなく、信仰の謎の代理人でしかない。そして、子供の将来というのは、最高の謎である。

「連中は赤ん坊をさらってはいない」セヴェリンが言い張る。「さらわれたなら気づくはずだ。ネッサだって泣き声をあげたはず」と冷静に続ける。「でも、いずれにせよ、やつらを全員で追うことはできない。俺たちが皆殺しにされてしまう。今夜、俺がやつらの村に忍びこんで、こっそり確かめてくる。やつらが俺たちに気づかれずにネッサをさらったのかどうか。それと、あの子をどうするつもりなのか。あなたたちは上流へ向かってくれ。ブージー、テントを畳め。急がないと。スナッパー、カヌーは——沈められたか、盗まれたか？」カヌーはガマが繁茂する上流の入り江に係留してあった。襲撃者たちは気づかなかったかもしれない。スナッパーが確認しに行く。

　赤ん坊の死体を見つけたのは、黒い歯のスナッパーだ。その場から抱きあげることはせず、まず戻ってきて家族に伝える。一行は荷物を置いたまま、スナッパーのあとについて川沿いを進んでいく。水牛たちが、国葬に参列して嘆き悲しむ会葬者のように、体を揺らしながら後ろからのそのそと歩いてくる。角から香炉をぶら下げて揺らしていてもおかしくないくらい壮観で厳粛だ。

こうして人間と野獣が勢ぞろいし、蝶やトンボが飛び交う中、ちくちくする背の高い湿地草や砂岩や淡い色のライラックのあいだを進んでいく。太陽がとうとう霧に打ち勝ち、世界の真の姿が一行の目の前に現れようとしていた。

ばあやとエルフィーは地面の乾いた部分を歩き、他の者たちはパシャパシャと水を飛ばしながら歩いている。エルフィーはいつもと違って、嫌そうにのろのろと足を運んでいる。だが、エルフィーはまだ子供であり、ばあやが無理やり引きずっていく。ばあやとしては、家族の人生最大の悲しみの瞬間を見逃すわけにはいかない。いつの日か、この完璧な悲劇をスロップ総督とレディ・パートラに報告することになるかもしれない。なんと恐ろしい惨事だろう。メリーナ様のふたり目の娘が亡くなるとは。証拠を目にしておかなければ。

そもそも、死んだのはばあやの責任ではない。このことで解雇されるだろうか？　必要ならば、センター・マンチまで行ってベッケンハム家で雇ってもらえばいい。あそこではつねに赤ん坊がぽんぽん生まれている。スロップ家ほど社会的地位は高くないものの、ベッケンハム家で雇われても落ちぶれたとは思われないだろう。ばあやは背筋を伸ばし、心の準備をする。この先何が待ち受けているとしても。

ところが、赤ん坊は——たしかにそこにいたが——死んではいない。なんと奇妙なことか！　メリーナが水しぶきを飛ばしながら駆け寄り、隠されていた光沢のあるゆりかごから赤ん坊を抱きあげる。口にはおしゃぶりをくわえており、そのおかげで今まで泣き声をあげなかったのだ。今、ネッサはクックッと声を出して喜び、明るい目をまわりに向けながら、おくるみの中で小さな足をばたつかせようとしている。

誰がネッサを盾の中に入れて、ガマのあいだに浮かべておいたのだろう？　きっと、仲間の襲撃者が赤ん坊に危害を加えるのを見ていられなかった心優しいカドリング人にちがいない。しかし、どうやって盾を手に入れた？　今日が〝遭遇の日〟になると知らずに、表面に塗った艶出し剤を乾かすために朝日の中に置かれていた盾を？　誰もが野営地への襲撃に圧倒されていて、盾が盗まれたことに気づかなかった？

ふと、あることが思い出される。盾が地面にどさりと大きな音を立てて倒れる音を聞いたこと。エルフィーが、盾を持ちあげられないか、輪っかのように転がせないかと試していたこと。

「ばかばかしい」フレックスが言う。「ネッサローズの危機を予知して、誘拐者たちから隠すためにここに浮かべておいたなんてはずがない。エルフィーはやっと自分で服の袖に腕を通せるようになったばかりだぞ」みながエルフィーを見ると、エルフィーはまったく後悔のない、落ち着き払ったまなざしで見つめ返す。

「他に誰が？」メリーナが言う。「それに、今そのことが問題？　わたしたちは助かった。みんな無事。ネッサは見つかった。帰りましょう」

赤ん坊は腕に抱かれ、青銅の盾はスナッパーに背負われ、一行は野営地へ戻る。最後尾のばあやは、エルフィーが望もうが望むまいが、無表情でエルフィーの手を握りしめている。

水牛におびえたのか、まだ残っていた戦闘団員たちが慌てて逃げていく。巨大な牛たちは倒れているカドリング人の少年の死体を川まで押していき、死体は安楽の地へ流れていく。その後、指示に従うかのように野獣たちは川に入り、パークーンティが漂流しているところまで歩いていき、その亡骸を鼻で押してゆっくりと川岸へ戻す。エルフィーはブージーが落としたおたまを拾いあげる。それでパークーンティの鼻づらを突き、うまく死骸にひっかけて引き寄せようとする。

「一緒に連れていきたがってる」スナッパーが言う。

「もう人形を欲しがる年じゃないですよ。妹を欲しがらないのと同じでね」とばあや。エルフィーのことを両親よりもよく理解している。「ええ、クロコドリロスの死骸のほうが好きなんですよ。あの子が心配だわ。本当に」

「このまま自然に返そう。またこの地に戻ったときに骨がここにあれば」とフレックスが勇敢で献身的な娘に言う。「おまえにやろう」もちろんそんなことは起こらないだろう、とフレックスは思う。だが、気難しい子供をなだめるために小さな嘘をつくことは許される。そもそも、子供はこうやって嘘とはどういうものかを学ぶのだ。

　朝は昼に近づきつつあり、野営地には人気(ひとけ)がなくなっていた。水牛たちは姿を消し、二度と見かけることはない。ゆったりとリラックスしているように見えるカドリング人の少年の遺体は川下へ流れていき、すぐに見えなくなる。カヌーは無事で、現地の案内人と従者たちがほとんど音を立てずに正確にパドルを漕いで上流へ向かう。気温が上がるにつれ、メリーナのはだけた胸に汗が流れ落ちる。フレックスは、より永久的な伝道を試みて再び失敗したことが不満で、眉間にしわを寄せている。ネッサは流刑から無事に救出されたことに安心してブーブー言っている。エルフィーはしかめっ面をしている。

一行の人間はここで何が起きたか知っているが、多くの疑問がある。何者かの仕業だとするなら、誰が水牛に話しかけ、ずっと指示を出していたのか？　なぜ行方をくらましていたエルフィーがクロコドリロスを引き連れて野営地に戻ってきたのか？　あの野獣に対してエルフィーは強い関心を持っており、あの生き物が犠牲となって虐殺されたことである種の調和がとれ、エルフィー自身と家族が救われた——そうなるようにエルフィーがどうにかして仕向けたのだろうか？　まだたった四歳だというのに。

ばかげた憶測が導き出される。エルフィーだけが、意図せず、しかし正確に、取引の総数と負数を考慮しているのかもしれない。命には命を。自分の命と引き換えに、あるいは妹の命と引き換えに、クロコドリロスの命を。エルフィーにそんなことが考えられるだろうか？　やっと自分の名前を言えるようになったばかりなのに？　パークーンティの心臓は亀の心臓（タートル・ハート）ではない。が、それでも。

もちろん、エルフィーは言葉にできない。もちろん、こんなふうに考えるはずがない。そもそも考えることができるのか、誰も知らない。それに、四歳の子供には善と悪についての道徳的方程式を解くことはできない。そうだろう？　そうだろう？

付　記

実際のところ、エルフィーはあの日のことをあまり覚えていないが、あのまだら模様のクロコドリロスはどこかから現れ、しばらくエルフィーと一緒にいた。そして、エルフィーが自身の物語から消失する日、キアモ・コの魔女の部屋の垂木に吊るされていることになる。エルフィーは、自分は昔からネッサローズが大好きで気にかけてきたと思うだろう。罪悪感とは悲しみの化学成分の一部だということに気づかず、ネッサの死を嘆くだろう。

今、黒い水面と、緑と茶色のスイレンの葉に雨が降っている。水面は波打ち、あちこちで雨音が響き、川面だけでなく、両岸に覆いかぶさるように生えている多肉植物にも降り注ぎ、ざあざあとにぎやかだ。世界で最も雨の多い土地で育つと、八歳か九歳になる頃にはこの音を三千回は聞くことになる。世界のこの地域では毎日雨が降る。少なくとも小雨が。ときにはもっと。

おざなりに漕ぐカヌーのパドルから水が数滴飛んできただけで、エルフィーは身を縮める。けれど、家族はエルフィーのために便宜を図ってくれていた。伝道団の中でひとりだけ、サンダルではなく長靴を履いている。ばあやがメリーナの古着の入った衣装箱をひっかきまわし、長靴下の先に穴を開けて、エルフィーの細い緑色の腕と脚のために腕抜きと脚絆（きゃはん）をこしらえてくれた。また、エルフィーは雨よけの広いつばのついた籐製の浅い帽子をかぶって過ごしている。それから、お気に入りのジャングル傘。これをさしていると、幼いエルフィーは野外調査をしている若い植物学者のように見える。なんとかやっている。天候に関してどうにかやりすごすことは第二の天性になっていた。何度も言及する必要はないだろうが、超自然的な肌の色と同様に、エルフィーにとってはこれが現実なのだ。

雨の中、水面に浮かぶスイレンの葉がくるくるまわっている。角を曲がれば消えてしまう記憶もあれば、それぞれの瞬間が結びついて物語となる記憶もある。水の上を歩いて渡れる、記憶を歩いて時間そのものを渡れると思えるくらい、しっかりと作りあげられた物語。

第二部　呪い

16

姉妹は生き延びた。そして成長する。それぞれに成長する。

「姉妹というのはお互いを嫌って、それから仲よくなるものですよ」ばあやが言う。まるで説得力がない。ばあやには姉妹がおらず、自分ではそれをありがたいと思っていた。

ネッサの窮状が、以前はエルフィーに向けられていた注意を吸い取っていた。そのうちにエルフィーは自分が感謝の気持ちを抱いていることに気づく——そんな気持ちは認めたくなどない。けれどもたしかに認めるようになる。ネッサがより人間らしく、災いの欠片（かけら）ではなくなるにつれて。

妹はバランスが取れないため、自分の足では立てない。ともかくそれが前提となっている。無防備な赤ん坊として世界に生まれた——つまり腕がないということだ（ばあやは赤ん坊の肩甲骨の先端をくすぐろうとした。そうすれば、遅ればせながら腕が生えてくるかもしれないと期待して）。

マンチキンでは、出産に立ち会った産婆たちの噂のおかげで、ネッサの奇形は七年続いた干魃（かんばつ）がやわらいだことに対する間接的な代償だと、宿命論的な考えを持つ者もいた。すなわち、前庭での卑劣な殺人に積み重ねされた代償。継ぎ足し。取引の決定的要因。いずれにしろ、干魃は終わった。

総督の二番目のひ孫、ネッサローズ・スロップは、コルウェン・グラウンドで生まれた。ネッサの苦難を表す言葉があまりに残酷でないかぎり、ネッサの障害は隠せない。フレックスが自分は名もなき神と結びついていると豪語する尊大な牧師であるため、ふたり目の娘に与えられた罰がより辛辣であると思われている。より痛烈であると（より爽快であると――子供には気の毒ではあるが！）

姉のエルファバが先に死ぬか、または称号を捨てた場合、ネッサはいずれスロップ総督になる。そうなれば、ネッサの欠陥は永久に人目にさらされることになるだろう。異様な体で生まれたふたりの子供！（そう、エルフィーについての話題がようやく広まってきた。）メリーナ・スロップは分娩用テントで正しいことを何もしなかったのだろうか？スロップ家の二番目の継承者であるメリーナがもう一度がんばって五体満足な子供を産めば、上の子たちは継承順位からも歴史からも静かに消え去り、三番目のより完璧な子が継承者に指名されるだろう。そのような慣習破りは過去に聞いたこともないが、考えてもみたまえ――緑色の総督？　もしくは、手足がそろっていない総督？　既成概念にとらわれずに考えてほしい。三度目の正直。メリーナがまだ妊娠できて、子供をもうひとり腹の中で育てられるのなら。

そこでメリーナは子作りに励むが、体には何も宿らない。

エルフィーは母親が妊娠に失敗していることや、何度も流産していることに気づかない。風変わりな子供ではあるものの、他の子と同様、目の前のことしか見えていない。なぜ自分が成長するにつれて両親がカドリングのより奥地へ向かうのか理解できない。人生について知っていることといえば、テントと杭、子供用ベッドと寝袋、調理鍋と米袋、家族が過去のがらくたや衣類を入れて引きずってきた、ぼろぼろの革のトランクくらい。人生とは活力、不安定、好奇心。家は持ち運びができる。人々は来ては去っていく。スナッパーが、あるいはセヴェリンが、いつどうしてどうやって姿を消したのか、エルフィーは覚えていない。ブージーは誰よりも頼りになることが証明されている。調理の仕事をほっぽり出すとしても、せいぜい数週間だけだ。家族の一時的な任務が終わりに近づく頃には必ず戻ってくる。ある年、ブージーは妊娠して戻ってくるが、流産してしまう。真夜中に咳をして、成長できない赤ん坊をのどから吐き出したと話す。「あの子は呪われてる」とブージーはエルフィーを指して言う。「あの子のせいだ」今では侮辱的なことを言えるほど共通語を話せるようになっていた。ばあやは、ブージーが指をさすべきではない場所をさしていると思う。きっと報いを受けるだろう。

「呪われてるって、どういうこと？」ブージーがぶらぶらと歩き去ると、エルファバがたずねる。

「ちょっとした魔法にかかることですよ」ばあやは平然と答える。

「変なことを教えないで」とメリーナ。

「この子が生まれたとき、お嬢様も同じことを思ったでしょう」ばあやはメリーナに思い出させる。

「ネッサローズは呪われてるの？」エルフィーはたずねるが、この話題は不適切だとみなされ、誰も答えようとしない。そこでエルフィーは、ネッサも呪われているにちがいないと結論づける。その夜テントの中で、あるいは、いずれにせよ少しあとになってから――エルフィーは七歳くらいで、ネッサは五歳くらいかもしれない――エルフィーはもったいぶってこの話題を持ち出す。

「カタツムリ油のランプを吹き消してから、秘密を教えてあげる」姉は言う。

「いい秘密？」

「ネッサが決めて。呪いのことだよ」

「呪い（ヘックス）、嫌い」

「どんなものか知らないくせに」

「かみつくんだよ」

　エルフィーは考える。ネッサの言うとおりかもしれない。それからこう言う。「違う、それはキツネ（フォックス）だよ。呪いは魔法（マジック）みたいなものだと思う」

「手品（マジック）？」

「手品だって思う人もいる。でも別の人にとっては、呪いは本物で、手品じゃない」

「呪い、呪い、呪い」ネッサは言葉を口にしてみる。「本物の手品って、どんな？」ネッサは疑い深い。

「ええと――」エルフィーも呪いが何なのか、はっきりとはわかっていない。あたりをさっと見まわす。水の入った小さなたらいの中に、なめらかな黒い石が沈んでいる。ブージーいわく、この石が水の硫黄臭さを吸収してくれるから、もしのどが渇いたら、幼い姉妹はこの水を飲めばいい（これも魔法だろうか？）。エルフィーはスプーンを使い、少しずつ石を押して外に出す。卵形の不透明な石が乾いてから、手のひらの中で転がす。「これ

に呪いをかけて、ネッサの朝ごはんの沼プラムに変えてあげる」エルフィーは沼プラムが
ネッサの大好物であることを知っていた。

「できないよ。でしょ？　できるならやってみせて。どうやるの？」

「明かりがついてると呪いをかけられない」エルフィーはオイルランプのガラスのほやの上から息を吹き、炎を消す。沼地の夜は曇っていて、ほとんど真っ暗だ。エルフィーはふたりのあいだにある衣装箱の上に石をごとんと置く。「アブラカネクサス、アブラカヘクサス」と低い声で唱えると、妹は怖がるふりをしてうめき声をあげる。

「うまくいった？」とネッサ。

「すぐには変わらないよ。時間がかかるの。赤ちゃんを作るみたいにね」

「赤ちゃんを作るのって、どれくらいかかるの？」

「さあね、一分以上はかかるよ」

「じゃあ、いつランプをつけて沼プラムを見せてくれるの？」

「朝まで待って。もう寝なさい」

「緑色になる？」

「うん」とエルフィーは言い、それからこう続ける。「腕もないよ」

ネッサはその意味を考え、うれしそうに理解する。「じゃあ、あたしたちふたりみた

い」

「黙って、目を閉じて」エルフィーは自分のベッドに横たわる。いつもネッサはすぐに眠りに落ちる。今夜エルフィーは、ネッサがうとうとしはじめたらベッドを出て、こっそり食料貯蔵箱のところへ行き、ブージーの蓄えから沼プラムをくすねるつもりでいた。こっそりて石とプラムを取り替える。ネッサは姉が魔法を使えると思うにちがいない。こんなふうに真実を偽ることが何の役に立つかわからないけれど、何かが起こるだろう。一目置かれていれば、いつか自分にとって有利に働くはずだ。

ネッサはなかなか寝つけず、何度もこうつぶやいている。「もう朝？」エルフィーは妹がうとうとするのを待っているうちに、自分が眠ってしまった。「エルフィー、エルフィー」今日、先に起きていたネッサが言う。「朝だよ。見せて！」

「ちくしょう」エルフィーは大人たちに大目に見てもらえる唯一の悪態をつく。目をこすりながら、なぜ石がまだ石のままなのかを弁明するためのもっともらしい嘘を頭の中であれこれ考える。

だが、そのような言い訳は必要なかった。衣装箱の上に、まだ茎に葉がついたままの小さくでこぼこした沼プラムがのっている。あまりに完璧すぎて現実とは思えない。絵に描いたプラムみたいに。誰もが想像しうる中で最も完璧なプラムそのもの。歴史上の他のあらゆるプラムはこの理想的なプラムを待っていて、ここから未来のすべての沼プラムが生まれていく。

「エルフィーは呪いが上手なんだね」ネッサがささやく。

「そうみたい」エルフィーは言う。近づくのが怖い。触るのが怖い。けれど、プラムはそこにある。かすかにプラムっぽい香りがする。とうとうベッドから脚を投げ出し、前かがみになって触れてみる。どうなるだろうか。燃えるかもしれないし、爆発するかもしれない。あるいは消えてしまうかも。しかし何も起こらず、ただ影の中で少し揺れ、また元に戻る。後ろに黒い石はない。石が自分自身に魔法をかけて、引きあげられた水の中に戻ったわけでもない。ただ消えていた。

「どういうこと？」ネッサが聞く。「エルフィーにはできたんでしょ？」

「あたしがネッサより年上だからだよ」

「教えてくれる？」

「呪いのかけ方を？　だめ。できるとしても、ただできるってだけ。口笛を吹くとか。歩くとか」これは意地悪だし、エルフィーもわかっている。

「口笛吹けるよ」ネッサは短く小さな嘘をつく。今はまだ吹けないけれど、大きくなったらいつか吹けるようになるだろう。いつか背中の力が強くなって自分ひとりで歩けるようにもなるだろうか？「荷車に乗せて。ママとばあやと父さんに教えよう」

荷車とは、一、二年前にカドリング人たちがネッサローズのために柳の枝で作った一輪の手押し車のことだ。じきに体が大きくなって乗れなくなるだろうが、今はまだ小さいので、エルフィーでもネッサをベッドから抱きあげて、なんとか荷車の中に座らせることができる。落ちてしまわないように、ネッサの両側に枕を押しこむ。エルフィーの力では、荷車を押して坂を上り下りすることはできない。ときどき、坂のてっぺんでバランスを崩したらどうなるだろうかと思うことがある。荷車が急速に坂を下りだすところを想像する。けれど遅かれ早かれ後部の突っ張り用の脚が地面につき、前輪がぴたりと止まり、荷車は自然に停止するだろう。もしかしたら、急停止するかも。そしたら中身が勢いよく飛び出す。だけど、それより悪いことにはならない。

「魔法の沼プラムを持ってきて」ネッサが言う。「みんなに見せなきゃ」

「嫌な顔をされるよ」とエルフィー。「みんな、呪いは好きじゃない。嘘とかペテンは嫌いなんだよ」

「じゃあ、あたしの口元まで持ってきて。かじってあげる」

妹の言葉の何に惹かれたのかわからないものの、どうなるかという好奇心から、エルフィーは言われたとおりにする。魔法の沼プラムを食べてとうとうネッサローズの腕が生えたら？　いいことなのか、それとも悪いこと？

ネッサのあごに果汁が垂れ、エルフィーは毛布の端で顔を拭いてやる。「味はどう？」

「エルフィーも食べて」

だが、エルフィーは勇気が出ない。「みんなには言わないで」

「どうして？」

エルフィーは口をとがらせるが、ネッサの後ろで荷車のハンドルを持っているので、ネッサには見えていないと気づく。「父さんは牧師でしょ。魔法は悪いものだと思ってる」

ネッサは顔をしかめてじっと考えこむ。「おいしいプラムだよ。エルフィーは腕のいい料理人だね」

「ありがとう。でも、このことは黙ってて」

エルフィーはまだ、ネッサに偉そうに命令するのが逆効果になるかもしれないとわかっていない。ネッサがへそを曲げて裏切ることだって考えられる。だが妹は、少なくともメリーナとフレックスの前では黙っていると約束する。ふたりは夫婦用テントの前にいる。メリーナは腰に手のひらを当てて立っている。その腹は突き出ている。フレックスは小さな折り畳み椅子に座り、背中を丸めてパイプをくゆらせながら、宗教関連の小冊子の余白にメモを書きこんでいる。ブージーがたき火の上で朝食の粥(かゆ)をやさしくあぶっている。

「おやまあ、お姉ちゃんがいいお姉ちゃんをやってるなんて」ばあやが脅すように言う。

エルフィーの目に、ネッサをひっくり返したいという衝動を見て取ったのだ。

「あたしたち、呪いにかけられたの」ネッサが明るく言う。エルフィーの忠告を無視するのは初めてではない。「あたし、呪いをかけられた」

「あなたもわたしもね」メリーナが言う。

「おい、メリー・ベリー」とフレックス。「そういう話は好きじゃない」

「わたしはその愛称が好きじゃないわ。特にお腹（ベリー）が大きくなってる今はね。だから言葉に気をつけて。さもないとあなた専用の呪いをかけてやるわよ」

ネッサがもう一度説明しようとする。「エルフィーが石をプラムに変えたの」

「お黙りなさいな、お嬢ちゃん、ばかなことを言っちゃいけません」ばあやが慌てて割って入るが、フレックスが右の拳（こぶし）にのせていたあごを上げ、顔を向ける。

「何を言っているんだ、ネッサ？」

しゃべりはじめていたネッサは止まらない。食事と薬と衛生上の世話以外で関心を向けられることはあまりない。ここぞとばかりに話す。「エルフィーが呪いは本物だって言って、呪いをする方法を知ってて、ほんとにやってみせたの。水の石を沼プラムに変えたんだよ」

「できるわけがない」フレックスの声は自分で思ったよりも弱々しい。「ゲームをしているんだろう、それか、姉さんがおまえをからかっているんだ。エルファバ、嘘だったと妹に正直に言いなさい。そして謝るんだ。この世では事実を手に入れるのは難しい。だから牧師が必要なんだ。ふざけて人をだますのは薄情なことだ。詐欺だ。それに、ええと、少し危険なことでもある」

「ふざけてない」エルフィーは地面を見つめてうなるように言う。

「食べさせてくれたんだよ、魔法のプラム。ひと口だけ。おいしかった」

フレックスは上の娘を見る。「ふざけたまねをするよう妹に教えているのか？　この人生でネッサに必要なのは真面目さと聡明さだ、エルファバ、欺瞞(ぎまん)ではない」

「ネッサがやったんだよ」エルフィーは言う。「思いついたのはあたしだけど、ネッサが心から強く願ったから、呪いがかかったんだと思う」

「あたしじゃない！」ネッサが叫ぶ。とはいえ、怒りの中にかすかに喜びがにじんでいる。ネッサがやったのなら？　無力な人間には希望しかない。

「もう、なんとかしてちょうだい、ばあや、あなたの仕事でしょう」メリーナが言う。「でもまずは、わたしの朝用の靴のひもを緩めて。今はかがめないし、足が締めつけられてるの。まるで風船になったみたい。髪の毛まできつく張りつめてる気がするわ」

ブージーがネッサの荷車を押していき、エルフィーはそのあとから重い足取りで砂地を歩いていく。声が届かないところまで移動すると、カーティ語の方言と家族が使っているオズ語で話す。

最初に呪いの話をしたのはブージーだったので、当然ブージーをとっちめる。エルフィーが呪われていると言ったことを料理人に思い出させる。本当はどういう意味だったのか？　魔法で石を沼プラムに変えたことと関係はあるのか？

最初、ブージーはこのことについて話したがらない。もごもご、ぶつぶつ言いながら白状する。この家族の話し方はまるで、すべてが意味を持ってブリキの箱の中に入ってるかのようで、他のことには触れないし、変えたりしない。とても奇妙で異様で、自分には理解できない。朝ブージーが何かを言って、夕方にまたそれを言ったとしても、同じ意味とはかぎらないし、同じ意味にはできないし、ときにはそもそも意味がわからないこともある。

「じゃあ、つまり」エルフィーは概念ではなく物体としてまだ具体的に考えている。「何も」——〝安定〟を意味する言葉を探すが、すぐには出てこない——「何も決まってはいないってこと？」

「水は氷になるし、空気になるし、暑い朝には鍋からなくなって、雨の午後にまた降ってくる。止まってじっとしてるように見えても、つねに動いてる。それが魔法、呪いだよ」

「じゃあ、なんであたしが呪われてるって言ったの？」エルフィーは聞く。

「なんで昨日それを言ったか、なんで今日それを言ったか、理由は同じとはかぎらない」

ブージーは説明する。「それがすべてさ。物事は変わる。あんたも変わる」

「あたしも」ネッサが言う。「ブージーも。黒いスカートをはいてることもあるし、ヘンテコな縞模様のスカートをはいてることもある」

「あんたは姉さんのようには変わらない。姉さんはずる賢い。外側は緑色の少女。内側に何があるか自分でわかってる。もしかしたら、この子は地上に落ちてきた緑色の月の欠片かもね。あんたは」とブージーはネッサに言う。「目には見えない失われた腕を持ってる。そして姉さんはあんたが見えないものを別に持ってる。それが何かはわからない。あたしにも見えないからね。だけど、それはそこにある。この子は呪われていて、未熟。いいことでもないし、悪いことでもない。あまり気にしないことだね。明日また聞かれたら、あたしは別の答えを言う。その答えだって事実だろう。あるいはまちがってるだろう。でも、ひとつわかってる。あたしは呪われてない。あたしはあたし。かぎりなくブージーらしいブージー。それだけ。それ以上になることはない」

ブージーはエプロンのポケットに手を入れる。「親御さんたちが身支度をして、朝食を食べたいと言い出すのを待つあいだ、おなかがすいてるなら沼プラムを食べるかい？」すっぱそうな果物を取り出す。姉妹のテントの中で衣装箱の上に現れた見栄えのいいプラムとはまるで違う。

エルフィーは考える。ブージーはテントの外をうろついていて、あたしの話を聞いて、あたしたちをからかうためにプラムと石を取り替えたのかもしれない。おもしろがるために。

エルフィーが姉妹のテントに戻ると、魔法で現れた完璧な沼プラムは消えていた。ネッサにひと口食べさせたあと、どうしたか思い出せない。地面の上に、あるいはテントの外に捨てた？　夜用の飲み水が入ったボウルをのぞきこむ。黒い石は戻っていた。水の肌の下で、動じることなく非難するように座している。いつもと変わらない沼地の心地よい朝に、ここを離れて沼プラムとして姿を現してなどいないかのように。

17

この件について、ばあやはまったくもって不可解な意見を持っている。「そよ風がたくさん吹きすぎて、なぜ木の種があそこじゃなくてここに落ちて根を張るのかわからないでしょう」とエルフィーに言う。「お父様は、名もなき神が地理学でいうところのすべての丘の配置を決めたのだと主張しています。それぞれの発芽の場所を正確に選んだのだとね。ばあやはそこまで信心深くありません。誰かがこっそりいたずらをする場合、呪いがそのいたずらっ子にそうしたいという衝動を起こさせるのかもしれません」エルフィーに向かって顔をしかめる。「ばあやは自分の言動に気をつけてますし、お父様のように決めつけたりはしません。感受性と分別を与えてくださるラーライン様を称えよ」

エルフィーには難解すぎる。たしかに利口だし、今では仲間よりもしゃべる。仲間がいればの話だが。けれど、まだ七歳か八歳でしかない。まだ流れ星に願い事をする。そのくらい世界を信じている。

18

ネッサローズの考え方や感じ方については、伝道団の他の者たちと違って、推測するのは難しい。実際、ネッサは聾啞（ろうあ）の人間ほどおとなしくはない。だが、姉とは違う意味で、計り知れない何かに包まれている。エルフィーはたしかに内面性を持っており、それはやがて彼女の中でふくらんでいき、実際に精神科病院に入れられそうになるかもしれないが、完全に考えが読めない人物には決してならないだろう。口に出さなくても、表情や、ボディランゲージからでさえ――歩き方、足の踏み鳴らし方、せっつき方、威勢のいい振る舞いで――考えが表れてしまう。体の障害が極めて明らかなネッサは、磁器のごとき自制心でネッサローズらしさを内に宿している。穏やかに、生まれながらに。

今、ネッサは週に一度の入浴をしている。ばあやとブージーが、洗濯物をつけておく洗面器としても使っているブリキの浴槽にネッサを入れる。今ではバランスが取れれば上体を起こしてしゃがんでいられる。ブージーがぬるい湯を髪と肩にちょろちょろとかけ、ネッサは目を閉じる。触れられるのは気にしない。手で自分自身に触れられないからだろう。ばあやが古いスポンジを使う。湯はバニラの香りがする――ここではバニラは贅沢品だ。エルフィーは近くに立ち、考えている――

――が、これはネッサのひと時だ。ネッサは目を閉じている。どこにいるのだろう？

少なくとも、ネッサが何を聞いているかは想像できる。鳥のさえずり。そう呼べるのであればだが。すべての鳥の鳴き声が美しいメロディであるわけでも、喜びに満ちているわけでもない。警告の鳴き声、ひっかくような金切り声、途切れがちで最後は低くなっていく咳、後悔や絶望を思い起こさせるもの悲しい響きなどがある。鳥たちは葦の群れに隠れ、口論をしたり、求愛したり、縄張り争いをしたり、肉食獣を追い払おうとしたりしている。水辺での暮らしは、鳥類にとっても人間にとってもにぎやかだ。このような騒々しい喧噪にネッサは気づいているにちがいない。空に飛び立って、鳥のように甲高い声で叫びたいと思っている？　泳ぐための腕がないから、翼を望んでいるのかもしれない。どこでもいいから遠くへ行くために。円を描いて飛びまわり、おしゃべりし、身を落ち着ける鳥たち。ネッサは鳥たちに囲まれているが、鳥たちの仲間になれるのか――

いや、この実験は行われない。ネッサは冷静に自分の殻に閉じこもっている。

エルフィーはネッサを眺めながら、水がショールのように肩に流れるさまを想像する。エルフィーにとっては悪夢だ。けれど目をそらせない。エルフィーの沐浴もばあやがやってくれる。エルフィーの場合、この良心的なばあやは、数滴のヤシ油と、アロエの葉の内側から絞り出したねばねばした白い泡から作った軟膏を塗りたくる。そして茶色くなった堅い豆のさやをあかすり器のように使い、エルフィーの肌から余分な油と汚れをこすり取る。ごしごしと磨かれているような気分になるが、気持ちがいい。髪は油と卵白で洗う。

つやつやになり、昼ごはんのような匂いになる。だが、きれいだ。ぐちゃぐちゃだが、きれい。しかし、ネッサの髪は湯ですすがれる。激しい嫌悪感からエルフィーは身震いする。ネッサも震えるが、別の感覚――官能的な快感のせいだ。「もういい」これ以上ちょろちょろ滴る水の刺激に我慢できなくなり、ネッサが言う。するとばあやが、メリーナが駆け落ちのときに持ってきた例のトランクから一番やわらかい布を取り出し、ネッサの体を上から下まで拭(ふ)く。

ここでエルフィーは目をそむける。自分は人に触られるのが嫌いなので、ネッサがフランネルにゆったりと身を預けているのを見ても姉として喜びは感じない。

19

この頃、エルフィーは悪さをする幽霊(ポルターガイスト)に遭遇する。正確にはエルフィーは何歳なのか？オズでの誕生日の数え方は精密科学ではない。だが、年表が噛み合う年齢に達していた。不規則な記憶が並びはじめている。エルフィーは、原因と結果の概念、物事の関連性を理解しはじめる。例えば、幼いオズマはいわゆるオズの魔法使いが現れるまでは姿を消していなかった。そうでなければ、魔法使いは誰も倒していないことになる。まずはこれ、次はあれ。川岸での遭遇。あれはネッサがまだ、ひっくり返した戦闘用の盾の中に入って水に浮かんでいられるほど小さかった頃のことだ。エルフィーがあの柳細工の荷車に乗せて連れまわせるほどネッサが大きかった頃ではない。

本当にポルターガイストだとしても、この先未解決のままだろう。ばあやは、野営地に侵入する者など見たことない、自分とブージーが注意を払っているのだから、と言い張るだろう。

それに、ティーミットという名の髪の少ない現地人の夜警もいる。野営地を見まわり、たき火を燃やし続ける――一年の中でこの時期は、ある場所からまた別の場所へ移動するジャングルキャットがひそかに通り抜けていくのだ。そのためジャングルは静かになる。葉やクモの巣さえも警戒している。少なくともエルフィーにはそう見える。物事が見えはじめていた。このような印象がどれだけ現実なのかはわかっていない。けれど、ある種の喜びとともに感じ取っており、そこから自分は他の人とは違うと思うようになっていた。

ばあやは言う。「そんな絵空事を想像するなんて。それも、エルフィー嬢ちゃん、あなたみたいな子が？　明らかにありもしないことについて、ぼんやりとした作り話をするなんて。しっかりなさいな。ばあやはそんなばかげたたわごとを口にする趣味も才能もなくて、ラーライン様に感謝ですね」一方、ブージーはエルフィーの突飛な主張に愛想よくうなずき、まったく否定しない――そこまで努力する価値はないのだ。エルフィーの両親は、この間ずっと、他のことに気を取られている。

ポルターガイストでも、そうでなくても、何者かが家族の長く困難な日々のかたわらをちょこまかと動きまわっていて、エルフィーだけが気づいているようだ。

第一に、物がなくなる。ばあやの裁縫道具。針と糸が入った小さな柳細工の手提げ籠なんて誰が欲しがる？　当然ながら、ネッサはいつも容疑を免れる。何かを持ち去ることなどできないのだから。それからブージーはほとんど私物を持っていない。少なければ少ないほどいい（またテントを畳むときに、まとめる荷物が少ないほうがいい）。メリーナでもない。メリーナは針の使い方を知らない。『ウェンド・ハーディングズの主教による七つの高尚な格言』に書いてあるが――それも知らない。フレックスは手先が不器用ではあるものの、自分の靴下を繕ったりボタンをつけ直したりできる。しかし窃盗に関しては、誰かが言ったように、花嫁をその家族の屋敷から盗んだことがあるだけだ。違反行為が小さいほど、フレックスはあからさまに嫌な顔をする。無断で誰かの夕食の皿からひと塊の米を取ることさえしない。

そういうわけで、ある晩ブージーの竹製のやっとこが消えると、自然とエルフィーに疑いの目が向けられる。「呪いをかけて月に変えたんだよ」すぐにネッサが興味津々にきっぱりと言う。かすかに舌足らずなしゃべり方はわざとだろう。

「呪いの話はしちゃいけませんと言ったでしょう」ばあやが叱りつける。

「ネッサが呪いをかけたんだ」エルフィーはネッサを指し、むきになって言う。「だって、それがこの子の望みでしょ——なんとかして物をつかむのが。何かをつかみたくてたまらないんだよ」

〝したくてたまらない〟なんて、ばあや言葉だ。そんなのがあればだが。ばあやがそれに気づく。「ばあやのまねはおよしなさい。あなたは高貴な生まれなんですよ。そんな言葉遣いはヘンテコです」ばあやは言う。「警察の目をそらすために濡れ衣を着せてるみたいに聞こえますよ、エルフィー嬢ちゃん。恥を知りなさい」

「そうかもしれないけど、恥とは思わない」けれどエルフィーは当惑していた。やっとこはフライパンの中でジュージュー焼けているマロウ豆の新芽をひっくり返すのに必要だ。ブージーが、道具が戻らなければ辞めると脅す。

「お互いを責めるなら、ばあやが取ったのかもね」エルフィーは言う。

「ばあやは料理には手を出しません」とばあや。「食料貯蔵室ではくんくん匂いを嗅いで、洗濯場ではがみがみ言って、台所は通りすぎました。あたしは客間での作法を身につけてます。子供部屋までしか行けなかったとしても、それはそれで残念ですが、それでもご家族と一緒に食事をしますよ」

ブージーがぴしゃりと言う。「あたしのやっとこがここに戻ってくるまで、揚げたマロウ豆を食べられないよ。やっとこが戻らなきゃ辞めてやる。すっぱり辞めてやる。準備ができたら、永遠に辞める。絶対にね」

「それはどうかしらね」ばあやは料理人に言う。「奥様を見捨てたりしないでしょう。今は身重なんだから。あなたにそんな度胸はない。それに、認めますけど、あなたはやさしすぎる」無理やり冷ややかな笑みを浮かべる。

「やっとこを見つけて、そのずるくて嘘つきな唇をはさんで閉じてやる。それがお似合いだよ」とブージー。「それから、またにやにやしたら、あんたの針と糸で縫い合わせてやる。あんたも、あんたの口調もうんざりだ！　あんたたちみたいなばかな女と違って、あたしは調理場での作法なんて習っちゃいない。料理はあたしの血で、あたしにとって自然なことなんだ。その子にとって呪いがそうであるように」と言って、スープ用のおたまをエルフィーに向ける。

「なんでいつもあたしの話になるの？」呪いをかけることができると思われていることに、エルフィーは怒りを覚える。それと、少しの誇りも。

だが、盗みを働いているのはエルフィーではない。そ、、、うだろう？　もしかしたら、盗んでいるのだろうか――眠っているときに？　盗んだ物はどこにある？　なぜわざわざ盗む？　注意を向けてほしいから？　たしかに、ネッサローズがありとあらゆる関心を集めていて、それはこの先もずっとそうだろう――そうであるにちがいない――けれど、たいていの場合エルフィーは気にしていない。注目の的になることは望んでいないし、陰に隠れて人目につかないほうがいい。この世界で自分が透明になれるのは、裸でジャングルをさまよっているときだけだろうと、エルフィーは考えるようになっていた。肌の色が保護色になってくれるはずだ。初めて役に立つ。

しかし、自立できるのはいいことだ。姿を消せる透明マントのボタンを鎖骨のところで留める姿を想像してみる。自分の顔が感情豊かで、一キロ離れたところからでも感情が読み取れることをまだ知らない。自分に感情があるかもわからない。例えば、エルフィーはほとんど泣かない。自分でも謎である。戸惑いはあるものの、安堵してもいた。自分が何者かわからなければ、自分の境界の外に出ても責められることはない。

けれど、これはすべての子供に当てはまることだと、のちの人生で考えるだろう。キアモ・コの子供たちと知り合い、そして、どちらかというと嫌悪するようになる。自分の子供時代を台なしにされたことを覚えているからといって、あの行き詰まった子供たちに共感できるわけではない。とにかく成長して、さっさとけりをつけてしまえばいいではないか。

やっとこ、裁縫バスケット。呪いをかけられた沼プラムの件。ある朝、伝道団の一行が目を覚ますと、古い儀式用の盾が草の上でひっくり返っている。かつてエルフィーが幼い妹をのせて水に浮かべ、あの世へ送り出そうとした盾。そのわずかにふくらんだ面に、ウジ虫のわいたバナナが山積みになっている。「なんであたしがわざわざ腐った果物を集めたりするのよ」みんなに責められる前に、エルフィーは叫ぶ。他の人たちに向かって、そして自分に向かって。

どすどすと足を踏み鳴らしてティーミットに近づく。夜の見まわりを終えて、ブージーが用意してくれた毛布の上でごろごろしている。「夜じゅう起きてて見張ってたなら、何か見たでしょ。それとも、あたしたちが寝てすぐにガーガーいびきをかいてた？」

「睡眠ってのは、要求が厳しい夜の女だ。呼ばれりゃ答える。俺は睡眠と寝る」ティーミットは答える。「俺の悪い癖だ。だが、朝にはこうしてたき火があるし、あんたらも無事だ。それが毎晩の俺の仕事だ。次の日まであんたたちの安全を守ること。だから、俺にいちゃもんをつけるな。それと、そのバナナを片づけてくれ。害虫が集まってくる。なんでバナナがあるのか、答えが欲しいなら、次に会った猿に聞くといい」

今回ばかりは、エルフィーは言われたとおりにする——腐った果物を捨てる——が、そうするよう言われたからではない。どういうわけか、バナナはエルフィーへの侮辱、挑戦だと思える。最初は完璧な沼プラム、それから熟れたバナナの山。次は？　巨大なマスクメロンのどろどろ死骸？

エルフィーは探偵になることに決めた。正面を向いたまま、目を左右に動かす練習をする。今度つまらない物を盗もうとする手が現れたら、捕まえてやる。石のようにじっと立ち、野営地に目を走らせる。一度、鳥が肩に止まるが、エルフィーは——堂々たる態度で——微動だにしない。鳥はエルフィーを自然の枝に他ならないと思っている。どんな鳥かエルフィーにはわからないが、他のどんな鳥よりも鳥らしい。このうえなく。

エルフィーにとってものすごく大変であり、かつわくわくするものだった。

エルフィーは実験をしようと考える。ばあやがネッサのベッドに置いている人形を持ち出す。ネッサのベッドは、寝返りの激しいネッサが転がり出ないように端が高くなっている。人形はエルフィーのおさがりだ。エルフィーは前からこの人形が大嫌いだった。憎たらしい人形。ばあやがコルウェン・グラウンドから持ってきたお土産。もとはメリーナの人形だったのかもしれない。木のおがくずでできたおかしな黄色い髪を生やしていたが、ずっと前にエルフィーが全部引き抜いていた。今はつるっぱげで、ほとんど特徴がなくなり、顔に描かれていた微笑みも乱暴な扱いのせいで剝げ落ちていた。今はネッサのおもちゃになっている。ネッサの唯一のおもちゃ。だがもちろん、妹は人形で遊べない。ゲーム感覚で蹴ったりすることはあるが。人形はネッサと同じく自分では動けない。お似合いだ。十分に憎みきってからネッサに譲ったときに、エルフィーはそう思ったのだった。

「ニンナキンスをどこに持ってくの？」うとうとしかけていたネッサが聞く。

「テントの外に置いて見張らせる。バナナの話聞いたでしょ。いたずらなのか、ばかにしてるのかわからないけど。ニンナキンスが見張ってくれる」

「何も教えてくれないよ。しゃべれないんだから」とネッサ。

「今はね」とエルフィーは言い、いたずらっぽく続ける。「あたしたちのどっちかがこの子に呪いをかけて、白状させるの。ここで何か起きてる。いつもにこにこ笑ってるこの口を開けて、役に立つことを教えてくれるかも。例えば、『泥棒事件の犯人はネッサだ』とかね」

「ニンナキンスにそばにいてほしい」とネッサは言う。いやにめそめそした口調だが、ネッサもニンナキンスをそれほど大事にしているわけではない。ただそれが常套手段なのだ。

「きっと立派に夜の見張りを務めてくれるよ。誰かが見張ってなきゃ。ティーミットはいびきをかいて寝てるだけだし。たぶん、大きなジャングルキャットが来て、たき火のまわりで踊って、ティーミットをばかにしてるね。誰がいたずらしてるのか、ティーミットが寝ぼけて気づかないとしても、ニンナキンスが気づくかも」

次はニンナキンスが消えればいいと、エルフィーは期待していた。ネッサはそれほど悲しまないだろうが、少し泣くかもしれない。やる価値はある。

ニンナキンスはパルメットヤシの葉を詰めたクッションの上に置かれる。たき火の明かりに照らされ、白っぽい木の顔が輝く。くたびれ、おもしろみがなく、誘拐されるにもってこいだ。しかし、朝になってもニンナキンスはさらわれることなくぽつんとその場にいた。こうなることを前から予期していたかのように、表情も変わらない。人形の人生はとても疲れるものなのだ。

「どう?」ネッサが聞く。エルフィーは人形をネッサのベッドに投げこむ。人形は妹の顔に当たり、ネッサは泣き叫ぶ。「おっと」とエルフィー。

ニンナキンスとネッサがキスで互いの痛みを癒やしていると、隣のテントからばあやがよたよたと出てくる。姉妹が仲のいいふりをしていることには目をつぶる。湿地帯が初めてラーラインの涙で氾濫して以来、姉妹げんかはこれで十万八千回目だ。

20

エルフィーが自分のまわりの世界を支配しはじめるにつれ（今もこの先も、その世界が従うことはないとしても）、家族の私生活はエルフィーにとってますます曖昧になっていく。かつて母親が、あるいは父親が考えたこと、感じたことは、エルフィーの心の状態の延長のように見えたかもしれない。しかし今、互いの心の通い合いはほぼ断ち切られている。私たちは自分自身の代理人になるにつれて、ますます隙間がなくなり、ますます代替可能ではなくなっていく。

少女はまだ、自分自身にさえも、そのようなことをはっきりと表現できていない。けれど、エルフィーらしさを将来のエルファバへ統合しはじめている。この時期を思い返せるくらいの年齢に成長したときに、自分の両親はよそよそしく何を考えているかわからない人たちだったと気づくのだ。

この自立は、ある意味では慰めである。だがそれは、エルフィーの孤独を決定づけることにもなる。

そのうちエルフィーは記憶の断片を集めて、理論上の両親を作りあげるだろう――入手可能な証拠に基づいて、当時の両親はこうだったはずだと。

まずはフレックス。今のエルフィーの年齢では、やさしい放置という概念も、深い愛情という概念も識別できない。父親の存在について語ることはない。エルフィーの人生における、目に見えないゼリー寄せ(アスピック)、知覚できない酸素。それでも、父親の決意には畏敬の念を抱いている。フレックスは自分の直観に従い、家族をあちこち連れまわしている。沼地から湿地へ、ときにはより高地の丘の上の交易所へ(この時点でも、フレックスはいまだに伝道師としての運には恵まれていない)。

のちにエルフィーは、父親はどのようにして伝道という天命を授けられたのだろうかと不思議に思う。フレックスがエルフィーにそれを説明することは一度もなかった。エルフィーも、聞いてみようと思ったのは父親が去ってからだった。名もなき神のもとへ、あるいは、これまで公表されていない目的地へ。

父親はもう太っていない。何年も続けてきたカドリングの食生活のせいで(そしてそう、貧乏生活のせいで)体重が落ちていた。ひげは伸びて、いくつもの縮れた房ができている。まるで彫刻のように、ひと房ずつはっきりと区別できる。顔は節目模様のようだ。見た目は悪くない男だが、自分の親を審美的な観点から見る子供は少ない。フレックスはまだ信仰の高みに到達していない——そのくらいはエルフィーにも察せられるし、実際そのとおりである。かつて妻がいながらタートル・ハートに激しい愛情を抱いたことがあったとしても、そういうことはもう二度と起こらなかった。あのような不都合な苦悩は、神によるささいな戦略だったのだと考えたのかもしれない。牧師の注意を湿地へ向けさせるため。恵まれない人々、卑しい人々に改宗と安らぎをもたらすよう、フレックスを促すため。湿地の人々。不運なタートル・ハートはまず彼らの危機について訴え、最後には殉教することになった。

　くる年もくる年も、カドリング人はフレックスの任務の裏にある論理的根拠を理解できない。そもそも、改宗させてくれとフレックスを招待したわけではない。それでも、カドリング人は生まれながらに礼儀正しいのだ。

　天命の行使はいっこうに進みそうにない。フレックスはユニオン教の牧師たちの教典を何度も読み返す。求められていてもいなくても、説教をし、助言を与える。体からは柑橘類の皮と蜜蠟の匂いがする。這松ではなくポンデローサ松のようなマンチキン人らしく、堂々と歩きまわる。妻のように露出癖はないので、エルフィーは父から、ジョークでよく聞くぶらぶらしたものがどうやって人間の雄についているのか学ぶことはない。実のところ、フレックスは控えめである。テントで休むとき以外は、擦り切れた白いシャツのボタンを首元まで留めている（フレックスとメリーナは別々のテントを使っており、普段は隣り合って張られているが、メリーナに月のものがあるときは、彼女のテントは離れた場所に移される）。

フレックスは優れた人間である。それなりには。ただ、伝道者としては優秀ではないかもしれない。改宗者が早く現れすぎたために、自分の仕事がうまくいったと考え、もっと熟れた果実、もっと改宗する気のある異教徒たちのもとへ行くべきだと思いこんだのかもしれない。荷造りを手伝おうか？

意味があるかわからないが、フレックスの牧師としての仕事の例をひとつ挙げよう。川が逆流しているところから、数人のカドリング人が近づいてくる。毛布の上に十五歳くらいの少年をのせて運んでくる。少年の手足はくる病か何かでおかしな形をしている。まるで座った状態で生まれてきたかのようだ。額は突き出て、細いあごは内向きでのどにめりこみそうだ。何か早口にしゃべっている。この哀れな生き物のために、フレクシスパー・トーグ・スロップ、〝篤信家のフレックス〟は何をしてやれるのか？　エルフィーは少し覚えている。幼い頃から、この世界でどれだけの変化が可能なのかわからないのがもどかしかった。フレックスがこの子供を治せるなら、なぜ娘のネッサを治してくれと自分のボスに、名もなき神に懇願できないのだろう？　エルフィーは少しずつ近づく。この親族の集まりは、自分たちの血縁の子供の病気に集中するあまり、緑色の少女には目もくれない。助けてください、と一行はフレックスに言う。お願いします、なんとかしてください、あなたを信じています。どうすればいいか教えてください。

フレックスは単調に言葉を繰り返し、そして激しく叱りつける。家族はためらう。用心深く、期待をこめて。少年はうめき、ねじれたすねをぎこちなく動かす。手は内側に折れ曲がり、まるでお手を教えられた犬の前脚のようだ。目は同行者たちを見ていない。

カーティ語が使われている。エルフィーは今ではほとんどの語彙を理解できるが、いつもわかるとはかぎらず、推測している。フレックスは、おだてては怒鳴り散らすを繰り返す。ただし、苦しんでいる少年に向かってではなく、この病人を連れてこようと考えた人々に向かって。言葉にできたなら、エルフィーはこう言っていたかもしれない。父は奇跡を起こす医者のように病人を治すことはできないけれど、壊れた子供に美を見出すよう家族に助言することはできると。水上の白鳥、とフレックスは言う――エルフィーはこの場面を覚えている。父がエルフィーの前でしゃべったことの中で、唯一はっきりと記憶に残っている。水上にいる体の不自由な白鳥は、姉妹たちと一緒に空を飛べないかもしれない。それでも美しいことには変わらないし、水面に姿を映せば美しさは二倍になる。空中ではそうはいかない。

少数の親族たちは涙を流し、言いつくろい、おそらく拒まれたことを恩恵だと思い対価を払う。そして病気の身内を持ちあげ、運び去っていく。だが、なんということか。心から感謝しているように見える。慰めを得たようだ。彼らには変化がもたらされたのだ。

これも魔法のようなものだろうか、とエルフィーは考える。

もしそうなら、魔法が何の役に立つ？　少なくともあの体の不自由な少年にとって？

だけど、いいことかもしれない。家族が前よりも惜しみなくあの子を愛してくれるのなら。

ああ、でも、それが問題だ。愛。最も謎めいたまじない。

野営地でのこの出来事はすべて見られていた。親族が毛布にのせた少年を運び去ったあと、ティーミットとブージーが目元から涙をぬぐっている。ばあやはラーラインに捧げる時代遅れの聖歌をやさしく口ずさむ。この古代の女神の影響力はユニオン教の隆盛の陰に隠れてしまっているものの、ばあやが言うには、本当の信者たちはまだラーラインを崇めている。フレックスが完全に牧師モードになるたび、ばあやはより聖なる母にあからさまに訴えかける。フレックスをいらだたせるため、あるいは、この伝道活動はあらゆる信仰に対応していると嘆願者たちに示すためだろう。フレックスはたいていは我慢する。ばあやがいなければ生活が成り立たない。ばあやはいつも、仕事を辞めて文明社会に戻り、牛のミルクが入ったまともな紅茶を飲みながら、おしゃべりに興じたいと言ってる。ばあやはフレックスに耐え、フレックスはばあやに耐える。だが、それはもろい協定だ。

ばあやはエルファバの生涯に現れたり消えたりする。もちろん、そのことはふたりともまだ知らない。ばあやは自分のやり方を押し通す。古臭い田舎の妻の知恵の寄せ集め、平凡で陳腐な思考、他の多くの人たちより鋭い観察眼。しがない家の出身だが――キャッテリー・スパンジは乳搾り女と羊飼いのあいだの子で、牛車（ぎゅうしゃ）の中で生まれた――生来の狡猾さと超自然的な忍耐力で、貧困層に染まろうとはしない。自分のペースで生きる。若い頃に恋愛を経験していたとしても、まったく知られていない。詮索好きな雇い主から自身の私生活を隠すのが、ばあやの仕事だ。キャッテリー・スパンジは思春期の頃は美しく、年老いてからは気品が出てくるが、中年の沼に――そしてカドリングの沼地に――つかっている今は、骨の中までかびに苦しめられている。動きは遅い。愚痴をこぼす。気候によるリウマチ。中年期を過ぎれば治るだろうが、今はまだ知らない。年老いたと思っている。わかっていない。ばあやは年寄りだとエルフィーは思っている。エルフィーもわかっていない。

では、メリーナは？　いや、結構。メリーナは一ページ目から自身をさらけ出し、今は出産が近づいている。これ以上エルファバの母親について語ることはない。

21

ここで、野営地の中央で、テントの外で、エルフィーはひとりでいる。正午だが、ジャングルの厚い林冠のせいでほとんど直射日光が入らず、時間がわからない。皆、せわしなく動いている。エルフィーには理由がわからない。ネッサはリウマチで胸を痛め、姉妹用のテントで休んでいる。ティーミットとブージーは、ブージーのテントで話し合いをしている。テントの入口のフラップは、あっちへ行け、邪魔するなと言わんばかりにしっかり閉じられている。ばあやはメリーナのテントの中で慌てふためいている。メリーナは何日も床に臥せったままだった。フレックスは今回だけは自分ひとりでカヌーに乗り、少し先の上流まで買い物に行き、ついでに米市場で改宗できそうな人がいないか調べるつもりでいた。エルフィーは初めて感じている――いったい何を感じている？

孤独か、恐怖か？　わからない。ジャングルキャットたちが移動中だという話は聞いている。まわりの茂みに隠れているのがエルフィーにはわかる。今日、大人たちはエルフィーをひとりきりにさせている。生きたまま食べられてしまえばいいと思っているのだろう。不公平ではないか。ネッサは安全なベッドの中にいる。エルフィーだけがテントに囲まれてぽつんと立っている。ジャングルキャットにあたしをさらわせればいい。あたしが食べられたら、みんなのせいだ。

エルフィーは小さく口ずさみはじめる。幼い頃、ばあやが歌ってくれた子守歌。けれど、音楽が野営地の静寂に響いたのはもうだいぶ前のこと。エルフィーは両手の指をからませ、意味のない歌詞を作りあげる。「セッパダ、セッパダ、メッパダ、ミー、だれか、だれか、くるくるぴーっ。彼かな、だれかな、あたしかな、きみかな。リドルディー、リー」歌っていることをほとんど意識していない。メロディに合わせて言葉がぽんぽん出てくるので、そこに声をのせるだけ。

そのとき、幽霊猿（ポルターモンキー）と出会う。

最初はそんなふうには呼ばない。脇にしゃがみこんでいるただの生き物。自分の指の関節を食べているかのように見える。大きさはだいたいネッサと同じくらい——実際、影の中にいて、エルフィーは最初、本当にネッサだと思った。どういうわけか呪いをかけられて動けるようになったのだと。けれどももちろん、ネッサにはかじる指の関節がない。

その生き物は恥ずかしがるように横を向くが、エルフィーが半歩前に進み出ても逃げない。

「汚らしいお猿」少女は言う。

猿は首を九十度まわし、何本もある歯をむき出す。笑顔ではないし、エルフィーも笑ってほしかったわけではない。

だが、猿というのは姿を見られたくなければ隠れているはずだ。つまりこの図々しい毛むくじゃらの塊は自分の意思で姿を現したということだ。本当にそこにいるのか、それとも、退屈のあまりエルフィーが想像で作りあげたのか？　いずれにせよ、話し相手は歓迎だ。「なあに？　何が望みなの？」猿は答えになりそうなそぶりは見せないが、やはり逃げない。再びびっくりするほど大きく口をぱかっと開ける。エルフィーは最初、あくびをしているのだと思う。それからなんとなく理解し、さっきよりか細い声で答える。「プンパーニッケル・ロック、スニッカーリッカー・スノック」と歌う。すると獣は丸めた手を地面に下ろす。片方の手に何か持っている。口が閉じ、まぶたが下がり、眠ろうとしているみたいだ。この猿はエルフィーの歌を聴いて姿を現したのだ。エルフィーが誘い出したのだ。

誰もいないより、幽霊でも一緒にいてくれたほうがいい。猿は少し体を揺すりながら、自分のひじをつかむ。ばあやのしぐさにそっくりだ。エルフィーは緑色のジャングルの空気からアリアを生み出し、猿を引きつける。聴衆がいることで創作がはかどる。しだいに歌声が強くなり、幽霊猿はうっとりと聴き入る。そのとき——

「エルフィー嬢ちゃん、お願いだからギャーギャーわめかないでくださいまし」ばあやが叫ぶ。ばあやとブージーが同時にそれぞれのテントから飛び出していた。メリーナが悪夢を見ているらしく、悲鳴をあげている。エルフィーの歌をかき消すためだろうか？　いずれにせよ、エルフィーが気づかぬうちに幽霊猿は姿を消していた。

エルフィーは激昂する。午前中ずっと放っておかれて、やっとおもしろそうなことが起こりそうだったのに、台なしにされるなんて。

「ブージー、ココナッツオイルか亀バターをちょうだい。メリーナ様の指輪を外さないときついって騒いでるのよ。エルフィー嬢ちゃん、妹を見ていてくださいね！」

エルフィーは新しい作戦として妹に歌ってみようと思う。ネッサはばあやの叫び声で目を覚まし、注意を引いて面倒を見てもらおうとわめいている。けれどまずエルフィーは、草地をぐるりとまわってみる。ここに猿がいたはずだ。地面の上には、なくなった小さなやっとこが落ちていた。

22

夜の明かりの中、ばあやがエルフィーに妹を連れてくるようにと言う。今日は具合が悪い母親に会いに行くからと。

「今日だけじゃなくて毎日でしょ」エルフィーは言う。貧弱（プア）と具合が悪い（プァリー）の違いがわからない――ついでに言えば、貧乏（プア）と裕福の違いも。

メリーナはだらしない格好をしているが、いつものことだ。姉妹の目には丸出しになっている腹しか見えていなかったかもしれない。「誰かさんはお昼ごはんをたくさん食べるんだね」とネッサ。

「ママのところへいらっしゃい」メリーナが言う。つやのない細長い髪が枕の上に広がっている。メリーナは少し吐いていた。エルフィーがネッサの荷車を近づけると、ネッサは鼻にしわを寄せる。メリーナは両腕を大きく広げる。

「指輪がないよ。どうしたの？」ネッサが母親の指をのぞきこんで言う。自分の指がないネッサは、いつも母親の指を気にしている。

「弾け飛んだんでしょう」ばあやが言う。洗面器に湯と石鹸を用意して、そこに何枚もの小さなフランネルを入れている。

「こすれて我慢できなかったの」メリーナが顔をしかめる。ばあやが何やら小声で遠回しに指示を出す。メリーナは苦しそうに歯を食いしばるが、我に返る。「エルフィー、あちこちで物を盗んでるんですって？　ブージーたちが話してるわ。物が命を吹きこまれて、外の空気を吸うために歩きまわってるって」

「違う」

「いつだって『違う』って言うじゃない。いいかげんにしなさい、エルフィー」メリーナが力なく手を振って上の娘を追い払うと、ばあやがネッサをベッドの端にのせる。ネッサはメリーナの大きな腹の陰にだらりと媚びを売るように横たわる。「ネッサ、教えて」母親は言う。「エルフィーはいいお姉ちゃん？」

　ネッサは肩をすくめる。ネッサにできる表現豊かなボディランゲージのひとつだ。

「いい子になりなさい、エルファバ・スロップ」とメリーナ。さらに二度繰り返して言うと、エルフィーはようやくあごを上げ、母親の目を見つめる。「今までは言わなかったけど、今言うわ。いい子になりなさい、わかったわね」

「わかってるよ」エルフィーは言う。あまりに幼く、まだ思春期の強烈なアンニュイさを完全には出せていないものの、実践しようとしている。

「わたしが言ったことをちゃんと覚えていなさい」

「草の中で、なくなったやっとこを見つけた」エルフィーはポケットから取り出す。

「あんたが盗んだんだろう」嫌な匂いのする茶を持ってきたブージーが言う。「よこしなさい、しみったれたコソ泥娘」

「あたしじゃない。盗んでないし、呪いをかけてないし、何もしてない」エルフィーは正義を求めて熱くなっていた。「野営地のまわりに、はぐれ猿がうろついてるみたい。猿が盗んでるんだよ」

「猿はみんな逃げて、木のあいだを泳いでいったよ。あたしらと同じく、ジャングルキャットが嫌いだからね」とブージー。「猿は賢くて、群れで行動する。はぐれ猿なんてうろついていないよ、エルフィー」

「エルフィー嬢ちゃん、ばかなことを言うんじゃありません、立場が悪くなるだけですよ」ばあやが言う。「物を盗むのはおやめなさい、いいですね。さあ、お母様にキスして、行きますよ。お母様は今、いつもと違う気分なんですから」

「じゃあ、どんな気分なの？」エルフィーはたずねる。

メリーナの顔がゆがむ。「赤ちゃんカバを産もうとしてるジャコウネズミの気分よ。おまえたちはもう行きなさい」つかの間、メリーナは全身の痛みに襲われる。息ができるようになると、こう言う。「すぐに弟か妹が生まれるのよ。エルフィー、これ以上盗みはやめなさい、い、い」

「まだ何も盗んでないんだから、これ以上盗むことも、盗みを減らすこともできないよ」

「まったくもう、口だけは達者なんだから。法律学校にでも行きなさい、おまえのような女の子を受け入れてくれるならだけど。そもそも女の子を受け入れてくれればだけど。さようなら、娘たち」

濡れたハンカチを振りおろすような、当たり障りのない、最初で最後の別れの言葉。さようなら。

外に出ると、ちょうどフレックスがカヌーで帰ってきたところだった。ティーミットがフレックスに、時が来たから今はテントに入らないほうがいいと告げる。フレックスは忠告を聞かない。妻にあいさつし、祈るために中に入っていく。その後、これは大きな過ちだったと全員が大筋で認める。男は出産中の妻を訪れたりしないものだ。

23

ときどき、エルフィーとネッサは一緒に大声で笑う。ときには、ふたりでただ叫ぶ。現実とは思えないような姉妹。だが、このふたりほど一貫性のある姉妹がいるだろうか？　たとえ一卵性双生児でも、同性として同じような身のこなしをするとしても、互いとは反対の態度をしばしば示すものだ。けれど伝道団の中には、姉妹についての比較基準を持っている者はひとりもいない。メリーナ・スロップはひとりっ子。キャッテリー・スパンジは義姉妹とペットの山羊がいるが、どちらもあまり印象に残っていない。〝篤信家のフレクシスパー・トーグ・スロップ〟は、七番目の息子のもとに生まれた七番目の息子だが、今は兄弟の話をしているのではない。どのみち、比べたところで役には立たない。

歌にあるように、女の子は怪物のような人間で、男の子は人間のような怪物なのだ。そしてブージーは〝スープに浮かぶ塵〟らしく、自分に姉妹がいるかどうか覚えていないようだ。カドリング人の親族関係は、マンチキン人ほど明確に表されない。

ネッサとエルフィーは、好意を抱きながら互いを憎み、いらいらしながら互いに耐え、軽蔑しながら互いを愛している。カードで遊ぶとき、エルフィーはネッサのカードも動かすが、ずるはしない。ばあやとブージーが忙しいときは、たまにエルフィーがスプーンでネッサに食事をさせる(たまに、だが)。この有名な少女たちを追っていけばやがてわかるだろうが、ふたりは同じ母親から生まれてはいても、父親はおそらく同じではない。つまり、ふたりの違いは血筋のせいかもしれない。しかし、それだけではない。つねにそうとはかぎらない。

肥沃な土の入った植木鉢にヒマワリの種をふたつ蒔くとする。同じ缶を使って、同じ時間に、同じ量の水をやる。毎日鉢の向きを変え、平等に日光が当たるようにする。それでも、初期のある日、空に雲がかかって、右の植物には日光が当たって左の植物には十分に日光が当たらなくなる。あるいは、鉢の土の片隅にミミズがいて、その部分の根をより多く食べてしまう。何だって起こりうる。

姉妹は花ではない。両親だって、最初の日から、姉に与えたのと同じ水と光と土を妹に与えることはできない。一緒に育った場合、姉妹は隣り合ったまま悲しみのうちに育つ。

そういうわけで、ときどきネッサが叫んでエルフィーも叫ぶ。内から自然にほとばしる感情を表す言葉がない。互いにメリスマ的なヨーデルで話しているみたいなもので、「あたしたち、終わってる」というようなことを言っている。互いを見て、頭を横に振る。あんなの近くに生まれ落ちるなんて、それもこんな姿で生まれるなんて、つくづく運が悪いったらない。

けれど、叫び声はすぐに金切り声の笑いに変わる。〝魂の健康（スピリチュアル・ヘルス）〟と呼ばれているが、どこでなぜ生まれた言葉なのか、誰にもわかっていない。

24

エルフィーは次に何に呪いをかけるかという話でネッサをからかう。「ばあやの針刺しで遊ぼうかな。それか、ひもに通して首にかけてる、薬の錠剤が入った袋とか」

「ばあやの薬に呪いをかけられるほど近づけないよ」ネッサは呪いをちょっとした盗みと勘違いしている。

「じゃあ、自分でやってみなよ。できるかな」

外で物音がする。フレックスが入ってきて、ふたりにおやすみのキスをする。「長い夜になりそうだ。お母さんが、その、大きな声で騒いでも、怖がらないでくれ」フレックスは言う。「今夜、赤ちゃんが生まれる。知ってたかい？」

「うん、もちろんだよ」とエルフィーは答えるが、やっと理解しはじめたところだった。

「朝になったら何もかも話してあげよう。赤ちゃんを産むのは大変な仕事だけど、その価値はある。おまえたちふたりを見ればわかる」

ネッサとエルフィーは互いをちらりと見る。緑色の子と、体が不自由な子。価値があったかどうか、ふたりには何とも言えない。判断の基準がわからない。

ネッサがハンモックベッドの中で体を揺らして眠りにつくと、エルフィーはこっそり外に出る。夕食の後片づけは終わっていて、他の人たちはみんなテントの中にいる。ティーミットがジャングルキャット対策にたき火を燃やしておいてくれていた。炎が空気を震わせる。エルフィーはまた歌を少し口ずさみ、自分に対抗する力を抑えつけようとする。陰からあの幽霊猿が近づいてくる。青い月明かりの中では青いが、炎に近づくにつれて金色を帯びていく。夢みたいだ。だからエルフィーは話しかける。当然だ。「あたしに呪いをかけるために来たの？」

「おまえが歌で呼び寄せているんだ。呪いをかけているのはおまえだ」

孤立した田舎の暮らしで、エルフィーはしゃべる〈動物〉と出会ったことも、それが実在するという話を聞いたこともなかった――おとぎ話の中に出てくるだけ。ジャングルの中で〈動物〉たちは身を潜めている。だから、これは夢なのだ。この夜の夢を見ているのだ。ふと、自分に理解できる言葉の魔法――あるいは呪い――で、この不思議な猿を生み出したのだろうかと思う。

エルフィーは獣をじっと見つめる。前に一度会ったときより、いや、何度か会ったときよりもはっきり見える。言葉の力だ。

「どういう意味？　あたしが歌で呼び寄せてる？　そんなことしてない」我らがエルフィーは、この頃からすでに反抗的だ。

「おまえの声が好きだ。おまえの家族たちのおしゃべりよりずっといい。私はひとりぼっちだ。群れの仲間はジャングルキャットに追われて散り散りになった。私は安全と話し相手を求めて野営地のそばで身を潜めていた。私の名前は――」

「名前なんてないはず。ペットじゃないんだから！」

「ペットじゃないが、名前はある。オポロスだ。おまえは――知っているぞ――エルファバだな。他の人間のことは知らないし、どうでもいい」

「あたしをさらいに来たの？　荷物をまとめるから、ちょっと待ってて」

オポロスは口をとがらせるが、エルフィーにはまぎれもない笑顔に見える。「ジャングルキャットの通り道におまえを連れていったりしない。ここのほうが安全だ。私もな」

「なんで物を盗んで、それから戻すの？」

猿は頭を九十度まわし、人さし指を唇に当てる。考えるかのように――あるいは、人間が考えているような姿を見たことがあって、それをまねするかのように。やがてこう言う。

「おまえに気づいてもらいたかった」

「あたしの名前を呼べばいい」

「そしておまえの父親の銃で撃たれろと？　あの男はしゃべる〈猿〉を嫌っている」

「父さんが〈猿〉のことを知ってる？　知らないよ！　本当なの？」父親が何年もこのような驚くべき存在のことをエルフィーに隠しておけるはずがない。無理に決まっている。

「私たちは――説得を受け入れない。神のことだ。おまえの父親は試みた」

「あなたたちに出会って、説教をしたの？」

「そう呼ぶのなら。私たちは翼のある者の話が好きだ。天使という者だ。私たちが教会に加われば翼をもらえるかとたずねた。無理だと言われた」

「なんで翼が欲しいの？」

「おや、わからないか？」猿はエルフィーをじっと見つめる。疲れているようだ。オポロスが雄なのか雌なのか、少女にはわからない。もしかしたら、猿の国では性別の違いはないのかもしれない。オポロスは若いと同時に年老いて見える――経験による老いと、向上心あふれる若さ。このようなことを考えるにはもっと成長しなければ無理だが、エルフィーはすでに分析――観察による分析――の実践を始めていた。今のところは、猿が話を続けるのにただ耳を傾けている。「翼があれば、ほら、ジャングルキャットに煩わされずにすむ。ジャングルをうろつく獣に家族を殺されることなく――逃げることができる。翼があれば、天使になれるかもしれない。より多くを見て、より多くを知ることができるかもしれない。だが一番の理由は――ただ――生き延びたい。それだけだ」

「あたしがあなたに呪いをかけて翼をつけられると思ってるのなら……」とエルフィーはばあやみたいな口調で言う。

「そんなことは考えていない」とオポロス。「これっぽっちも。だけど、おまえが歌えば、ふたつのことが起こる。炎がよく燃えるようになりジャングルキャットが寄りつかない。そして、私を浮き立たせてくれる」

「浮かぶの？」

獣は微笑み、沼プラムをひとつ手渡す。「呪いをかける方法はひとつではない」

さまざまな意味を持っていそうな言葉の謎を解くことは、エルフィーの得意とするところではない。幽霊〈猿〉を見つめる。もしかしたら、少し冷たい目で。それから手のひらの上の果物に視線を落とす。風がパルメットヤシの中でビュービュー吹きすさび、乾燥した葉がカタカタと鳴る。かすかに腐ったような匂いがする。監視者である猿はその場でどっしりと構え、エルフィーが何か言うのを、反応するのを待っている。何を言えばいいか、エルフィーにはわからない。だが、じっとしているのは得意だ。

母親のテントからうめき声が聞こえる――それは涙声の悪態に変わる。

エルフィーがテントのほうをちらりと見てから視線を戻すと、夜の獣は姿を消していた。幽霊〈猿〉は怖がりなのだ。

エルフィーはのろのろとベッドへ戻る。少し湿った草の上を歩くと、素足がひりひりと痛む。長靴を履かなければ。真夜中に露ができはじめるとは気づいていなかった。

25

叫び声。静寂。むせび泣き。また違う静寂。最後にまた違うむせび泣き。さらにつらそうな音が続く。やがて憤慨した新生児の弱々しい声。夜行性の猿たちの金切り声が聞こえない――エルフィーはそのことにようやく気づき、警戒している。他に聞こえないものがあるとしても、たしかではない。

エルフィーはベッドの中に入ったまま、ネッサの揺れるハンモックベッドに手を伸ばし止めようとする。妹を安定させることで、世界全体が縁から外へ飛び出すのを止められるかのように。野営地で騒ぎが起きているあいだじゅうずっと、ネッサは眠っている。ジャングルキャットがときどき人間の生活音に引きつけられるとしても、今夜ではないだろう。

朝方、エルフィーはネッサのベッドの縁から手を放す。テントの入口までそっと歩いていき、フラップを結んでいるひもをほどく。革の長靴を履いて夜明け前の野営地に出る。頭上には澄んだコバルト色の空、地面には黒い苔の影。蚊はまだ起きていない。たき火は燃えさしになっている。なぜかエルフィーは、生まれたばかりの赤ん坊に朝ごはんが必要になると、すでにわかっていた。他のみんなにも朝ごはんがいる。メリーナ以外は。他のことはよくわからず、エルフィーは燃えさしをかきまぜ、白ときらめく赤の火花を起こす。前から予想していたとおり、ティーミットは持ち場を離れていた。

エルフィーはみんなに、まだ名前のない悲しみと苦しみに背を向ける。父親が全員に聞かれまいとするかのようにとても静かに泣いている声かもしれない。エルフィーは小さな歩幅でテントと差し掛け小屋、カヌーとたき火、野生動物の襲撃に備えて置いてある真っ黒な棍棒（こんぼう）の脇を通りすぎる。葦のあいだを進み――水には入れないが、長靴を履いていれば泥の中を歩ける――できるかぎり川岸に近づく。

反対側の岸には木々が生い茂り、枝葉の一枚壁ができている。複雑に絡み合う黒緑色の生命。川面は真っ暗なので、どこかから反射して川岸を明るく照らしているひと筋の光がなければほとんどわからなかっただろう。重要な文章に下線を引いているみたい、とエルフィーはあとになって思うかもしれない。「ほら、ここは大切な部分だよ。覚えておいて」と言われているかのようだ。

光の筋は青白く、水際に刻まれているため、とてもかすかにちらちらと揺れて、こちらとそちらの境界を定めている。

夜明けが近づくにつれ、エルフィーは水面にふたつの人影が逆さまにくっきりと映っているのに気づく。向こう側の水面を右から左へ動いていく。エルフィーは川を渡れない。

川に入ったら自分も死んでしまうだろう。地上では黒い影はジャングルと一体化しているので見えないが、どういうわけか水面に逆さまに映る影は見える。幽霊〈猿〉とエルフィーの母親。〈猿〉はメリーナの手を引いている。

「オポロス」エルフィーはささやき声で言う。母親に呼びかけたくはない。反応してもらえなかったら最悪だ。そんなリスクは冒せない。

幽霊〈猿〉の影が止まり、前腕を上げる。エルフィーには目も顔の表情も見えない。水面に映る、わずかに明るい逆さまの影だけ。あのジェスチャーはエルフィーへの返事だ。けれど〈猿〉はすぐにまたメリーナの手を引いて過去へ連れていく。

エルフィーは消えていく母親から目をそらす。何年かのちに、記憶から消えていたこの出来事を思い出したとき、こう思うだろう——目をそらしたのは、母親がすでにエルフィーから目をそらすと決めていた可能性を避けるためかもしれない。先に棍棒を振るったほうが、一瞬だけ有利なのだ。

そうしてふたつの影は消えた。空は、洗濯水に血がにじむように、やさしく抵抗するようなピンク色に染まっていく。エルフィーがテントに戻ると、妹が空中で揺れている。カーキ色の薄暗がりの中、エルフィーはふたつのベッドのあいだの踏みつけられた草の上で立ち止まる。ネッサはもぞもぞ動いていて、そのうち目を覚ましそうだ。エルフィーは今まで出したことがない低い声で、ネッサをあやすために歌いはじめる。大きな慰めが必要になるとは、どちらもまだわかっていない。

エルフィーは赤ん坊の片言のような意味のない言葉で歌う。「ターラマ・バーシー、ターラマ・バーシー」だが、テントの閉ざされた空気の中では「なんてひどい仕打ち（テリブル・マーシー）、本当にひどい仕打ち」と聞こえる。

26

エルフィーが幽霊〈猿〉と話したことを、ブージーだけが信じている。「しゃべれるのは幽霊だけ？」エルフィーはブージーにたずねる。

「たいていの幽霊はわざわざしゃべらないよ。しゃべることにうんざりしてるんだ」とブージー。「でももちろん、しゃべれる〈猿〉はいる。お父さんに聞いてないのかい？」

緑色の少女は、夜明け前に去っていくメリーナを見たことは決して話さない。なんとかして止めるべきだったと、他の人たちに文句を言われるにちがいない。ジャングルの川が干上がって乾いた砂利になってくれれば、エルフィーも川を渡ろうと思ったかもしれないけれど。

メリーナの遺体は地元民が使う墓地に埋葬され、それによって墓地は新しい意味で神聖化された。ばあやは蠟のようにねばつく醜い涙を大量に流しながら、メリーナの宝石と安物の装飾品と数個の指輪をひもに結びつける。それを墓の上に張り出している大枝から吊るす。ジャングルの生育は早く、枯れては無限によみがえるため、目印がなければ墓の場所は二度とわからなくなってしまう。

他にばらまくものはほとんどない。ばあやはすでにひとつかふたつ、くすねていた――象牙のブローチ、緑色の薬の瓶。他に残っているものは？　おそらくとっくに流行遅れになっているメリーナの少女時代のきらびやかなドレスが数着。それと、楕円形の額に入った華麗な鏡。ばあやはドレスをトランクに詰めこみ、鏡は割れないようにくるみ、別の日のためにとっておく。フレックスがメリーナをまつる祠の建設資金を集めるために競売にかけるかもしれない。

だが、フレックスはこの地にとどまって宗教を根付かせようとしない。理由は誰にもわからない。当然ながら、この場所を記憶にとどめておく理由があるように、見切りをつける理由もある。けれど、神秘主義者気取りが何を考えているか、聞くだけ無駄である。理解などできないのだから。教化活動というのはえり好みが激しいらしい。救うに値する魂を一度にひとつ以上救えることはめったにない。

　そこで、一行は食料をまとめ、テントを畳む。生まれたばかりの赤ん坊をおくるみに包む。かつてメリーナの肩から落ちたバラの花びらの一枚。綿にくるまれて怒ったようにキーキー泣くカタツムリ。ばあやが赤ん坊を抱っこし世話を焼くが、そのうち赤ん坊は平穏を求めて叫びだす。フレックスは赤ん坊をシェルターゴッドと名づける。おそらく、この邪悪な世界において名もなき神の住みかになることを願って。あるいは、名もなき神が、母親の世話を受けられない赤ん坊に避難所（シェルター）を与えてくれることを願って。赤ん坊はシェルと呼ばれることになる。

付記

　嵐の日々。何日も何日も続いている。ふたのない鍋に雨が降り注ぐせいで、しょっちゅう米がべちゃべちゃになる。ネズミたちが川岸で震えながら身を寄せ合っている。川が逆流する入り江では、水面のすぐ下でウナギが集まって互いに絡み合うようにくねくねと激しく踊り狂っている。エルフィーは不要になった古いテントの防水キャンバス生地から作ったコートを着ている。そして生き物たちを見ている。すべてを見ている。

日射しが強い日々もある。太陽がぎらぎらと輝き、何重にもなった植物のヴェールの向こうはほとんど見えない。見えるのは空の裂け目だけ。割れて修復不能になった青い陶器皿の破片のようだ。

夜には、長く尾を引くもの悲しい遠吠えが聞こえる――ジャングルキャットだ。縞模様の尾のキツネザルの群れが野営地になだれこみ、厚かましくもブージーの調理器具を盗んで舐めようとする。ジャングルフクロウの高く苦しげな栄唱。夜明けにはブヨ、日中はハエ、夕方には蚊、真夜中には極小サイズのサソリのような刺咬昆虫がしつこく現れる。今では、伝道団の一行はそれぞれのテントのポールにフックを取りつけて白い網を吊るし、その中で寝るようになっていた。あたしは繭の中にいる、とエルフィーは思いながら、目を閉じて横たわり、暗闇の中で聞こえる生と死の劇に耳を傾ける。

あたしは繭の中にいるけど、いつもいるわけじゃない。

暗闇の中では、ことわざにあるように、あらゆるネコは灰色になる。暗闇の中では、緑色の子供はいない。

眠っている子供は皆、無邪気に見える。けれどエルフィーはよく起きている。

いつかの夜、エルフィーは眠れず、モスリンの白い円錐形の網の中で汗だくになりながら、記憶をたぐり照合する。

すなわち、エルフィーは歴史を持ちはじめており、それはつねに過去にある。現在形で書くのはただの奇抜な比喩。これまでの人生で起きたことはほとんどエルフィーの記憶に残らず、ぼんやりした印象しかない――川岸での遭遇、母親がエルフィーの人生から消えたあの呪われた夜。ここからの記憶は、エルフィーの頭の中の図書館に多かれ少なかれ年代順に記録される。昔々、まずこれが起こり、次にそれが起こった。メリーナがそのことを教えてくれた。誕生と死。エルフィーはもはや不死ではない。

それが救いになるかどうかは、簡単にはわからない。

第三部　野菜真珠（ベジタブル・パール）

27

エルフィーは自分の変化を記録しはじめる。手書きではない。駆け出しの日記作家ではないし、そもそも紙がほとんど手に入らない。さらに、エルフィーの思考は文章やパラグラフで表現できるものではなく、どちらかというと認識と推測と忘却の噴出である。目新しい出来事があれば——例えば永久不滅のジャングルから小さな町に移る日のことなどは——必ず覚えているだろう。

そういうわけで、ある特筆すべき午前、エルフィーと家族は川岸に沿って、カドリングの奥地にあるオッベルズという高台の自治都市へ向かっている。オズ全土において最南端の街。

ときどき一行はテントを畳んで国内を徒歩で巡るが、水上を移動することのほうが多い。

そういうとき、エルフィーは舟のど真ん中に座り、黙って唇を結んで身を固くしている。舟を漕ぐ少年たちは、オールや竿から水が飛んでエルフィーにかからないように気をつけている。皆で舟を降りると、エルフィーは大きな安堵感が押し寄せるのを感じ、再び元気がわいてくる。

雑多な荷物は波止場で運搬係のあいだで分配され、一家は岸から離れてだらだらと歩いていく。上方に本物の町が現れる。街かもしれないが、じめじめした天気でははっきりしない。泥道や木立や高床式の建物のあいだに霧が広がっている。トウモロコシの平焼きパンの香りがする。フライパンの中の魚とエシャロット。郷土料理らしい。これほど朝食が欲しくなったことはない。

労働者と小さな子供たちの声。つながれた山羊、首に鈴をつけて放し飼いにされている山羊。遠くのほうではツィターのような楽器がエキゾチックなメロディを奏でている。

エルファバが人生を終えることになる山と比べると、地面が露出したこの土地は丘ですらない。それでも、今までエルフィーが経験した以上の高度がある。大きな街ではないけれど、起伏のある土地が広がっている。建物の多くは木々の上に、あるいは柱の上に建てられている。

このとき、シェルは五歳くらい。ネッサは十一歳。すなわちエルフィーは十三歳。変貌の時期だが、まだ自分ではあまり感じていない。ああ、思春期。なんと厄介なものか。エルフィーはすべてを取りこもうとしている。

ひとつには、このより穏やかな世界。カドリングの外れにある露出した地面の上に築かれたオッベルズは、他の多くの土地と違って湿地っぽくない。「それでも住民はカエルですよ。ここでは木の上で暮らすカエルですけど」ばあやがぶつぶつ言う。長靴下を脱いでつま先を空気に触れさせるのが待ちきれないと思っている。

エルフィーが十歳のときに一年過ごし、二、三年経った今でもまだ思いうかべられる首都のクホイエと比べ――とはいえ、想像とは記憶の不正である――オッベルズは控えめで美しい。でたらめに寄せ集められた、この土地特有の建築様式のひとつの形態。飾り立ててもいないし、オズ風でもない。クホイエとはまるで違う。クホイエは、偉大なエメラルド・シティの若いきょうだいであるかのように気取ってみせようとしながら、円柱や柱廊玄関や儀式用の彫刻などで張り合っている（数カ月で苔に覆われ、数十年以内には崩壊する）。しかし、より控えめなオッベルズでは、すべての建物には四角く切り出した丸太が使われ、接合部をしっかりと固定するためにできるかぎり正しい角度で組み立てられている。屋根の部分は、葉を使って腰折れ屋根や屋根窓が作られている。調理場の煙突は石かブリキのパイプでできている。無数の切り妻窓があらゆる方角を向いていて、通りすぎる人を屋根裏から見ることができる。

フレックスは、カドリングの中でもこの地は高台にあって湿気が少ないので沼松の生育地になっていると指摘する。伐採しても幹は堅くまっすぐで、低地の松のようにスポンジ状にはならない。雨を吸収せず、タールを塗ったりして管理する手間もほとんどなく、いくらでも四角く切り出した丸太を使うことができる。

そういうわけで、オッベルズの街は算術的に正確なビーバーのダムに似ている。垂直な線と建築者の直角定規によって建設された街。見てごらん。建物は木の茶色だけでなく、藤色やサクランボ色や薄いシーダー色やチョコレート色もうっすらと混じっている。整合的で、澄みわたってさえ見える。家族の誰も魅力的という言葉をわざわざ使わないが、魅力的だといえるだろう。

一行はフレックスが数年前に始めた罪滅ぼしを続けるため、あるいは終わらせるためにここにいる。かつてフレックスは、それは自分自身の役目であると同時にメリーナの役目でもあると考えていた。最初にあのカドリング人の警告者を、タートル・ハートを迎え入れ、そして危うい立場にしたのは、メリーナではなかったか？　しかし、フレックスは寡夫としてその役目を受け入れ、今では責任を負っている。何度旅立ったかわからない。三人の子供に無用の道徳的負債という遺産を残したくはない。

「ここに来たのは」とフレックスは言う。家族が聞いていてもいなくても。「償いのためだ。気をつけなさい」

シェルが枝の上の木ネズミに石をぶつけて落とそうとしている。エルフィーはシェルの右腕をつかんで言う。「やめないと手首を折るよ、この悪ガキ」そして父親に鋭く言い返す。「あたしは気をつけてる」

「あたしも」とネッサがまつ毛をぱちぱちさせて言う。十一歳のネッサは、まつ毛を句読点として使うことの威力を学んでいた。「あの屋根の梁とポーチの支柱の端に刻まれた生き物を見て。ねえ、エルフィーにそっくり――口をとがらせてるちっちゃなお猿」

「ふん」エルフィーが幽霊〈猿〉に会った夢について話したのは一度か二度だけだが、その記憶はずっとつきまとっていた。「ネッサみたいなヘビもいるよ」

「なんでヘビなの？」ネッサは聞く。そして唇のあいだからすばやく舌を突き出す。当意即妙に。

「ヘビは毒を持ってるから。それに、ネッサと同じく腕がない」

「あてつけはおやめなさい」すぐさまばあやがけだるそうに言う。「ラーライン様の魔法のお庭にはヘビがいたんですよ、ええ、まちがいありませんとも。そして、ヘビとしての役目を果たしていたんです。言葉に気をつけないと舌を引っこ抜きますよ、エルフィー嬢ちゃん」舌と言われてエルフィーもネッサに舌を突き出す。ネッサのまねであり、共同作業であり、論破でもある。赤ん坊の頃に生えていた毒ヘビのような歯がとっくにないのが悔やまれる。鋭い口でなら、もっと強烈な冗談を言えただろう。

今では一行は少人数になっていた。ブージーは去り、ティーミットも去った。フレックス牧師には代わりの人員を雇うだけの余裕がない。エメラルド・シティの税務当局からマンチキンの主教たちに圧力がかけられているため、教会は〝泥の国〟のさらなる奥地への伝道にこれ以上費用を出すことができない。フレックスを呼び戻そうとしたが、フレックスは従わなかった。先へ進み、さらに南へ向かうことに決めた。贖罪（しょくざい）は困難をともなうものだ。やるべきことをやる。まだ成し遂げていない。

エルフィーはなんとか家族の食事を作れるようになっていた。料理が得意というわけではないが、ばあやは指示を出すだけで何もしようとしない。「あたしは子供たちを育てるために雇われたんです。子供たちに食べさせるためじゃありません」とばあや。「新しく生まれた赤ちゃんのおしめが取れるまでお世話をしたら、マンチキンに帰って引退するつもりだったんですよ。だけど、メリーナ様が道を外れて、先に引退なさってしまった。それで今、ばあやはこの家族に縛りつけられてる。あなたたちお子様が成人するか、ばあやが死ぬまでね。でも、ばあやには料理の才能はありません。それでも食べたいとおっしゃるなら、ばあやをクビにして、料理人を雇いなさいな」

「これで十分おいしい」こうした口論に対してフレックスがうなるように言う。加熱が不十分なあたたかい米。ほとんど木の実のようで、ハーブと砂の味がする。「おいしいよ。ありがとう、エルフィー。名もなき神の思し召しだ」

「名もなき神はもっといいメニューをお選びになるべきですよ」ばあやがくんくんと匂いを嗅ぎながら言う。「あたしは自分のテントの中で懇願してるんですよ、古代の女神ラーライン様が、皮がかりかりに焼けたおいしい豚のローストと、糖蜜ソースのかかったアプリコットプリンと一緒に現れてくれますようにってね。だけど、他のことでお忙しいみたいで、ばあやの祈りには答えちゃくれません。でもそれで余計に信仰が深まって、ばあやはよりいっそう熱心に祈るんです。まだラーライン様を見捨てたりしませんよ、見てらっしゃい」

「住む場所を見つけよう。床のある家がいいな」とフレックス。「伝道集会で集めた金をいくらか貯めてある。物価にもよるが、二週間はつましく暮らせるだろう。街の状況を把握してから、信者になりそうなオッベルズの人たちに布教してみよう」

一行は坂道に沿ってぶらぶらと進んでいく。松の葉のせいで足元がすべりやすくなっている。今ではネッサは自分の足で歩けるものの、誰かに支えてもらっていたほうがバランスを取れてしっかりとした足取りになる。段差やはしごはまだ難しいが、背骨を支える筋肉は強くなっていた。ネッサの支えになるのはもっぱらフレックスだ。エルフィーは急に気がそれて横を向いたりするため、ネッサがひざや顔や脇腹から倒れてしまう。

機会をうかがいながら、一行はゆっくりと歩いていく。現地人たちは、興味を引かれたとしても、あまりに礼儀正しすぎるため、奇妙な一団に関心を示したりしない——あごひげを生やした痩身の聖職者、どっしりした房つきのひじ掛け椅子のような、ボンネットをかぶった女性、思春期を迎えつつある緑色の子供、肌はきれいだけれどひじも手首も指もない年下の女の子、退屈そうに石を蹴っている五歳の男の子。世故に長けていることが自慢のオッベルズのカドリング人たちは、北からの訪問者に慣れている。

オッベルズの現地人と奥地の湿地帯で暮らす赤い肌の同胞のあいだに身体的な違いはほとんどないが、オッベルズの人たちのほうがどことなく鋭敏さがある。視線も自信に満ちている。それが最も顕著に表れている女が、木に吊るされたバルコニーのようなところに座っている。一行が住居についてたずねると、女は平然と答える。「わたしは寡婦で、部屋を貸してる」五人の異郷者たちを見下ろしながら、大声で伝える。「独身男性は不適切だから断ってるけど、家族がいるなら問題ないわ」

「ミス・スパンジは妻じゃない」とフレックスが前もって伝える。

「詳しく知る必要はない。わたしにとっては、あなたは既婚者」

「あたしは結婚なんてしてませんよ」いいや、結婚しているのだろうかと思いながら、ばあやが言う。

「部屋は三つ欲しい」フレックスは強く主張する。「子供たち用に広い部屋をひとつ、私の部屋をひとつ、三つ目はこのばあやに。大きい部屋は祈りや勉強や家族の団欒にも使いたい」

「わたしはレイリ・レイラーニ」大家が答える。「レイと呼んで。夫は死に、成長した息子たちは北で野菜真珠の収穫をしてる。いい子たちでね、報酬の一部を送ってくれるけど、十分じゃないの。だから、えり好みはできない。近所でのわたしの評判を守るために、あなたは結婚してることにして。いいわね。でなければ部屋は貸せない。三つの部屋をどう使うかは、あなたの自由よ。来て、見て、返事を聞かせて」大家はフレックスとエルフィーがネッサに手を貸して階段を上らせるのを見る。「その子には、ケイパーのゼリーや新鮮なマナティーのミルクを買いに市場に行かせられないわね」

「家であなたを楽しませてあげる」ネッサが聖人のように微笑みながら提案する。

「どうかしらね」レイは答える。「どうぞ、こっちよ」

部屋は狭いけれど風通しがよく、鎧戸から日光が射しこんで床の上に斜めの光の線を作っている。家具は少ない。一家は寝袋と、ネッサが転ばずに座れるように両側が高くなっている籐製の椅子を持ってきていた。十分だろう。衣装だんすはないが、わずかな衣類はメリーナが嫁入りの際にコルウェン・グラウンドから持ってきたトランクに収まっている――母親が着ていた流行遅れの気取ったパーティー用ドレスをしまっておくだけのスペースも残っている。過去の贅沢品の名残り。

ばあやの部屋には、額に入ったラーラインの聖画像――かつて教会の奥の部屋からくすねてきた宗教雑誌から破り取った、色あせたグラビア印刷の肖像――を飾るのにうってつけの棚がある。

それよりも広い部屋では、エルフィーとネッサとシェルターゴッドが一緒に眠れる。三人をすっぽり覆う蚊帳がひとつあればいい。「エルフィーが晩ごはんに豆料理を作るなら、ぼくはここで死ぬよ」とシェル。

フレックスの部屋は狭くてかび臭く、椅子に立たなくては手が届かない高さに窓がひとつある。不便さが好きなフレックスは、今後の生活を考えてうれしくなる。それから家賃を交渉して値段を下げてもらう。だが、レイ・レイラーニは自分が勝ったかのように気取った顔を見せる。そして、歓迎の意を表して朝食を作ろうと申し出る。

28

伝道集会を開く見通しが立つ前に、フレックスとエルフィーは思いきって市場へ赴く。フレックスは、十年か十一年前に死んだカドリングの殉教者のことを知っている人がいないか確かめたいと思っていた。「本当の家族に哀悼の気持ちを伝えることはできないかもしれないが、人が多く住んでいるこの街なら、低地の他の場所よりも、タートル・ハートを知っている人に出会える可能性が高いはずだ。とにかく探してみよう」

「なんでそんなことするのかよくわからない」反抗期になっていたエルフィーは言う。

「タートル・ハートを殺したのは父さんじゃない。スロップ総督の家で殺されるように送り出したのも父さんじゃない。村の猫が毎日生きるために村のネズミを殺すことに償いをするようなものだよ。父さんには関係ない。世界のことわりすべてに責任を負うなんて――ちょっと傲慢じゃない？」

「傲慢がどういうものか、まだおまえには教えてない」フレックスはぴしゃりとエルフィーに言う。

「もう十代だし、とっくに知ってるよ。年のわりに賢いんだから。それに、父さんは傲慢

について の話をしてる。いつもね。あたしが説教を聞いてないと思う? 聞かないようにしてるけど、そのことを忘れて、ときどき父さんの話が頭に浸透してくるんだよね」

「いいか、エルフィー。よく聞きなさい。この街のカドリング人は無頓着そうに見えるが、無邪気な川の部族よりも、私に警戒心を抱いている。私よりおまえに心を許すかもしれない。おまえはただの子供だ。肌の色が異常でも、脅威はない。おまえの助けが必要なんだ。スパイになってくれ」だが、思春期を迎えつつある少女を送りこむには賢明ではないと思われる場所は通りすぎる。鍛冶場、酒場らしき店、薬物で上機嫌になっているような汗まみれの店主がいる薬屋。やがて住居が多い地区にさしかかると、広い木製のステップが目にとまる。あえて人工的に田舎風にしてあり、見晴らし台のようなベランダとツリーハウス風の店舗らしき建物に続いている。枝のあいだにはさまざまな色やデザインの商品がこれ見よがしに吊るされている。「見ろ、女性向けの店だ。ここなら安全だ。あそこに上がっていって、情報を集めてきてくれ。婦人服を作る材料を売っている店のようだ。商品をいくつか指さして、興味があるふりをするんだ。もちろん、何ひとつ買うな。だが、女性店員というのはおしゃべりが好きだ。クホイエでもそうだった。女店主にタートル・ハートのことを聞いてみてくれ。名前に聞き覚えがないかどうか」

「タートル・ハートはカーティ語の名前を持ってたかも」

「おそらくな。だけど私たちはタートル・ハートという名前しか知らない。誰かがオズ語から翻訳してくれるかもしれない」

エルフィーは言われたとおりにする。ほんの十分だけでも自由になれるのがうれしい。シェルとネッサはばあやと家にいる。父親とエルフィーが赦(ゆる)しを求めてさまよっているあいだに、ばあやは慈悲深いラーラインの古代の伝説を語って年若いふたりの子供を洗脳しているだろう。あまり家を留守にできない。シェルはこの場所を探検したくてうずうずしはじめるだろうし、ネッサは長い時間ひとりにしておけない。ばあやはシェルの気をそらすことで手一杯のはずだ。

エルフィーは高い位置にある服飾店の広いベランダの上でためらう。女店主が出てきてくれないだろうか。だが代わりに、きゃしゃな男が現れる。錦織の布を縫い合わせた服の下から菱形(ひしがた)の腹がのぞいている。男は一本の指でエルフィーに合図する。エルフィーは男のあとについて、敷居の楣代(まぐさ)わりに糸に通したボタンやビーズや乾燥豆がずらりと吊るされた戸口をくぐり抜ける。やがて暗がりに目が慣れる——豊かな暗がり。椅子や茶器が社交的に並べられている広い店舗。客のためのサロン。すごい。部屋の奥には光沢のある広々としたカウンターがあり、そこで布地を広げるのだろう。商品の生地は竹竿に巻かれ、ほぼまっすぐに立てられている。カウンターの上の銅のボウルから、キャラメリゼしたトマトの香りがする抹香が渦を描くように立ちのぼっている。隣には小さなトカゲがいて、エルフィーが近づいても動じない。

男は――姿の見えない女店主の夫かもしれない――不安定な足取りで前に進み出る。あごは細く、額は高く、髪は薄くなりかけている。悪賢そうで抜け目のない表情をしているが、店員ならば普通なのだろう。これまでエルフィーは店というものに数回しか行ったことがない。クホイエにいたときにばあやにくっついて行っただけだし、思いきって自分ひとりで店に入ったこともなかった。もちろん、客のふりをしたこともない。これは危険な賭けだ、冒険だ。緊張で気を失いそうだった。

男は丁寧なオズ語でエルフィーに話しかける。エルフィーは自分が使えるカーティ語で答える。男がぎくっとしたのは尊敬の表れだろうとエルフィーは思うが、眉や上唇の動きから意図を理解するのは苦手だった。人によって異なるし、毎回違う。時計みたいだ――かつて一度だけ見たことがある。長針、短針、日付けを示す針、太陽の動きに合わせて向きを変えられる台。すべてを同時に理解するなんてことができるだろうか？　その人の言葉だけでなく、何を意味するかまでわかる？　それでもエルフィーは努力している。人間はつねに、いつ何時でも、四六時中、年がら年じゅう、有機的なパズルなのだ。

男はエルフィーに近づき、カウンターの上に前腕を置いて手首を交差させ、頭を傾ける。

今にも飛びかかろうとしているマンティコア。おとなしくて、危険。おそらく、今まで知られていなかった緑色の肌の異郷の部族がたまたま通りかかったのだろうかと考えているにちがいない。エルフィーは興味をそそられる。

「お嬢ちゃん、田舎のお土産をお探しかな？　聖祭に合わせてオッベルズの掘っ立て小屋（ホーベルス）を訪ねた記念品を？」男はカーティ語で言う。「きっとすぐに帰るんだろうね」

ここで失うものは何もない。そう思い、エルフィーは如才なく狡猾さを発揮する。「タートル・ハートっていう男を知ってる？」

男はオズ語でその名前を繰り返してから、カーティ語に翻訳する。「タートル・ハート。チェローナ」口の中で何度もその言葉を繰り返す。「知ってるかもな。布を買うか？」手を広げて商品を示す。

「ここではこんな派手な服を着て歩きまわるの？　知らなかった。ジャングルの花とか夕焼けみたいにきらきらしてる」

「そうじゃない。これは身につけるための布じゃない」

エルフィーは「違うの？」というように片方の眉を上げようとするが、うまくいかない。耳の中に虫が飛んできたような顔になっただけだ。

「飾り立てるのが好きな家では」と男は言い、「そして金に余裕がある家では」と正直に伝える。「こういう布を細く切って、移動式の衝立にかけて飾る。あるいは、よく磨いた黒いマホガニーの棒の裏に貼りつけて、漆喰を塗った無地の部屋に壁板としてはめこんで色とりどりに飾る。オッベルズの暮らしは地味だ。泥と米と魚の街。住民はたいてい質素な服を着て外を歩いてる。そのことに気づくとは賢いな。しかもご親切に口にするとは」(嫌味だろうか？　エルフィーには男の考えがわからない)「だが、家の錯戸の後ろでは、真鍮を愛でてる。磨くとウインクをしてくれる。それから、上質な布に金を費やす。さまざまな光の角度によってさまざまに楽しめる。それが俺たちの美意識、洗練された美意識だ。だけど俺は商人で、文化人類学者じゃない。だから、買うために来たんじゃないなら――」

「あたしは貧乏な家に生まれた貧乏な女の子だよ。見てのとおりね」エルフィーは緑色の手を広げて自分の不格好な黄麻布のシフトワンピース全体を示す。「けばけばしい色の布で飾り立てる家もない。チェローナを捜してるの。この呼び方で合ってるよね？　タートル・ハートのこと」

「そういう名前の人間のことを耳にしたかもしれない」店主は言う。「もしくは同じ名前の別人をひとりかふたり、知っているかも。あるいは、別の状況で耳にした同じ人間かもしれない。だが、力にはなれない。俺には仕事があるし、仲間のことをべらべらしゃべったりしない。それに、注文が山ほどたまってるんだ。ごきげんよう」

　エルフィーはこういう駆け引きには疎（うと）く、すでに策が尽きていた。ほとんど成果を得られないまま父親のところに戻りたくはない。別の方法を考えていると、部屋でガシャンと鋭い音が響く。エルフィーが目で追うより早く、トカゲがさっと姿を消す。店主がぱっと顔を向ける。部屋の片側の窓のひとつに鳥がぶつかったらしく、割れていた。いや、鳥ではない――エルフィーは男より先に気づく――硬くなめらかな石だ。エルフィーはかがみこむ。「見せなさい」と店主。

「ガラスの窓がはまってたんだね」エルフィーは言う。「すごく透き通ってるから、気づかなかった。これまでガラスの窓はたくさん見てきたのに」

「武器を見せろ、このいたずらっ子」

「いたずらっ子じゃないよ。あたしが割ったんじゃない」それでもエルフィーは石を差し出す。男に触らせるためというより、見せるために。それは紫がかった石で、模様はない。

「あの人はガラス職人だった」とエルフィー。「タートル・ハート。そう聞いてた。今思い出した。ガラスを吹けたの。鏡みたいなのを作ってくれて、今でもママのトランクの中にある。タートル・ハートの幽霊がおじさんの気を引こうとして石を投げたのかも」

「お嬢ちゃん、いったい何を企んでるんだ？　外で仲間が待ってるのか？　俺の気をそらそうって魂胆か。残念だったな。この店には現金はない」男は冷静で、同時にいらだっている。そんなことが可能だとはエルフィーは知らなかった。

「あたしは泥棒でも、泥棒の手先でもないよ。ねえ、タートル・ハートの親族を見つけてくれたら、お金を払えるかも」

店主はほうきを捜しまわる。「動くな、そこらじゅうにガラスが散らばってる。親族を探してるのか？　本人じゃなく？」

「タートル・ハートは死んだの。言わなかったっけ？　あたしたちはお悔やみを伝えに来たんだよ」

『あたしたち』？　誰のことだ？」

エルフィーは言う。「あたしの家族。父さんと、あたし。それと、妹と弟とばあや。ねえ、そんなに布が好きなら、マンチキン製の古いきれいなスカートとマントがあるよ。トランクの中に。何か持ってきてあげてもいいよ。タートル・ハートの、チェローナの親族につながる情報と交換にね」

店主はすっぱい果物の皮を嚙んだかのように唇をすぼめる。「ここらへんには、カドリング人を、あるいはその家族を探してるよそ者に不信感を抱くやつもいる。あまり偏狭でない人に聞いてまわるようにしな——俺は気にしない。旅をして、いろいろな人たちに出会ってきたからな。だが、ここのコミュニティは閉鎖的だ。他の住民たちは俺ほど心が広くない」つまり自分は洗練されていると言いたいのだろうな、とエルフィーは思う。それでも、男の警告を額面どおりに受け取り、仕方なくあとで父親に伝えることにする。

そのとき、ドアから客が入ってきて、床の上の割れたガラスを見て顔をしかめる。店主は両手を上げてエルフィーを外の砂利道の上に張り出したベランダに追い出す。エルフィーの申し出を受け入れてはいないが、拒んでもいない。エルフィーは小さな達成感を抱きつつ回れ右をする。下では父親が報告を待っている。

エルフィーは父親に手を振らない。まだ。横を向き、ベランダからオッベルズを眺める。地平線を目にしたのはほぼ初めてだ。この場合、屋根や木の枝だけではない。遠くに見えるオッベルズの棚田。水上菜園のある湖沼。世界のさまざまな要素が巧妙に組み合わされている。近くと遠く。巨大なものと微細なもの。

店主がガラガラ鳴るビーズの下をくぐってエルフィーのあとから外に出てきていた。下でぶらついているフレックスに気づき、緑色の肌の娘を指す。「娘を送りこんで俺の気をそらして、そのあいだに窓を割って商品を盗むつもりだったのか？」と怒鳴る。エルフィーの短い人生の記憶にある中で、これほど短気なカドリング人に出会ったのは初めてだ――もうぼんやりとしか思い出せないが、霧の中から現れたあの戦士たちよりも騒々しく、獰猛。店主はフレックスに向かって拳を振りまわす。

「父さんは牧師だよ。窓を割ったりしない」エルフィーは言う。嘘というのは、それが嘘だと確信している場合だけ嘘になるのだろうか。石を投げたのはフレックスかもしれない。

29

ネッサと湖沼のほとりまで行ったのは次の日だったか、あるいは一、二週間後だったか、エルフィーが思い出すことはない。いずれにせよ、オッベルズに来てすぐのことだったのはまちがいない。正しい順番どおりではないけれど、記憶に残る瞬間のひとつ。

フレックスとばあやは、即席の伝道集会を開く場所を探してうろついている。子供たちは家にいるように言われるが、ただちに外に飛び出す。レイ・レイラーニには止められない(「あなたは母親じゃない!」)。子供たちだけでオッベルズを歩きまわる。エルフィーは服飾店のベランダから見た広い湖沼を調べてみたかった。

どの日だったか、それは問題ではない。子供たちは気づくとオッベルズの北側の坂を下っていた。蜂の巣のような街の向こうには大きく輝かしい川が曲線を描いて流れている。

湖沼はまるで青空の板が地面に落ちて水に変わったかのようで、今まで見たどの川よりも幅が広い。

青く広大な湖沼の左側には丘があり、斜面に棚田が作られている。何百ものふぞろいな形の水田は石と泥でできた低い塁壁に囲まれ、湖の端から始まって、坂の頂上近くまで続いている。滝をのぼる方法を知っている鮭なら、六、七十回の跳躍で湖岸から丘の頂まで行けるだろう。棚田は丘の地形に合わせて先に向かうほど細くなり、突き出ている。陽光の下では、何百もの金属の目がウインクをしているみたいだ。丘の斜面はすみずみまで手入れが行き届いている。小さめの水田には三十本ほどの稲が生えているだけだが、広い水田には何千もの稲が育っている。

この棚田の水力学については、エルフィーにとって永遠の謎として残る。いつの日か、こう考えることだろう。カドリング・ケルズと呼ばれる山地の水が地下河川を通って、どういうわけか棚田のある丘の頂上から流れ出ているのだろうかと。噴水から噴き出す水。閉まらない蛇口。すなわち、〝沼の国〟の広大な湿地帯は、オズの山脈から流れてくる水がたまってできているのかもしれない。マンチキンがオズの穀倉地帯であるように、カドリングはオズの足湯なのだ。

地元ではただ〝湖〟として知られている湖沼は、オッベルズの街から湖岸の棚田までの距離の半分を、水上菜園に占められている。腐りにくい木でできた、屋根のない楕円形や長方形の箱が浮いている。いくつかは地上で育つ植物用に土が入れられているが、ほとんどは魚やボタンウキクサやその他の水生植物を育てるための水が張られている。

作物――野菜、果物、あらゆる種類の希少な花――は個人が収穫するが、オッベルズの水上菜園は誰でも自由に散策することができる。すべての菜園は隣り合ってくっついている。シーダーの木材を二本ずつ結び合わせて作った広い小路があり、足取りのおぼつかないおじいさんでも通れるようになっている――が、ときどき曲がり角が三角小間（スパンドレル）のようになっているため、注意が必要だ。楕円形と長方形が接する部分では、道が何本にも枝分かれする。水上の迷路。

「スイレンの葉の群生地みたい。たくさん集まってるけど、重なってない」ネッサローズが言う。「こんなにくっついてるのに」

子供たちは外側の菜園で遊んでいる生き物を眺める――水インパラとサギ、あっちにはカラスの群れ。しつけられた沼犬（ぬまいぬ）たちがたしかな足取りで周囲を駆けまわり、肉食獣を追い払っている。ときどき軽はずみに土の菜園に飛びこむが、水が張られた菜園は避けている。その理由をエルフィーはやがて知るだろうが、妹と弟と一緒に初めて訪問したときには、ただ眺めているだけだった。

今は正午で、オッベルズのほとんどの水上農家は昼食をとるために家に帰るか、売店の奥の部屋でビールをがぶ飲みしている。そのうちに犬たちも姿を消す。こうして水上菜園にいる人間はスロップ家の子供たちだけになる。人気(ひとけ)のないこの時間は、植物を狙う動物にとって格好の機会らしい。二頭の鹿、雄鹿と子鹿が彫刻のようにじっと立ちつくし、入り組んだ木の小路をすいすいと進んでいく子供たちを眺めている。遠くには、何かわからないが疥癬(かいせん)にかかったような獣が二頭、四本足でうろついていて、水を飛ばしながら何かを食べている。豚だろうか？　エルフィーは獣を見続ける。人間が家で昼食をとる時間は、ごみや腐肉を食べる清掃動物(スカベンジャー)にとっては安全な時間なのだろう。

慎重であることを重要視しないスロップ家の子供たちは、自分たちを追い払おうとする人がいないあいだに探検しようと考える。そこで、バランスを取りながら、金切り声をあげながら進んでいく。シェルが先に走っていき、エルファバが妹の腰に手を置いて支えながら歩を進ませる。「これはいい練習になるね」エルフィーは言う。「いつか自分ひとりで歩けるようにならなきゃ」

「エルフィーはいつかあたしにいばり散らすのをやめなきゃ」

「あたしは役に立ってる。この家族では、誰かが役に立たないと」

「あたしは？　役立たず？」

「役立たずとは言わないよ。装飾品ってとこかな。とにかく、すべてがネッサを中心にまわってるわけじゃないんだよ。まだわからないの？」

「そんなに早く押さないで。ちゃんと足場を見つけなきゃ、落っこちちゃう」

エルフィーがあまりにすばやく手を引っこめたせいか、それとも自分はネッサの姉であって使用人ではないことを思い出させるために補助の手を抜いたせいか。答えはわからない。ネッサの細い磁器のような足がよろめく。

そのあとに起きたことは、のちに思い返すとはっきりと記憶にあるのだが、順序どおりに理解しているかはわからない。前にエルフィーは本当にしゃべる〈動物〉と出会ったのか？　ばあやだけが言っているどこか遠くの世界のおとぎ話ではなく、実際に現れたのか？　エルフィーにはわからない。夢を見ていたことは覚えている。幽霊〈猿〉という信じがたい存在。自分で作りあげたのだと思っていた。

たしかなこと、最後の日が近づいてわかることは、目の前でバランスを崩して傾きかけているネッサローズの姿。湖自体がぐらついたのかもしれない。エルフィーたちが歩いている道の真下でクロコドリロスが背中を丸めて、子供たちの命を脅かそうとしたのかもしれない。ネッサは左につんのめり、横に足をすべらせ、水が張られた菜園のひとつに落ちる。ねばねばする蔓と円形の野菜がいくつかあるだけだ。ネッサは腕をばたつかせることができない。ばたつかせる腕がないのだ。水深は一、二メートル以上ある。

先に走っていってしまっていなかったとしても、シェルは飛びこめない。泳げないし、まだ小さい。水の深さは子供たちにはわからない。けれど、シェルはネッサの小さな怒りの悲鳴にくるりと振り向き、飛びこもうとする。湖に身を投げ出し、悲劇を二倍にしようとばかりに。

たしかに悲劇になるだろう。エルフィーは、たき火に顔から突っこめないように、深い水に飛びこむことができないのだから。体が動かない。麻痺している。ばあやも、まじないや薬で治療するジャングルの医者たちもまちがっていた。成長しても緑色の肌のままだし、その肌は水に敏感なままだ。エルフィーは悲鳴をあげる。ネッサの体は沈み、顔だけが水面から出ている。エルフィーに目を向けて「どうにかして、どうにかして、どうにかして」と訴えかけている。水が入らないように口は閉じている。

子供たちの声が私設の水上菜園が並ぶ湖沼に響き渡るのは、よくあることだ。誰も駆けつけない。近くの家庭ではすでに子供たちは帰ってきていて、あぐらをかいて昼ごはんを食べているだろう。全員が無事にそろって、体にいいからと沼ビーツを食べる。いずれにせよ、助けを呼ぶには最悪の時間帯だ――助けも昼休みをとっている。

だが、エルフィーがシェルの足首をつかんで水面に下ろし、ネッサにどうにかつかまらせようかと考えているうちに、近くで動きが起こる。さっき向こうで背中を丸めて食べ物をあさっていた二頭の獣がこちらへ走ってくる。

猛突進する毛むくじゃらの筋肉の塊。歩道を疾走し、意思を持った動物のように駆けつける。それから、溺れているネッサの両側に飛びこみ、少女の頭と肩を水上に押しあげる。激しい動きと水しぶきの喧騒。エルフィーは飛んでくる水にたじろぐ。自分ではどうすることもできない。

シェルがネッサの耳をつかんで引っ張りあげる。獣たちがネッサの体を押し、歩道の端に転がす。ネッサはチーク材の歩道の端にぐったりと横たわる。

本能か、それとも学習行動か？ この獣たちは水難救助について知っている。大きいほうがネッサの胸の上部をたたき、小さいほうが腹部を押す。ネッサはのみこんだ水を吐き出し、ぜえぜえとあえぎはじめる。目は閉じたままだが、何度かくしゃみをする。まぶたがぴくぴくと動き、目から湖の水が流れ出る。もしくは涙かもしれない。

「この子はいわゆる生まれながらのスイマーじゃないわね」小さいほうの救助者が言う。豚ではなく、コビトグマの一種だ。毛はフォークでとかしたかのようにあちこちはねている。

いや、違う。つまり、熊ではなく〈熊〉だ。エルフィーにとって、起きているときに初めてしゃべる〈動物〉と出会ったことになる。誤って妹を殺してしまうところだったが、すんでのところで駆けつけて救ってくれた。夢で見た空想の幽霊〈猿〉よりも確実に存在している。すばらしく、疑う余地のない、驚くべき出来事。弟と妹も目撃した。

ネッサローズが水に落ちてパニックになっていたエルフィーだが、それよりも大きな怒りがこみあげてきてカッとなる。嘘をつかれていたのだ――みんなから。主に父親から。〈動物〉のことを教えてくれなかった。

自分は世界の半分を見ていなかった。自身の無知にずっととらわれていた。

今、エルフィーは雷に打たれたような衝撃を受けていた。〈コビトグマ〉はカーティ語とオズ語が入り混じった方言でしゃべっている。多くのカドリング人より見聞が広いようだ。

シェルが何歩か後ずさる。しゃべる〈動物〉は物語の中だけで、野生には存在しない。シェルの指は石を投げつけたがっているようだ。この侵入者たちは助けに来てくれたのだが。

「その女の子は大丈夫だろう」大きいほうの〈熊〉が言う。それは――雄だろうか？――少し斜視ぎみだ。肩を背中側でこすり合わせ、焦げたトースト色の毛皮から水を絞り出す。それから濡れた犬のようにぶるぶると体を震わせる。エルフィーはたじろぎ、水をよける。

動物がしゃべるのを聞くという初めての経験は、なんだかうれしい襲撃だ。水に耳をすませてメロディを聴こうとするのに似ている。あるいは、ギャーギャー鳴く二羽のオウムの声を盗み聞きして、何を言っているのか想像したりするのに似ている。やってみるしかない。翻訳してみる努力がいくらか必要だ。ともかく、アクセントがよくわからない。けれどエルフィーにとっては、懐疑心や無知よりも、理解したいという気持ちのほうが大きかった。蜃気楼を見て、それが現実だと思う人もいる。

小さいほうの獣が鼻を鳴らす。勇敢な悪態か、下品な言葉か。

この熊たち――〈熊〉だ！――は言葉を持っている。エルフィーはしゃべろうとするが何度も言葉に詰まる。だがそれもつかの間のことだった。「あなたたちが話せるなんて聞いてなかった」となんとか口にする。どうやって〈動物〉のことだと伝えればいいのだろうか。「ていうか、全然思いもしなかった」

「この国のこの地域では、わたしたち〝スキーオティ〟は仲間同士で暮らし、交わらない」と小さいほうが言う。そして、エルフィーが音節を追って意味を理解できるよう、何度か繰り返してくれる。それから〈コビトグマ〉――スキーオティ！――はもっとゆっくりと話す。「あの子の、腕、どう、したの？」

「何でもないよ」エルフィーは答える。「もともと腕がないの。いい点は、ひじをぶつける心配がないってこと。悪い点は、その子にはそもそもユーモアのセンスがあまりないってこと」

「じゃあ、魚みたいね。でも、泳げない」

「今回、初めて挑戦してみたんだよ」エルフィーは自分の陽気さに驚く。パニックと喜びの両方のせいだ。少し我を忘れかけているのだ。それも当然だろう。「シェル、パパかばあやを呼びに行って。とにかく誰か呼んできて」ネッサの背中の筋肉は前より強くなっているとはいえ、うつ伏せの状態からはまだひとりで起きあがれない。エルフィーは妹の体が濡れているうちは触りたくない。だが、〈熊〉たちがすでにネッサの体の下に肩を入れていた。上体が起こされ、頭がだらりと垂れるが、死んでいるわけではいない。エルフィーは顔をしかめる。「ちょっと、ネッサ、芝居がかったまねはやめて」

「こ――こ――ここはどこ？」とうめいてから、ネッサは姉に向かって舌を突き出す。

「黙って」エルフィーは〈コビトグマ〉のほうに向き直る。「なんで助けてくれたの？　あなたたちは誰？　なんでしゃべれるの？　呪いをかけられてるとか？　本当は人間の仲間で、魔女に動物の姿に変えられちゃったの？　スキーオティって何？」

「立ち入った質問をしすぎだよ、エルフィー」とネッサ。猛烈な勢いで死からよみがえっていた。ばあやの口調をまねて言う。「あまり礼儀正しいことじゃありませんよ」

〈熊〉たちは気にしていないようだ。自分たちの名前はロッロ・ロッロとネリ・ネリだと自己紹介する。ロッロ・ロッロは大きいほうで、片方の目は動かず、もう片方の目は揺れ動いている。ネリ・ネリは相方よりおしゃべりだ。彼女は言う。「わたしたちはここで餌を探しちゃいけないの、言うまでもないことだけど。だから、その子を助けたことでわたしたちは危険にさらされてしまう。あなたたちカドリング人はとても欲深い」

「あたしたちはカドリング人じゃない」

〈熊〉は互いに顔を見合わせてから、ネッサをちらりと見やる。エルフィーはそのほのめかしを無視しようとする。「カドリング人がそんなに厄介なら、なんであたしたちを助けたの？」

　ネリ・ネリが答える。「社会秩序について語る前に、お友達の心配をしたほうがいいんじゃない」

「友達？　えーと。あたしに友達はいない。この子は、その、あたしの妹だよ」

「あら、妹なら、なんでそんなに――姉妹っぽくないの？」

「あたしの質問に答えて。どうしてあたしたちを助けたの？　どうして？」

「偉そうな子ね。あのね、わたしたちはここにいちゃいけないの。法律で禁じられてるのよ。すでにわたしたちが水上菜園の近くにいるのを誰かに見られてるはず。わたしたちがいるときに、あなたの腕のない人間っぽい妹が溺れ死んだら、どういうわけかわたしたちの責任にされてしまう。わたしたちをとがめるのに十分な理由よ。そういう仕組みなの、それだけ。もう行かなきゃ」

　本当のことを言っているのかエルフィーにはわからない。悲劇が起きていたのだとしたら、長くとどまっていることでますます立場が悪くなってしまうだろう。だが、社会の疑問のほうが大きかった。「わからない。どうしてここで餌を探しちゃいけないの？」

「カドリング人がここは自分たちの所有地だと思ってるの。それに、水上菜園の外は危険が多い。ほら、湖沼カバとかね。ときには、はぐれクロコドリロスも」

「パークーンティだね」エルフィーは歌うように言う。その言葉がどこから出てきたのかはわからない。だが、言葉とはそういうものだ。

「この水上菜園の外縁にはマダラブドウが植えられていて、蔓がはびこってる」小さいほうの〈熊〉は言う。「たいていの水生動物にとっては毒なの。そうやって動物が塁壁を越えて作物を食べないようにしてるというわけ。でも、鳥は空から近づける。わたしたちは運がよければ湖岸から近づける。見て、あそこにいるインパラもそうよ。簡単に餌が見つかるから、このあたりにいるときはどうしても近づきたくなっちゃうの」

「危険を冒す楽しみもある」と大きいほうの〈コビトグマ〉が言う。

る前に立ち去るわ」

「答えになったかしら？」ネリ・ネリは続ける。「ここでの用はすんだから、問題が起こる前に立ち去るわ」

「家に帰りたい。介抱してもらわなきゃ」ネッサが姉に言う。

「ちょっと口を閉じててくれる？　今度いつしゃべる〈動物〉に会えるかわからないんだから」だが、エルフィーは気づいていた。ネッサはたしかに気分が悪そうだ――恐ろしい入浴のせいではなく、〈動物〉としゃべるという経験のせいだろう。

「妹さんの言うとおりだ。服を乾かしてあげな」ロッロ・ロッロがけだるげに言う。ネッサが溺れなかったのであれば、乾いた服に着替えようがどうでもいいと言わんばかりに。

エルフィーは鋭く言い返す。「泣きごとを言うのをやめれば、こんなに晴れてるんだから三十八秒で乾くよ」

「また別のときに話しましょう」とネリ・ネリ。「わたしたちと一緒に過ごしたいというカドリング人はほとんどいない。わたしたちが怖いのよ。わたしたちもカドリング人が怖い。でも、あなたは違うみたいね。頭が変なのかしら？　ともかく、わたしたちはオッベルズの近くにはあまり長くとどまるつもりはない――餌を求めてあちこち移り住むの。それに、ちょっとした習慣もある。わたしたちに会いたければ――」ネリ・ネリは整然とした小さな街とその外縁を見渡す。「あそこ、見える？　左側の丘の上にシーダーの木々が生えてるでしょう」

「ネリ・ネリ」相方が言う。「どうかしてるぞ。正気じゃない。危険すぎる。まさか――」

　ネリ・ネリは冷静に続ける。「一日か二日、あそこに隠れて、あなたが来るのを待ってる。あそこなら、あなたが猟師や罠師を連れてきていないか、銃を持っていないかわかる。もしそういうことをしたら、わたしたちは姿を消す。でも、待ってるわ。来てほしい。なぜって？　顔に書いてあるわよ、『どうしてあたしと話したいの？』って。わたしたちにだって好奇心があるの。あなたは他の人とは違うみたい。わたしたちは人間とのおしゃべりにはあまり興味がない――けど、いろいろ教えてくれる？」

「何が気になるの？　あたしがあなたたちに説明できることなんてある？」

「ひとつは、どうして緑色なのか。ぴったりの話題でしょう」

「いいね」とエルフィー。そして約束が交わされる。ネッサを立ちあがらせる。シェルは少し離れたところで待っている。この一連の出来事におびえきり、五歳児の生きがいである興奮と恐怖で震えていた。

30

「空想にふけるのはやめなさい、エルファバ。動物とはしゃべらなかったんだ」

「パパ、しゃべったんだよ」

「本当だよ、パパ。ネッサを湖から引きあげてくれたんだ」シェルが言う。「ぼくも見たよ。ちょっと怖かった。それに、くさかった」

「シェル、おまえは何も知らないだろう。エルファバ、おまえのせいで弟まで変な考えを抱くようになっているじゃないか。恥を知りなさい。パニックになって幻覚を見たんだよ――動物が話しかけてきたと想像しただけだ」

「じゃあ〈コビトグマ〉たちも、あたしに話しかけられたって想像してたの？」

「動物が想像するかどうかは誰にもわからない。たとえ想像できるとしても」

エルフィーはいらいらする。「パパがあたしに話してると想像するのと、あたしがパパに話してると想像するのと、何が違うの？」

「ふざけるのはやめなさい、エルファバ。いかなる場合でも、若い女性にふさわしい行為ではない。おまえのその――見た目では、孤立と疑惑を生むだけだ」

「しゃべる〈動物〉に会ったことがある？　父さん？　あるはずだよね。それなのに、あたしたちに話してくれなかった。すでに知られてる世界から完全に分離された局面――そういうのがたしかに存在してるのに、見えないように脇に追いやるの？　ねえ、あたしの話を信じない、シェルの話も信じようとしないのなら、ネッサに聞いて。あの子なら絶対にふざけたりしない。いい子すぎて嘘をつけない。本当のことを言ってくれるよ」

フレックスは顔をしかめる。「ネッサは休んでいる。恐怖から立ち直ろうとしているところだ。問いつめて困らせたくはない。あの子はおまえが思う以上に繊細なんだよ、エルフィー」

「鉄のかなとこと同じくらい繊細だね」

「妹の安全を守ることに集中しよう、いいね、取るに足らない奇抜な空想のことは忘れなさい。ここではやるべき仕事があるんだ。気が散っていたら大惨事になる。ばあや、エルファバによく言い聞かせてやってくれ。こんなたわごとは我慢ならない」

エルフィーは窓際にうずくまり、狡猾な家族と共謀者のばあやに背を向ける。ずっと嘘をつかれ、裏切られてきた。けれど、過去の出来事を思い出そうとすることで、チックや癇癪（かんしゃく）を起こさずにすんだ。過去の経験から、生物多様性という感覚を自発的に身につけていたのかもしれない。

かつて〈猿〉の夢を見た。だが、夢とは何だろうか？――たいていは天啓というより願望。聖人だけが夢の正当性に頼れる。エルフィーは聖人ではない。もう少しで幽霊〈猿〉の概念をつかめそうだが、頭の中では筋が通っていない。童謡や縄跳び歌に出てくるしゃべる動物と同じだ。エルフィーは頭を振る。そうすることで、すでに血流の中にたまりはじめていた怒りの毒素の影響を取り除けるかもしれない。父親を憎むことはできない。そんな時間はない。自分の人生から父親を消すこともできない。

「でも、そもそもどうしてネッサ嬢ちゃんが池に落ちることになったんでしょうねえ」ばあやが針に糸を通しながら言う。

31

「お父様のことは気にしなくていいですよ」別の会話のときにばあやが助言する。「お母様がお亡くなりになってから、すっかり人が変わってしまいましたからねえ。メリーナ様がいないと、車輪がなくなった荷車みたい。片腕の曲芸師、穴の開いたブリキのバケツ。変化するものに対応できないんですよ。男というのはそういうものです。もちろん、しゃべる〈動物〉はいますとも。教えてもらわなきゃわからないなんて。嬢ちゃんの目はどこについてるんです？　もう十三歳かそこらでしょう？　昔はマンチキンに〈動物〉がいたんですよ。ただ、大きな〈動物〉は労働獣として強制的に農場に連れていかれてましたけどね。たいていは奥地に逃げていきました。逃げられたのならですが。小さい〈動物〉たちはもっとうまく身を隠してたんじゃないですかね。ときには普通の動物のふりをしたりして。小さい生き物は簡単に紛れこめますからね。だけど、今のエメラルド・シティときたら！　大いなる自由主義の共同体。不満に思っている人もいますよ。身を寄せ合って暮らしてるなんて。想像してみてくださいな」

エルフィーはばあやに向かって顔をしかめ、話の先を促す。

「もちろん、この地域では、みんなよく知っていることですが、自然が多く残っていますから〈動物〉は野生の暮らしをしています。かわいそうにねえ。それに、人間を信用していません。仕方ありませんよ。今だってあたしたち人間は、動物の肉のローストやチョップを食べますからね。嬢ちゃんが〈動物〉を知らなかったなんて、まったく思いもしませんでしたよ。いつだったか、ご自分の前だけに現れて話をする〈猿〉がいるとおっしゃっていませんでしたっけ？　ずっと前のことですが」

「現実に起きたことだったのかわからなかった。今でもわからない。とにかく、誰も信じてくれなかった」

「昔から、目の端でこそこそと物事を見てらっしゃいましたものね。心配いりませんよ、いつか役に立つかもしれません。それに、何を見たっていいんです、お父様に許可をもらう必要なんてありません。自分の目を好きに使う自由くらいはあるんですからね」ばあやは縫い物を取りあげる。「お父様は若い頃、目移りばかりしていたんですよ。まあ、見ているだけでしたけど。聖職者には珍しいことじゃありません。お母様は男を追いかけまわしてました。それも、ばあやが知るかぎり、聖職者の妻には珍しいことじゃありません。ああ、話が横道にそれちゃいましたね。お父様はシェル坊ちゃんの幸せを考えています。まちがいなくお父様の息子ですからね。それがいくらか慰めになってるんですよ。さて、もう十分お話ししたでしょう」とすまし顔で言い、唇のあいだにピンをくわえる。十分すぎるほどの説明だったが、エルフィーはまだ大人の言動のニュアンスを足し合わせる計算能力を持ち合わせていないため、さっぱり頭に入ってこない。

「そんなの、嘘つきの壮大な陰謀じゃないの」今やエルフィーの声は小さく、元気がない。めったにあることではなく、ばあやもそれに気づく。

「子供はみんな、〝壮大な嘘〟を押しつけられていると気づくことで、成長していくものです。嘘は、場合によって異なりますが、死を招きかねません。ばあやにとっては、〝生まれつき魅力的であれば食べるものには困らない〟ってやつがそうでした」ばあやはため息をつき、少しだらしない輪っか状にしてある髪を整える。「生きていくために必死に働いてるばあやの姿をご覧なさいな」

「でも、パパは——今まで一度も教えてくれなかった。知らないのかも？」

「頭の悪いふりをするのはおよしなさいな。おばかそうな顔をしたって無駄ですよ。もちろん、お父様はご存じですとも」そこで言葉を切る。「あの日のことはあまり覚えていないでしょう？　その、クロコドリロスに遭遇したことは？」

「覚えてない」エルフィーは試しに小さな嘘をついてみる。

「ばあやはずっと疑問に思ってたんですよ。お父様は三頭の無垢な〈水牛〉を改宗させようとしていたんじゃないか、〈水牛〉たちは宗教なんてどうでもよくて、そのことをわからせるためにフレックス様を追いかけ、野営地に無事に着いてから解放したんじゃないかってね。もちろん、単なる推測ですけど」

「それはずっと前のことで、本当に起きたとは思えない。あたしは〈熊〉の話をしてるんだよ。あたしたちのすぐそばに存在してるのに——普通の動物のふりをして隠れてる」

「答えを知りたいのなら、質問攻めにしてやりなさいな！」ばあやが激昂する。「その〈コビトグマ〉とやらをね。お父様は嬢ちゃんをご自分の娘だと認めてませんがね、好き勝手なことをさせずにきちんと気を配るくらいには愛してらっしゃいますよ。ばあやは見て見ぬふりをします。でも、シェル坊ちゃんを連れていってはいけませんよ。ネッサ嬢ちゃんも。帰ってきてからばあやにしゃべるのはいいですが、他の人たちにこっそり話すのはおよしなさい。さもないと、お父様の耳に入ってしまいますからね。そうなったらジャングルに戻ろうと言い出すかもしれません。ここの暮らしのほうがましです。床がありますしね。気づいてました？　なんて快適なんでしょう、床っていうのは。ちゃんと立っていられますしね。ネッサ嬢ちゃんも前よりしっかり立てるようになってるんですよ。エルフィー嬢ちゃんは気づいてないでしょうが。自分の激情に圧倒されている十三歳の女の子ですものね。さて、例の服飾店の店主との物々交換のために、お母様の荷物が入ったトランクを調べますか？　やるべきことに集中しましょう」

32

他の十三歳の少女と同じく、また、他のどの少女とも違って、エルフィーはエルフィー自身に圧倒されている。衝動的。合理的であると同時に迷信深い。自分に対する不当行為に敏感だけれど、思春期前の傷つきやすい多くの子供たちと違って、他の人たちが耐えなければならない圧制に対しても神経質である。

ネッサの問題があるから、エルフィーは気づきやすいのかもしれない。苦しみに気づくのは同情というわけではない――そのことに名前はないのかもしれない。エルフィーは他の子のように自分勝手である。もっとも、妹と弟以外に自分との比較対象になる子供はほとんどいないのだが。家族の中で思いやりを持っているのは父親だけだ。親切心からの優位性を思いやりと呼べるのならだが。そう、エルフィーは聖人ではない。その地位を切望してもいない。

肌に水が触れるのに耐えられないエルフィーは、誰よりも甘い香りのする子供ではないはずだ。おそらく、個々の衛生状態にそれほど厳しくない〈動物〉は、ローションや花香油をつけないエルフィーを他の人間より信頼できると思うことだろう。

夜、シェルを子守歌で寝かしつけてから、エルフィーは自分のシーツの中で縮こまり、オウムガイのように丸まり、生まれるときのようにぎゅっと身を固くし、本物になるのを待つ。自分以外の何かになるのを、自分自身になるのを待つ。他の十三歳の人間の子供と違いはない。違いはないけれど、とても違っている。

33

遠くの藪の中から〈コビトグマ〉が現れる。おとぎ話から登場人物が現れるように、愉快で楽しい。どうやら、エルフィーはひとりきりで、気をそらす囮として奇襲部隊によって送りこまれてきたわけではないと納得したらしい。エルフィーが近づいていくにつれて、生きたおもちゃのような雰囲気――前に見たことがある、楽そうに暮らす飼い猫や飼い犬の役割――は消えていく。スキーオティは用心している。エルフィーでさえそれに気づく。人間の顔の表情を読むのは苦手なのだが。

好奇心。

世間話をしたり、したがるふりをしたりするのは得意ではない。そこでエルフィーは単刀直入に切り出す。「約束を守ってくれるとは思わなかった」

「わたしたちにとって言葉はあまり意味を持たない。でも、約束どおり来たわ」ネリ・ネリが会話を担当する。ロッロ・ロッロは後ろにいる。外斜視のせいで、もっとおもしろい客が来るのを待っているような顔に見える。

「知りたいことがあるの」エルフィーは言う。「あなたたちに会ってから、ばあやにしゃべる〈動物〉のことを少し聞いたよ。あなたたちのこと、あたしは全然知らなかった。どんな〈動物〉のことも。ほんとにばかだよね。こうして普通の動物に紛れて、近くにいるのに。それなのに、あたしたちとあなたたちのあいだで友好的なおしゃべりはほとんど交わされてない。だから、あたしは全然、まったく知らなかった」

「世界は必ずしも〝わたしたちと彼ら〟で成り立ってるわけじゃない」とネリ・ネリ。「とはいえ、わたしたちがここにいることをあなたが家族に話してないと信じるわ」

「もちろん話したさ」ロッロ・ロッロが鋭い口調で言う。「人間なんだからな」

エルフィーはたじろぐ。なんという侮辱だろう。「ええと、もちろん弟と妹は何が起きたかべらべらしゃべったよ。でも、あたしはあなたたちに会いに行くってこと、ばあやにしか話してない。ばあやにも場所までは言わなかった。つまり、ここのこと。このシーダーの木立」

「本当のことを言ってるわね」とネリ・ネリ。「もっともらしい嘘をつくには幼すぎるもの」

「ええと、あなたたちは人間とは距離をとってるって言ってたよね。よくわかるよ。あたしもできるならそうする。で、気をつけてまわりを見るようにしてたけど、あなたたちはすごく上手にやってるんだね。思ってもみなかった。あたしはばかじゃないんだけどな。それで、人と関わりたくないのに、どうして妹が水に落ちたときに助けに駆けつけてくれたの？　あなたたちのために同じことをしてくれるカドリング人は多くないでしょ」

「このために俺たちは来たのか」ロッロ・ロッロが口をはさむ。「しゃべるために？　そのためにこの地にとどまってたのか？　自分たちの身を危険にさらして？　こいつは食い物も持ってきちゃくれなかった」

「ごめんなさい」エルフィーは言う。「持ってくるべきだったとは知らなくて。そもそも、うちにはあまり食べ物がないから、盗んだら質問を投げつけられちゃう。質問は食べられないでしょ」

「ああ、食べられない」ロッロ・ロッロは同意する。「だが、どのみち質問を持ってきたようだな」

「なんでわざわざ妹を助けてくれたのか知りたいの」

ネリ・ネリが答える。「選択の時間が刻一刻と迫ってた。窒息させるか、思いやりを見せるか。でも、本能に従うのが大事。命は命よ」

「それってなんだか……あらかじめ考えておいた答えみたい」

「あら、鋭いわね。いいわ。たしかに、あなたの妹が死のうが生き延びようが、わたしたちにはどちらでもよかった。ただ、人間の怒りが爆発したり、恐怖が理性に打ち勝ったりした場合、〈コビトグマ〉は格好の標的になる。だから、自分たちの姿を見られたかもしれない場所の近くで、人間が死ぬことになるのは防ごうと思った。実際、群衆から逃げるのは疲れるのよ。ジャングルキャットたちは簡単に逃げきれる。わたしたちはのそのそ歩く。小さくて、騒々しい」

「群衆が本気になったら、俺たちは簡単にやられちまう」とロッロ・ロッロ。「平和を好むカドリング人でもときどき感情的になる。おかしなことだ」

「他の人間が駆けつけていたら？　あなたたちが、その、餌をあさってたことがばれちゃう」

ネリ・ネリは顔をしかめ、鼻まわりの毛が渦巻き状になる。「まわりを見てないロッロ・ロッロでさえ、あなたが妹を助けようとせず突っ立ったままだってわかった。それに——」

「ネッサを助けるためなら何だってするよ。できることなら何でも。だけど、あれだけは無理だった。水はどうしてもだめなの」

「話をさえぎらないで。あなたの質問に答えてるのよ。わたしたちには、あなたは金切り声をあげながら歩く竹の奇種に見える。ぎゃーぎゃー騒ぐ植物なんて聞いたことない。ぴょんぴょん飛び跳ねる竹もね。わたしたちが助けたのは親切というより好奇心だったのかも。あなたたちは三人だけでぶらぶらと散歩していて、明らかにしかるべき保護者がいなかった。リスクを冒しても大丈夫だろうと思えた。それが正直なところよ」

「あたしは植物じゃない」とエルフィー。腹を立てるべきか、それとも残念そうな顔をしたほうがいいのか。植物になるのはどんな感じだろう？

「本当に？」ロッコ・ロッコが聞く。「俺にはエリマキブドウの蔓そのものに見えるがな」

「あなたたちはここで何をしてるの？　どうやって暮らしてるの？　あなたたちの、ええと、コロニーがあるの？」エルフィーはたずねる。「どうしてしゃべれない動物のふりをしてるの？」

「そのほうが安全だから」とネリ・ネリ。「ほら、わたしたちは動物でとおる。あなたはそうはいかないでしょうね。あなたのような人間が何百人もいて、みんな緑色なら別だけど」

「沼のぬかるみとしてならとおる」ロッコ・ロッコが言う。ネリ・ネリはシーダーの松ぼっくりをロッコ・ロッコに投げつける。

エルフィーは先を続ける。「あなたたちは部族なの？　集団？　ええと、キャラバン？民族？　よくわからない。しゃべる〈猿〉と話せる？　そういう生き物が存在するとしてだけど。どういう仕組みなの？」

「とっても詮索好きなのね」とネリ・ネリ。「わたしたちはあなたの妹を救った。わたしたちがどういう生き物か、それで十分わかるでしょう」

「ああ、もういい。俺たちは逃亡者だ」ロッロ・ロッロが言う。ネリ・ネリが鼻づらで突く。「何だ？」ロッロ・ロッロは不機嫌そうに言う。「ここにとどまって、こいつと話したがったのはおまえだ。もう話はすんだだろう？　おしゃべりは終わりにしよう」

家族のけんか。エルフィーにはよくわかる。「へええ、おもしろいね。逃げ出したんだ。どこから？」

「あなたは知らないほうがいい」ネリ・ネリはうなるように言うが、ロッロ・ロッロは微笑んでいる。にやにや笑いを微笑みといえるのならだが。

「全部話しちまえば、ここを離れて先へ進める」ロッロ・ロッロは相方に言う。「リスクが大きすぎる。ガキんちょと仲よしこよしをしてる場合じゃない。どれだけ社会規範から外れたガキだとしてもな。しゃべることを全部しゃべって、さっさと行くぞ」それからエルフィーに言う。「俺たちはエメラルド・シティのやつらと仕事をしようとしたんだ。だが、あのどでかいきんぴかの道路の建設にはあまり役に立たなかった。俺たちの手の大きさじゃ、うまくレンガを扱えなくてな。だけど、ルビーが見つかると、なんと俺たちは注目された。仕事にありつけて、たっぷり給料をもらえた。俺たちは扱いやすいからな。荷車いっぱいのルビー。頼もしい働き手。連中が北から連れてきたラバと違って、疥癬にかかったりもしない」

「ロッロ・ロッロ、もういい？　一生に一度でいいから集中してよ、ほんとばかなんだから。わたしたちは食べ物をたくさんもらえたし、快適な環境で暮らせたけど、自由はなかった」ネリ・ネリが説明する。「わたしたちの仲間の多くは十分幸せだった。でも、わたしたちは違った」

「おまえは、だろ」ロッロ・ロッロが訂正する。「俺はめしをたっぷり食えたし、居心地がよかった。それなのに逃げ出した。おまえにそそのかされてな」

「そんなひどいこと言うなんて、舌を噛んでしまえばいい。文句を言うなんて許さない。わたしたちは自由になって、ここにいる。今日がその日よ」

「何の日？」エルフィーは聞く。

「ただの日よ。わたしたちが生きてる日」ネリ・ネリはボスのスキーオティらしく答える。「息ができて、空の太陽を追いかけて、食べて、糞をして、午後に昼寝をする木陰を見つけて、運がよければ正午に人間の食べ物を盗める日。矢やカバや毒ヘビに出くわさない日。伸ばした蔓みたいな人間と話して、新しいことを学ぶ日！　荷車につながれて、えっちらおっちら鉱物を運ぶ日じゃない」

ロッロ・ロッロは動くほうの目をぐるりとまわし、両目をつぶっていびきをかくふりをする。

「あなたたちには借りがある」エルフィーは言う。「ねえ、昨日あたしがたまたま妹を殺しちゃってたら、あたしの今日はあなたが言ったような日にはならなかったはず。だから、あ
なたたちは何が知りたい？」

ネリ・ネリは竹の若枝を数本口に入れ、考えこみながらもぐもぐと嚙む。「あなたは本当は何なの？　人間？　わたしたちがまだ会ったことのない別の人種？　わたしたちが知りたいのはあなたのことだけ。人間にはあまり興味がない。人間という種にはね。でも、あなたは誰？　あなたの名前は？　あなたみたいな人には会ったことがない。あなたが何なのかわからない。詮索好きだと思ってくれていい。あなたは何者？」

十三歳の子供がそのような質問に答えられるだろうか？　十三歳という孤独の絶頂期に？「自分でも謎なんだよね」とうとうエルフィーは答える。「でも、あなたたちが自分のことをわからないのと同じじゃないかな」

「わたしたちの中には、わたしたちをこういうふうにしている何かがある」ネリ・ネリは言う。「それはわたしたちが生まれる前からわたしたちの中に宿るのを待っていて、わたしたちが死んだあとも残る。何と呼べばいいのかわからないし、名前はないのかもしれな

い。でも、それはわたしたちみんなにとってそれぞれ異なる——それがわたしをスキーオティにしてる、ヘビでもシラサギでもバッタでもなく。あなたの弟を男の子にしてる。あなたを謎めいた存在にしてる」

「あたしの父さんは牧師なんだ。父さんに聞いてみようか？」エルフィーは雑に扱われているような気がする。「物事がそうである理由についての規則書を持ってる。あたしじゃないよ。あたしは〈動物〉に話しかけてるただの子供。あなたが探してることの答えは持ってない。何も知らない」

「そうかもしれないけど」とネリ・ネリ。「あるいは知ってるかもしれない。あなたは疑問にうんざりしてるのね。バナナが欲しい？　このあたりに少しあるわよ」

「限られた数しかない」昼寝をするふりをしていたロッロ・ロッロが目を開けて反論する。

エルフィーは首を横に振る。「そういう質問は誰にでもできるでしょ。爪の下からもじゃもじゃの髪の根本まで緑色の、ヘンテコな子供のあたしじゃなくてもいいはず。どうしてバナナになんでバナナなのか聞かないの？」

「あなたがわたしたちのところに来たのと同じ理由よ——あなたはしゃべれて、わたしたちもしゃべれるから。バナナは多くを語らない」

「みんな、自分は実在してると思ってるだけだって、父さんは言ってる」

ネリ・ネリは肩をすくめる。「だから？　わたしはあなたが実在してると思ってる。そのことのほうが興味深い」

「なんであたしに興味があるの？」

「あなたは思想のようなもの」ネリ・ネリは言う。「あなたに会うまでは持っていなかった思想。わたしたちを〝それ以前〟から〝それ以後〟へ転じさせる。あなたが何者なのか、何なのか、なぜ歩くジャングルの断片みたいな見た目なのか、わたしにはわからないけど、わたしが何者かについての考え方はあなたに会って変わった。わたしに何かを——あなたの名前は何なのかとか——教える必要はない。あなたはあなたでいればいい」

エルフィーは名前を告げようとしたが、今のネリ・ネリのなにげない言葉はこのままでいいと伝えているのだと気づく。口を開け、また閉じる。この先の人生でもあまりないことだろう。エルフィーはどんなときも、集中力と同じくらいの興奮で駆け抜けたいという衝動をほとんど無視できない。今、太陽の下で座って〈熊〉たちを見つめ、向こうもこちらを見つめ返している。互いが互いにとって〈動物〉なのだ。これが人間らしい驚きというものか。とても穏やかに迫ってくるので、静かにしていなければ、気づくこともない。この瞬間、人生でめったにない瞬間、エルフィーは辛抱強さに気づく。細い緑色の腕でむき出しの緑色のひざを抱えていた。風が吹き、とかしていない数房の髪が額にかかる。そのまま髪を垂らしておく。髪のあいだから、シーダーの丘の下に、幾何学的に木々を切り倒して造られたオッベルズが見える。小さな街に隣接する水上菜園や庭にはところどころに薄い色の花が咲いている。風が小さな街の人間の喧噪をさえぎり、不鮮明な省略記号に変える。あらゆる場所であらゆることが起こっていて、同時に、たいしたことは起きていない。ただのよくある世界。

「あたしはあなたたちに何も与えてあげられなかった」やがてエルフィーは〈コビトグマ〉たちに言う。「あなたたちはあたしに話を聞くために、危険だと知りながらここに残ってた。リスクを冒すだけの価値はあたしにはないのに。ここを離れたら、どこへ行くの？」

「誰も知らないほうがいい。そのほうが安全だから」ネリ・ネリが答える。

「労働者として働いて食べ物をたっぷりもらえていたときは、大勢に囲まれて安全だった」ロッロ・ロッロが続ける。「今、俺たちは二頭の逃亡者だ。ネリ・ネリが言う自由っていう概念のおかげでな。腹をすかせるのも、逃げるのも自由ってわけだ。まったく、楽しいね」

「あなたは疑問をたくさん持ってるのね」とネリ・ネリ。「人間にしては珍しい。あなたはわたしたちに人間の好奇心を知るという経験を与えてくれた。それだけで感謝してる。あなたはまだ自分の疑問に名前をつけられていない。この先も無理かもしれない。だけどそれは関係ない。たしかにわたしたちはしゃべる〈動物〉だけど、天才じゃない。わたしの知る他の生き物に比べたら、どこにでもいる田舎者よ！　自分たちのちっぽけな生活を除いて、世界のことは何も知らない。でも、知っている〈動物〉もいる。もっと広い外の世界には教育を受けた〈動物〉がいるの。きっと見つかるわ。興味があるって目をしてるわね。それを見られたことが、わたしたちにとってのプレゼントよ。わたしたちの、その、雇い主の目には、商業的な関心しか見られなかった。あなたが望めば、きっと会えるはず。でも、わたしたちはただの生き物。あちこち移り住む逃亡中の獣。〈動物〉についてのあなたの疑問に答えてくれる別の相手を見つけなさい。わたしたちはあなたの妹を助けたけど、あなたを助けることはできない。あなたが自分でやるべきことよ」

「これでお話は終わり？」エルフィーは聞く。

スキーオティは答えない。正しい会話の作法など知ったことではないのだ。二頭は立ちあがり、歩き去っていく。さよならも言わず、肉づきのいい肩ごしに振り返ることもなく。丘の稜線に沿ってシーダーの木々の下を進んでいく姿は、まるで毛むくじゃらの巨岩が散歩しているかのようだ。

34

エルフィーは想像する。スキーオティはエルフィーを捨ててしばらく身を潜めるのだろう——エルフィーが与えるべきものをすべて手に入れたのだから。それほど多くはないけれど。スキーオティを責めているわけではない。自分でも同じことをするだろう。おそらく〈動物〉の習性なのだ——ある意味、エルフィーも〈動物〉ではないのか？　資源の保持。エルフィーはシズだけでなく、のちにエメラルド・シティでも、そして他のどの場所でも、社交上のおしゃべりに対して生涯ずっと同じ態度をとることになる。時間の無駄。

エルフィーが見ていると、二頭は藪の中に姿を消す。エルフィーは立ちあがり、丘を下ってレイ・レイラーニ宅へ向かう。家を抜け出したことがばれないようにしなければ。自分自身を守り、そして——あとでこう自分を納得させる——スキーオティを守るのだ。敵との交わりという概念を学んではいないが、本能はこう言っている。気をつけろ。自分のためではなくとも、スキーオティのために、用心しろ。

レイの広いツリーハウスに戻り、家族の部屋に入ると、ばあやがトランクからショールやしゃれたドレスを引っ張り出していた。亡きメリーナの形見に取っておいたものだ。それらを窓際に持っていき、縫い目を調べる。慈善舞踏会で着ていた青と藤色の渦巻模様のドレス。メリーナの死後、誰にも着られることなくトランクにしまわれていたあとでも、まだ明るく新品同様だ。

「これを手放していいものか悩みますねえ。ばあやの大切なお嬢様が残したお洋服たち。おくるみに包まれていた頃からお嬢様を育てたんですよ。取引のために服飾店に持っていってしまったら、お嬢様の形見が何もなくなってしまいます、エルフィー嬢ちゃん」

「ええと、あたしがいるよ。ネッサも、シェルも」エルフィーは指摘する。「あたしたちがママの形見になってあげる」

「ちょっと違うんですよ。形見っていうのは、過去の楽しく幸せな記憶を静かに思い出させてくれるものです。言葉を返してくれなくていいんです。あなた方はめったに黙らないじゃないですか」

エルフィーは肩をすくめる。だから何？

「それに、このドレスはお母様が駆け落ちした夜に着ていたものなんですよ。エルフィー嬢ちゃんが結婚するときのためにとっておいたんです」

「じゃあ、まったく問題はないね、あたしは結婚しないから」

「嬢ちゃんくらいの年頃の女の子はみんなそう言うんですよ。とにかく、過去を思い出してめそめそしても仕方ありませんね。メリーナ様の古い嫁入り衣装で沼地とおさらばできるのなら、そうしましょう。このために何年も持ち歩いていたのかもしれませんねえ。このおしゃれな服の数々がいつか役に立つと感じてたんですよ」ばあやは衣服を神聖な埋葬布であるかのように畳みはじめる。エルフィーは一番上の服をつかむ。

「あのお店のおじさん、これが気に入りそう。この服と交換にタートル・ハートの情報を教えてもらえるよ。他には何がある？」

「一気に手放すのではなく、緊急時のためにいくらか手元に残しておきなさい」ばあやは助言する。そのとき、丸めた胸当て（ストマッカー）の中から、ねばねばした緑色の液体が入った小さな瓶が転がり出る。「これは、そうそう、ご家族にお仕えしてきたあたしにメリーナ様がくださったんですよ」ばあやは早口で言うが、エルフィーは先に瓶をつかみ取る。

「これってコロン？」

ばあやは目を細めてエルフィーをじっと見る。「鎮静剤の一種ですよ。具合が悪いときに服用するんです。お母様はちょっとずつ慎重に飲んでました。エルフィー嬢ちゃんが飲むものじゃありませんよ」

「ばあやのでもないでしょ」それは図星だった。

エルフィーがポケットに瓶をしまうと、ばあやはため息をつく。「この罪滅ぼしのための報われない旅が終われば、もっと乾いた土地に移れるんですけどね。一番の問題はかびなんじゃないですかね――わかりませんけど。さて、この時代遅れの派手な衣装でなんとか情報を聞き出してきてくださいな。ドレスが一着なくなったところで、お父様は気づきゃしませんよ。こういうことにはさっぱり関心がないんですからね。お願いですから、うまく取引を成立させてくださいな、エルフィー嬢ちゃん」

エルフィーは木の上にある店に向かう。あの疑い深そうな店主は、葦を編んだ大きめの袋に商品をくるんでいて、ハンサムな若い男が外のデッキで退屈そうにパーグエナイの煙草をふかしながら待っている。エルフィーよりそれほど年上ではない。あるいはずっと年上なのかもしれない。男のことはよくわからない。「へえ、それじゃ、ただの噂じゃなかったんだな、おまえのこと」客がエルフィーをじろじろ見ながら、のんびりした口調で言う。「しゃべるアスパラガス」

「店主と話すために来たの」エルフィーは答えながらこう思う。まあ、何が起きてもあんたとは結婚しない――あたしをばかにするだけだもん、たった今それを証明した。客が商品を受け取ってぶらぶらと歩き去るのを待ってから、エルフィーは店主に言う。「取引しよう」四角く畳んだ衣装をマホガニーのカウンターの上にたたきつけ、交渉する。家には同じようなものがもっとある、同じくらい状態のいいものが。

「シルクかと思ったが」店主は指で上質なリネンの布に触れて確かめる。「流行遅れだ。価値はないだろうな。それでも、引き受けてやってもいい。おまえに頼まれた調査だが、一筋縄ではいかない。やってみるが、おまえが探してるタートル・ハートを、つまりチェローナを見つけられると約束はできない」

「ええと、タートル・ハートは死んでる。見つけてほしいのはタートル・ハートじゃない。前にも話したよね。あたしたちが探してほしいのはタートル・ハートの家族だよ。この服と引き換えに」

「さっき言ってたように他の服もいい状態なら、調査の代価としては十分だろう。だが、俺が見つけた手がかりが役に立たなかったとしても、契約には拘束力がある。つまり、取り消せないってことだ」

「今日か明日、別のドレスを持ってくるよ。これで交渉成立？」

店主は口をつぐみ、すぼめた唇に指を当てて考えこむ。考える音が聞こえてくるようだ。

「まだだ。割れた窓の問題がある」

「あたしは関係ない！」

「いいか。おまえのひげの保護者が下で待ってるのを見た。おまえはあいつとこそこそと去った。おまえかあいつか、どっちかが窓を弁償しろ。それがオッベルズでのやり方だ。何週間か、おまえがこの店で働け。俺の手伝いをしろ。今年は店員がいないし、俺は年をとる一方だ。聖祭の期間、店の手伝いをしろ。そろそろ繁忙期なんだ。働いて、新しい窓を弁償しろ」店主は片方の肩で窓があったところを示す。色あせた紫の布で全体が覆ってある。布には乾燥した野菜真珠（ベジタブル・パール）がところどころに縫いつけられていて、桑の実がなる木にカタツムリが這っているみたいだ。外から射しこむ光で、窓枠がよくある長方形ではなく、ゆがんだ楕円形だとわかる。そこだけ上方に傾いた大きな目があるようだ。見栄えをよくするためにまわりは四角い枠で囲まれており、隅に数枚の透明なガラスがはめこまれている。真ん中のガラスだけが、目だけが、粉々に割れている。

「働くことについては、父さんに聞いてみないと。たぶん許してもらえないと思う」

「やるか、やらないかだ。少しのあいだ店を手伝わなければ、俺は服を受け取らないし、タートル・ハートとやらの調査もしない。店員を見つけるのは難しいが、仕方がないさ」

「服のことは何も知らないし、それに、その、学ぼうとも思わない」

「何を学びたいか聞いた覚えはない。おまえに学ぶ能力があるかどうかもな。おまえがファッションについて知ってるわけがない！　ほら、家に帰って、その達者な口で説得してこい。逃げたりしたら、保安官を送りこんでやる。おまえたち一家が〝よき未亡人のレイラーニ〟の家にいるのは知ってる。いいな、俺は物事を解決する方法を知ってるんだ。証明してやろうか！　明日、朝食がすんでから、別の服を持ってこい。それで交渉成立だ。条件その一。服をもらう代わりに、俺はタートル・ハートとやらの情報を集める。条件その二。窓の弁償代金として、おまえは明日から店で働く。昼めしの時間までだ。おまえの昼めし代を負担するつもりはないからな。期待しないで昼には帰れ」

「あたしが同意するとしたら」エルフィーは言う。「それはタートル・ハートの家族を見つけたがってる父さんを助けるためだよ。窓を割ったっていうくだらない濡れ衣を着せられて、罪を認めたからじゃない。父さんは聖職者だよ。避けられるなら、卵の殻だって割ったりしない」

「親父さんのせいだとは思っていないというふりはしてやる。どうだ？」

「おじさんの名前すら知らない」エルフィーは言う。

「名前を知り合う必要があるか？　そう思うなら、自分で調べればいい。俺はいきなり親切におまえの保護者になる気はない。さっさと出てけ」

35

　下宿に戻ってから仕事のことを話すと、父親は平然としており、エルフィーは少し驚く。「そろそろ何らかの技能を身につけたほうがいい」父親は言う。「商売人というのは、奥地から来た教養のない若い女の子をもてあそぶ。けれど、あの男は違う。彼なら大丈夫だ。レイが保証している。私も確認した」

「窓を割った石のこと、まだわからないんだけど」エルフィーは探りを入れる。これほど腹黒い言葉を口にしたのは初めてだ。「誰が投げたの？　どうして？」

「いたずら小僧のシェル坊ちゃんじゃありませんかね」ばあやがやさしく言い、指を広げて胸に手を当て、愛情があふれ出そうだとばかりにうっとりと視線を落とす。

「あのとき、シェルはばあやと一緒に家にいたでしょ」

「私たちには関係ないことだ」フレックスが質問をはねのける。「おそらく、あの店をつぶしたがっている商売敵の仕業だろう」そう言うとまた本に視線を戻し、びっしりと印刷された散文の欄に指を這わせて読み進める。

　ばあやもエルフィーも、タートル・ハートの情報と交換にメリーナの結婚衣装を渡すことは黙っている。どのみちフレックスは気にしないだろうし、詳しく説明して煩わせる必要はない。

「犯人はあの〈コビトグマ〉のどっちかだよ」シェルが言う。

「湖の菜園にいたやつらさ。すっごく気味が悪かったもん。前に舟の上で人形劇をやってたときに見た人形みたいにしゃべってたんだよ」

「黙りなさい、このおばか小僧」上の姉が言う。

36

翌日、エルフィーは、別の古着と午前のおやつの沼プラムが二個入った包みを持って仕事場に向かう。店では店主が待っていた。名前はウンガー・ビークシだと、エルフィーはレイに聞いていた。店主は新しい従業員のためにボウルに紅茶を入れてくれていた。まだあたたかい。「荷物は奥の部屋に置いて、ちょっとこっちに来い」

ウンガーは——それが自分の名前だと認めてうなずき、そう呼んでもいいが敬意を払えと言う——エルフィーに紅茶を渡し、計算と読み方の練習をさせる。数字はばあやに教わっていたし(「鍋から少しつまみ食いするときに役立ちますよ、たくさん取りすぎるとばれてしまいますからね」)、文字は何年も前の退屈な夏にメリーナから教わっていた。また、フレックスはエルフィーが困難を乗り越えられるようにと聖典を与えていた。読むのは得意ではないが、強い好奇心と数学の才能はあるようだとウンガーは認める。

ふたりは紅茶を飲み終わる。それはおそらくエルファバにとって、自分自身に対して開かれた、ばあやや父親の茶紫色の影に隠れずに緑色の影を持つ自分として参加した、初めての社交的な催しだった。それからウンガーはエルフィーを商品保管室に案内する。エルフィーに触られて緑色に汚れることを心配し、貴重な品物には触らせない。「こんな迷信みたいな考え方は改めないとな」ウンガーは素直に認める。「だが、今日じゃない」そしてエルフィーが持ってきた包みを慎重に開き、しわをたたいて伸ばす。不本意ながら歯のあいだから感嘆の息を吸う。「おばちゃんが着るような服だな。最初に持ってきたのとは比べものにならないが、売れるだろう。ああ、問題ない」

それからウンガーは布の測り方を説明するが、エルフィーは見ているだけで、まだハサミは使えない。ウンガーはエルフィーに価格表を見せ、値段交渉の方法を説明する。世間に見せびらかすための派手な布は税額を少し下げてやり、家族を亡くしたばかりで苦しんでいる人には大幅に値引きをしてやる。「だが、母親を亡くしたと嘘をつくやつらが大勢いる」ウンガーはエルフィーに忠告する。「聖祭の季節になると、オッベルズの人口の二倍の母親が亡くなる。悲しんでるやつらにだまされるな。これ見よがしに嘆き悲しんでるやつほど、本当に家族を亡くしたか疑わしい」

「あたしは接客はしない」

「それが賢明だろうな。とりあえず今はベランダの掃き掃除をしろ」ウンガーはエルフィーにほうきを渡す。

ほうきを手にするのは初めてだった。テントの汚れた床を掃く必要はない。控えめに言って、エルフィーがほうきを操る手つきはぎこちない。「そのうち自分の腕の一部だと感じるようになるさ」ウンガーが戸口から眺めながら言う。「だが、今は客が来た。ふざけるんじゃない、葉っぱを飛ばすな!」手遅れだ。ヴェールをかぶった頭に黄色い豆のさやの雲をかけられ、女性客が抗議の声をあげる。「隅に立ってろ。笑うんじゃない。おまえの笑顔は嘘っぽいし、ゾッとする」とウンガーは怒りをこめてささやく。「おはようございます、パーワーニさん。紅茶はいかが?」

「なんてヘンテコな子なの」階段を上ってきたパーワーニは言う。ヴェールを取って振ると、ほこりと葉が舞い散る。エルフィーはまたほうきで掃き掃除をしなければならない。

「市場のどの店でこの子を拾ってきたの、ウンガー・ビークシ?」

「まあまあ、そのまま店内に入って商品をご覧ください」とウンガー。親切心なのだろう、ウンガーは新しい助手との出会いについてべらべらしゃべらなかった。少なくともエルフィーの前では。しかし、大人ふたりが店の中に消えると、暗がりでウンガーがぼそぼそ言うのが聞こえた。「何て言えばいいんですかね。好奇心？　災い？」

つまりこれは試験的な契約なのだ。エルフィーにとっても、ウンガーにとっても。破綻すれば、おそらくそうなるはずだが、エルフィーは自由になれる。スキーオティのように。これは家族のためにしていること。家族とはそういうものだろう。奥地で孤立して暮らしてきたエルフィーには、他の家族がどのように機能しているかを比較する基準がない。

また、これがありがたいことなのか、エルフィーの家族にはわからない。このウンガーという男が本当に約束を果たすかどうかわからないのだから。不運にも店に来たエルフィーを労働者として利用しているだけかもしれない。エルフィーが仕事を始めて三日目の夜、フレックスがレイに問いつめる。「本当にエルフィーは危険な目にあったりしないな？　ウンガーとやらが娘にいかがわしいことを企んでいるとしたら、どんな情報を得られたところで意味がない」

「言ったでしょう。あの人は既婚者よ」レイはそう答えてため息をつく。自分は再婚を望んでいるのだ。そしてそのことを下宿人に何度も言っている。「それどころか、あの人は沼地の外れに家庭をいくつも持ってる。妻と子供が何人もいるのよ。子供を作るのは好きだけど、それより仕事のほうが好きだってことはみんな知ってる」

「私が働くべきかもしれないな」フレックスはぶつぶつ言う。

「もし何か怪しい話があたしの耳に入ってきたら、先がギザギザしたグレープフルーツ用のスプーンでその男の目をくり抜いてやりますよ」ばあやが断言する。「エルフィー嬢ちゃん、そのウンガーとやらからいろいろ学びなさいな。ただし、道義にかなったことをね。どんな仕事をさせられてるんです？　一日の出来事を話してくださいな、最初から最後まで全部」

「たいしたことじゃないよ。もうじき聖祭があるみたい。ラーラインマスみたいなものだけど、違う名前で呼ばれてる。セーンスとか、そんな感じ。ロウソクやごちそうを用意して、羽のついたプレゼントを贈り合うみたい。変なの。ウンガーが言うには、この風習はたぶん古い物語から来てるんじゃないかって。過酷な砂漠からはるばるここまで来た最初のカドリング人たちの話だよ。物語の中では、その人たちは飛んできたってことになってる。そうじゃなきゃ、生きてここまで来られなかったはず」

「ラーラインの年代記と同じくらい異常で古臭いが、それ以上に迷信深いたわごとだな」フレックスが鼻を鳴らす。「真に受けるな。セーンスだかなんだか知らないが。無知な者たちの無益な嗜好だ」

「あなた様は嫌味ったらしい方ですね。でもいつかラーライン様が殴り殺してくれるはずです」ばあやが歌うように言う。「近いうちに、時間ができたら」

エルフィーは話を続ける。「それで、ウンガーには縫い方を教わってるんだ。お客さんが乾燥させた蔓とか骨とかでできたお人形を持ってくるから、あたしたちは布を裁断して羽を作って、つけてあげるの。最初はぐったり死んだように見える人形ほど、やさしい模様の入った布で羽を作ってつけてあげると、魔法みたいに生き生きとするんだよ。それは認める。人形とかおもちゃって大嫌いだけど」

「あたしも欲しい」ネッサローズが言う。「羽のついたおもちゃ。羽のついたニンナキンス！」

「異教徒の愚行、誘惑、娯楽だ」と父親。

「娘さんの願いをかなえてあげなさいよ」レイが言う。スロップ家の慣習に口を出すことは今までなかった。フレックスはレイに向かって顔をしかめるが、大家を怒らせる危険は冒せない。仕方なく立ちあがり、やきもきしながら街へ散歩に出かける。今のところ、小さな集会を開くという試みは実を結んでいなかった。

「ぼくも人形が欲しい」シェルが言う。「何度も何度も殺してやるんだ。でも死なないんだよ。もう死んでるんだから」

「困った子たちですね。あなた方みんなのことが心配ですよ」とばあや。「エルフィー嬢ちゃん、布で羽を作って縫いつけるのを習っているのなら、ばあやに特別大きなのを作ってくださいな。お母様のモーニングガウンでね。ぴったりですよ、そもそもばあやがここにいるのはメリーナ様の品行のせいなんですから。ばあやはこの沼地から出て、コルウェン・グラウンドで隠居生活を送りたいんです。ばかにしてるわけじゃありませんよ」と言い足し、レイに向かってうなずき、唇を結んでなだめるようなしかめっ面を作ろうとする。

「沼地だってとても素敵ですよ、ここよりいい場所は他にありません」

37

エルフィーは二度、最後にスキーオティと会った丘を登っていく。名前を思い出して呼ぶが、発音があやふやかもしれない。「ロッロ・ロッロ？　ネリ・ネリ！」だが、叫ばない。逃亡者を隠れ場所から慎重に呼び出そうとするにはコツがいる。勢いよくささやき声で怒鳴る。肺をいっぱいに広げて大声を出せば、下にある街の半分の人々の注意を引くことができるだろう。まちがいない。けれど、スキーオティにとって何の役に立つ？

そういうわけで、スキーオティはまだここにいるかもしれないけれど、二度と姿を現す気はないのだ。知りたいことはすべてエルフィーから聞き出した。エルフィーに何の恩もない。エルフィーは何を求めているのか？　友情？　友情の何を知っている？　その言葉をほとんど理解していないのに。

二度とも、エルフィーは街へ戻っていく。二度とも仕事に遅れ、ウンガーに叱られる。また遅刻したら、取引はなしだ。

あたしに会いたければ、スキーオティから会いに来るだろう、とエルフィーは判断し、仕事に集中する。

ハサミの使い方を覚え、針の扱い方を覚える。縫い方も覚える。手が血で汚れる。一日ごとに新しいことを習得し、数日後には日課ができる。日課としては多すぎるかもしれない。まだあきらめずにスキーオティを呼び出したい。もっと――もっと何かを知りたい。何を？　わからない。

何を知りたいかわからないというのは、なんとなく興奮する。

だが少なくとも時間を守ることは覚えた。毎日、最初に店に来る。脚が魚の尾になっているる女性をかたどった石像の下に置かれている鍵でドアを開ける。ほうきを取り出してベランダの掃き掃除をする。そう、ウンガーが断言していたとおり、ほうきは前よりも扱いやすくなっていた。それから店内と仕事部屋の床を掃く。

店が静かなときに服の修理に取りかかるウンガーのために、エルフィーは糸を虹色に近い順番に並べる。けれど黒と銀色と金色と青銅色には頭を悩ませる。それからピンクも――ウンガーに何度言われようと、赤色の仲間には見えない。白はいつも一番左端にあるので、考えなくていい。黒は白の反対色というより、どちらかというと同系統に見える。ウンガーは説明をあきらめる。

前日の夜に、ウンガーは次の日に使うだろうと思われる布を手前に引き出しておく。朝、エルフィーはその自己主張するような色の反物をひとつずつ細い肩にかつぎ、奥の部屋から店に運び、壁に取りつけられたロココ調の張り出し棚に並べる。美しい布の近くでうっとりする人もいる――この透き通るように真っ青なピケの生地に施された赤いバラの刺繡！――が、エルフィーはそういう興奮は感じない。まだ替えのガラスがない大きな楕円形の窓枠の外の木々でさえずる鳥たちの声に耳を傾ける。ウンガーが来る前に、窓にかかっている透き通った生地も引きあげ、鳥の姿が見えるようにする。中に飛んできてくれないだろうか。そもそも、布で作る羽は鳥の羽に似せなければならない。たまに鳥たちは店に入ってきてくれるが、逃げ道を探してバタバタと飛びまわり、家具を汚す。ウンガーは糞に腹を立てる。

エルフィーはハサミとルレットとメジャーテープを取り出し、真鍮のトレイの上に順番に並べる。浅いボウルに、ウンガーが布に長さを記入するのに使う白いチョークの欠片を補充していっぱいにする。小さな鉄の車輪がついたサイドテーブルの上に、羽を切り出す際に使う十五枚の異なるサイズの型紙を上向きに並べる。編んだ葦でできているので、簡単にほつれてしまう。朝のあいだに、ロウソクの底を溶かして、象牙色の蜜蠟があたたかくやわらかいうちに羽の縁に垂らして補強することもある。こうして型紙の耐用年数を延ばすのだ。

こんなふうに働いていると自分が神経質になったように感じるが、気にしない。ウンガーは几帳面なのだ。請求書用の紙をそろえ、風で飛ばされないように小さな真鍮の猿を上に置く。羽根ペンを用意し、ルビー色のガラス栓がしてあるルビー色のインク瓶の横に置く。すべてが宮殿用に作られたかのようにエレガントだが、ここはただの店でしかない。職場の環境についてはよくわからないものの、雰囲気が重要なのだというのはなんとなくわかる。

店が開くと、ウンガーに付き従い、そっけない指示に従う。客が来ると、エルフィーはたいてい口を閉じている。この作りあげられた環境では、自分がますます目立っているような気がする。そこで、自身の仕事に集中するようにする。礼儀正しさからではなく、どのみち懸命にエルフィーを無視しようとする人たちに関わりたくないから。

店に客がいなくなると、ウンガーが紅茶を持ってきてくれ、エルフィーの作品をじっくり調べ、ずさんな縫い目を批判し、手抜きだと言って失敗作を引きちぎらせる。だが、エルフィーにはウンガーがどんな形であれ自分を利用しているとは思えない。まともな男で、自身の好奇心を抑え、ときどきレイがするようにあれこれ詮索したりしない（レイは夜に少し酒を飲む）。

ウンガーもエルフィーと同じくらい熱心に、あるいはより熱心に、布を切ったり縫ったりする。ときには作業台をはさんで向かい合って座ることもある。若くはない——父親より年上だろう。視力が悪く、細かい仕事は面倒だけれど、やり続ける。きめ細かな縫い目で優雅さを出すのが重要だとエルフィーに教える。客が来店するたびに、ふーっとため息をついて立ちあがり、のしのしと歩いて店に出ていく。客は布を買うか売るか、または羽や装身具を注文する。ときには服を注文することもある——が、しょっちゅうではない。オッベルズの住民は着飾る機会がほとんどない。雨に降られるか、泥やごみで汚れるのがおちだからだ。

ウンガーは愛想よく接客する。販売員としての才能は認めるものの、なぜうまくいっているのかエルフィーには理解が及ばない。ごまをすったりお世辞を並べたてたりするわけではなく、感じがいいわけでもない。客への接し方の度合いは、文脈によって、時によって変わり、客は一瞬ためらってから現金をぽんと出して取引を成立させる。

ある日の午後、エルフィーはいつもより多く指を刺してしまった。目の前にある、けだるげなフクシアの花が散りばめられたクリーム色のシルクのサンプルに血が垂れないよう、二本の指を口にくわえて座る。ウンガーが持ってきてくれた、軟膏の入った小さな石の瓶がある。これで傷はふさがるけれど、軟膏の油分で布を汚さないように綿布を指に巻かなければならない。ウンガーに軟膏を指先に塗ってもらう。突然、エルフィーは泣きたい衝動に駆られる。理由はわからない。ウンガーの手つきはとても――とても思いやりがこもっている。もう手を引っこめても失礼じゃないと思えるまで待ってから、すぐにエルフィーは手を引き、ウンガーに言う。「この街の男の子はどこにいるの？」

質問されてもウンガーはまったく動じない。「〝よき未亡人のレイ〟に聞いてるだろう。男の子は七歳になったらすぐに、ここから二日かけて東の沼地に連れていかれて、野菜真珠（ベジタブル・パール）を収穫するんだ。〝腐肺病〟という病に侵されるまで、十年から十五年働く。それが俺たちの経済の基盤だ。オッベルズだけでなく、オズのこの地域全体のな。市場は底なしだが、ときどき沼もそう思える。少年だけが水の底まで潜れる。体重がちょうどいいんだ――小柄なほど抵抗が少ない。それに、生まれつき優れた運動神経と柔軟さを備えてる。だから、そうだな。街には女の子と若い女が多い。ある年齢を過ぎたら、結婚するまで下宿で暮らす子がほとんどだ。だが、男の子たちが年をとって野菜真珠（ベジタブル・パール）の仕事ができなくなるまで待たなければならない。女の子たちは手に入るものを捕らえる。結婚できる男の子がいたらすぐにつかまえる。腐肺病は早死にを意味するんだ。若い花嫁はできるだけ何度も結婚生活を送りたがる。ひとりで家を切り盛りしてる独身女は〝よき未亡人のレイ〟だけじゃないってそのうち気づくはずだ。よく見る光景だよ」

「あなたは腐肺病を避けられたんだね」

「俺はいつも噂話を避ける。おまえもそうしろ。だが、ここで緑色の男の子を見つけて付き合いたいって思ってるんなら、ものすごくがっかりすることになるだろうよ。緑色の男の子ってのはあまり見ないからな」

「そんなの期待してない。ねえ、ステップのところに誰か来たよ」

ウンガーは立ちあがり、明るく接客をするために出ていく。ステップには誰もいない。

ウンガーはエルフィーを仕事に戻らせ、今の話題は午後のけだるさの中に沈めておく。だが、店を閉める前に、鍵のかかった引き出しから野菜真珠（ベジタブル・パール）を何個か取り出し、真鍮の香皿の中に転がし入れる。白いえんどう豆みたいで、ひとつは親指の先端くらいの大きさで、他は本物の真珠みたいにピンクや象牙色や薄いレモングリーンといった光沢を帯びている。どれも繊細で、淡く、光を反射している。古くなるほど硬くなるらしいが、収穫したてのときは針を刺して糸を通すことができる。宝石か、服飾品か、正確にはわからない。ウンガーは、客がそれなりの金を出すときに装飾として使っている。

エルフィーは何個か手に取り、礼儀正しく見つめる。普段は美しいものに魅力は感じない。エルフィーが返すとすぐにウンガーは慎重に引き出しにしまって鍵をかける。野菜真珠（ベジタブル・パール）についてふたりのあいだで言葉は交わされない。

エルフィーは昼食の時間まではなく、日暮れまで店に残るようになっていた。その日の夜、家に帰ってから、自分の仕事ぶりのこと、血まみれの親指のことで文句を言う。ばあやはやさしくなだめ、父親は無視し、シェルも無視するが、ネッサは言う。「あたしもそこで働きたいなあ。エルフィー、あたしを連れてってくれない？　あたしだって何か役に立てるんじゃない？」

「例えば？　継ぎ当てが終わったあとの糸を嚙み切るとか？」

「ひどい。あたしは座って、愛嬌を振りまいて、エルフィーたちの作業が終わるのを待ってるお客さんとお話しするの。エルフィーは口下手でしょ。うまく接客してるとは思えない」

「そうかもしれないけど、あたしは落とした糸を拾える」

疲労と、おそらくプライドのせいで、エルフィーは言いすぎた。ネッサはぶつぶつ言う。

「あたしだって、できることなら針に糸を通したり、指から血を流したりしてみたいよ」

そういうわけでエルフィーは二度と文句を言わない。少なくとも妹の前では。

38

考えてみてほしい。エルフィーにはふたつの契約を結んだ責任がある。

ひとつ目は、こっそり持ち出した母親のドレスやガウンと引き換えに、ウンガーに十一年前に亡くなったタートル・ハートの身元と遺族の居場所を調べてもらう。親族が見つかるなら。まだ生きているのならば。ウンガーはその任務に真剣に取り組んでいる。それなりに真剣に。ときどき一時間ほど出かけて、小屋やどこかの休憩室で聞き込みをすることもあった。「とんでもない努力が必要だ。代理を立てて他の人たちにたずねてもらい、おしゃべりの輪を一周して答えが戻ってくるのを待つ」ウンガーは説明する。「こういうことは焦っちゃいけない。おい、何やってる。斜めに裁断するんだ。それに、並べ方がまちがってる。布を無駄にし続けるなら、次のジャッカルの月まで年季奉公として働いてもらうぞ」

ふたつ目の契約は、ウンガーの助手として働き、割れた窓を弁償すること。窓が割れたのはエルフィーのせいではないのだが。くちばしに石をくわえた鳥が窓に飛んできたときに、たまたまその場にいただけ。あるいは、遊んでいた子供がたまたま破壊者になって、見つかる前に逃げたのかもしれない。けれど、そのことをウンガーに指摘するのはやめ、条件を受け入れた。ウンガーのもとで働くのを楽しんでいるわけではない――が、働いている。家族と関わらずにいられるのがうれしいのだ。

ある朝、外出できない客のためにウンガーが配達に出ているとき、若い男がやってくる。初日にエルフィーの肌の色について嫌味なことを言った青年だ。分割払いの代金を支払いに来たらしい。多くのカドリング人と同じく細身だが、壊れやすそうな雰囲気もある――ほとんど音を立てずに床に足を置く様子など。今では簿記の極意を身につけたエルフィーは、青年から硬貨と紙幣を受け取り、領収書を渡し、売上金額をメモする。支払人の名前がわからないが、聞くことができない。青年の目がずっとエルフィーを穴が開きそうなほど見ている気がする――エルフィー自身の目は伏せている。なんだか、髪の下の頭皮も他の部分と同じく緑色かどうか確かめたがっているかのようだ。「何か質問はありますか?」エルフィーは聞く。こういうときにウンガーが言いそうなことをまねているだけだが、ウンガーのように媚びへつらうと同時に誠実な態度を示すところまではまねできない。

ぶっきらぼうに接客することしかできない。

「おまえはどこから来て、いつまでいるのかなって考えてたんだ」青年は答える。漠然（ばくぜん）とした口調から真意は読み取れないが、何をほのめかしているにせよ、エルフィーには気に入らない。

「気になるの？」エルフィーは答える。「あたしは、あんたがいつまでいるのかなって考えてる。あたしには他にも雑用があるんだから」ほら、これであんたも雑用なんだと伝えてやった。意図したわけではないが、自分の賢さがうれしい。エルフィーは前腕を小さく振って出ていくように合図する。

青年は平然としている。「おまえはここの出身じゃないな」

「あんたは野菜真珠（ベジタブル・パール）の湖沼で働いてないんだね。とっくに水に潜れる年でしょ。なんで免除されてるの」

「今度はおまえが気になるのか？」青年は少しエルフィーをまねて言う。「族長の家族に生まれると、いろいろ融通（アローワンス）がきくのさ」

「店の売り子だと、手当（アローワンス）なんて出ない」エルフィーは青年に背を向け、別の机の上の台帳を開くと、特に理由はないがページを眺める。話は終わりだと伝えるために。

この青年が好きではない。態度も、見た目さえも。だが片方の耳に野菜真珠（ベジタブル・パール）をつけていて、それは好きだ――それだけは。美学の代数には詳しくないけれど、このパラドックスには気づけるし、実際に気づいている。

青年はもっとエルフィーをからかってやろうと辛抱強く待っているが、やがてあきらめ、ぶらぶらと歩き去る。青年がステップを下りてすぐ、エルフィーはベランダに飛び出し、猛烈な勢いで掃き掃除を始める。朝の落ち葉が金色のにわか雨となって青年に降り注ぐ。青年が気づいていないふりをすると、エルフィーは声をあげて笑う。家族以外の人間を笑ったことがあっただろうか。満たされた気分であり、意地悪な気分でもあった。どちらの感覚も心地よい。

ウンガーが戻ると、エルフィーはあの客についてなにげなく聞き出そうとするが、ウンガーは知らせを持ってきた。ウンガーはエルフィーに言う。「なんと、朝に行った客の家で運に恵まれた。最後まで聞け。たしかにタートル・ハートはいた。ガラス吹き組合に属する一家の遠い親戚らしい。新しい窓ガラスが必要だから、おまえが行って注文してこい。聖祭のあと、おまえの年季が明けたらな。とうとう話を聞きに行けるってわけだ。まさにひとつの石で二羽の鳥を得る、一石二鳥だな」

「ひとつの石が窓を割った。もう投げないで。ええと、特に鳥を殺すためには」

「ことわざだ」ウンガーは警戒してエルフィーを見る。

「さっき誰かが支払いに来たよ。図々しい若い男の人。前にも会った。あたしより年上だけど、そんなに上じゃない」

エルフィーは説明する。名前がわからなかったから帳簿の正しいページに記帳できなかった。だけど、ターコイズ色の縞模様のモーガンディの注文は覚えている。「ああ、そうか、パリーシ家のやつだ」ウンガーが答える。「市議会を牛耳ってる家だ。ときどき自分たちの利益のためにやりすぎることもある。だが、ほとんどはいい人たちだ。若いやつの名前は忘れたな。おまえ、惚れたのか？」

「惚れる？」エルフィーにはその概念がわからない。ウンガーが説明しようとする。エルフィーは赤面し、顔がいつもと違う緑色になる。「惚れる気はないし、むしろ殴ってやりたい」ウンガーに向かって怒鳴る。「あいつ、無礼だし、生意気だよ」

「ああ、そう言うおまえは、とても礼儀正しくて、素直で、場を華やかにしてくれるよな。そうだろう。わかってる。気づいてたさ」ウンガーはエルフィーが書いたメモを見てから、台帳を見る。「さて、これで支払いは完済だ。来年のセーンスの祭りの頃にまだおまえがいて、街の人たちが客間を改装したり祝祭の羽を新調したりすることがないかぎり、あの青年に会うことはあまりないだろう。だから心配するな」

「あたしが店で働いてないときにばったり会ったりしないか、あいつが心配すべきだよ。

あたしは見た目ほど素直じゃないし、ええと、華やかでもない」

　それを聞いてウンガーは片方の眉をあげるが、それ以上何も言わない。裏の部屋へ引っこむ。そこで何を考えているのか、エルフィーは興味がない。若いナルシシズムゆえ、幼い子供の特徴である柔軟な共感能力をほとんど持ち合わせていない。エルフィーが考えているのは、パリーシ家の青年のこと。だがそれもベランダで昼食をとるまでのことだ。水上菜園と湖沼の眺めに気を取られていると、いつの間にか店主が顔に好奇心を浮かべて戸口に吊るされた飾りをくぐって出てきていた。

　とかしたあごひげから米粒を払い落としている。「今は休憩時間だ。オッベルズの人たちはみんな静かに休んでる。なんでおまえは警報みたいな金切り声をあげてる？　どこかで火事でも起きてるのか？　近所の人たちに迷惑をかけたいのか？」

　エルフィーは、ソプラノの声域で遠くへ向かって声をあげていたのだった。よく考えていなかった。

　ウンガーはぶつぶつ言う。「あの若造の気を引くためにギャーギャーわめいてるのか？　あのパリーシの男の子だよ。そうなのか？　あいつがおまえの同意と関心を得たくてうろついてるのか？」

「どうかしてるんじゃないの」エルフィーはばあやみたいな口調で言う——冷ややかに。

けれどウンガーはエルフィーをよくわかっている。エルフィーは注意を引くために声を届けようとしたのだ——どこかの役立たずの金持ち坊主にではなく、スキーオティに。水上菜園の遠端にいるのを見かけたからだ。ロッロ・ロッロとネリ・ネリが背中を丸めて四つん這いになり、餌をあさっていた。少なくとも、エルフィーが大きな声を出せば、人々は湖沼ではなく声の主に注意を向けるだろう。〈コビトグマ〉を危険にさらさずにすむ。けれど〈熊〉たちにも声が届けば、鼻先を上に向けて、エルフィーを受け入れてくれたことを思い出すかもしれない——何と言ったっけ？　友人などという希望のない概念ではない。ええと——たしか——のけ者同士？　仲間外れ？　自分はここにいる、ここにいる、ここにいる。単調な聖歌でそのことを伝えようとしたのだった。

もう一度〈コビトグマ〉たちに質問したい。その前に去ってもらいたくない。質問をいくつも考えていた——毎晩、新しい質問を思いつくのだ。本当にしゃべる〈動物〉がたくさんいるのなら——みんな、人間の言葉を話すのだろうか？　人間の言語以外に別の言語があるのだろうか？〈動物〉が自分と同じ種の、または別の種のしゃべらない動物に出会ったら？　まだ話せない動物にしゃべることを教えられる？〈魂〉と魂のあいだの点線はどこにあるのか——それは質問だろうか？

こうした考えを合理的な言葉として表現できそうもない。頭が変になりそうだ。〈動物〉？　〈動物〉、それとも動物？　う―ん？

〈コビトグマ〉たちはエルフィーの声を聞いたにちがいない。餌をあさるのをやめ、頭を上げる。けれどエルフィーは手を振ろうとはしない。誰かがエルフィーの鐘のような歌声を耳にしてこっちを見ているかもしれない。そして、エルフィーが誰に合図を送っているのだろうかと思って湖沼のほうを見るかもしれない。〈熊〉たちに目を向けさせたくはない。

ソナタのあとで、意味深な静寂が存在感を放っている。

ウンガーはまだエルフィーを見ている。片方の眉をあげ、待っている。エルフィーは嘘をつくのは得意ではない。この年頃の子にとっては珍しい欠点であり弱みだ。そこでエルフィーはただその場に立っている。甘い歌声については説明しない。

だが、ウンガーはまだ見ている。まだ見ている。エルフィーは不安になる。

「どうしようもないんだな」やがてウンガーは言う。「自分に注意を集めずにはいられないんだろう」

「あたしはただのひよっこだけど、うるさいひよっこになりたければ、そうする権利はある」

「オズマよ、どうにかしてください」

ウンガーが米とバジルの葉の昼食に戻ると、エルフィーは湖沼をちらりと盗み見る。穏やかで、誰もいない。そよ風が水面にさざ波を立てているだけ。抜け目のないスキーオティは姿を消していた。秘訣を教えてほしいな、とエルフィーは思う。

39

その夜、エルフィーが家に帰ると、父親とばあやが待っていた。ばあやは用心しているみたいだ。フレックスは肉食獣さながらに飢えているように見える。

「春キュウリのように緑色であるだけじゃ飽き足らずに」父親は言う。「今や歌で目立とうとしているのか？　おまえたちには母さんの目立ちたがりの性格を受け継いでほしくなかったのに。ああ、エルフィー、噂になっているぞ」

エルフィーは何を言われているかわからないふりをするが、もちろんわかっている。よくわかっている。「歌ってたんじゃない」と反論する。「のどがイガイガしてたから、肺を広げてただけだよ」

「あら、フェイ・フェイちゃんは歌えるんですよ」ばあやが言う。フェイ・フェイとは、ネッサがまだほとんどしゃべれなかったときにエルフィーにつけた呼び名だ。「もう何年も、妹と弟のために子守歌やおやすみの歌を歌ってるんですから。フレクシスパー牧師は本を読むのに夢中で気づいてなかったんですか？」ばあやがフレックスを正式な名前で呼ぶと、なんとなく辛辣に聞こえる。父親なら長子についてこれくらい知っているべきだ。

フレックスはたじろぐ。

「レイが市場から戻るときに、詮索好きなやつらにいきなり問いつめられたらしい」フレックスは娘に言う。「エルフィー！　自分に注意を集めるなんて。ここに身を落ち着けて、カドリング人たちになじもうとしているときに」

「あたしたちが目立たずにいるなんて無理だよ」エルフィーは父親に怒りをぶつけるように言う。「父さんはひげを生やした大きなマンチキン人で、残りのあたしたちもどのみちへんちくりん。そもそも、注意を集めようとしてるのは父さんでしょ。集会のために」不安定な議論だが、エルフィーは守りに入っている。

フレックスはエルフィーをぶったりしない。そんなことは絶対にしない。しかしその声は単調かつ戦略的だ。「そうか、トランペットになりたいのなら、その実力を見せてみなさい」

父親が憎たらしい。エルフィーに何を求めているのか？　親というのはなんてみじめで、くだらないことばかり言うのだろう。

「ほら、お父様にお歌を歌ってあげなさいな。死ぬほど大好きな弟のために歌ってるお歌を」ばあやが言う。つまり『もう、早く終わらせて、話を先に進めてくださいな』という意味だ。

主にスキーオティを守るために――村じゅうに聞こえるほど大声でわめいていた理由を聞かれないよう大人たちの気をそらすために――エルフィーはばあやの言葉を合図に、よくある童謡を口ごもりながら歌う。

子羊ちゃん、子羊ちゃん
みんなの晩ごはんになってよね
子羊の気持ちはおかまいなし
味がよければそれでよし

父親がエルフィーを見つめる。「古い歌だよ、あたしが作ったんじゃない。最初に頭に浮かんだだけ」エルフィーは打ち明ける。

「クホイエで歌った、名もなき神へ捧げる聖歌を覚えているか?」

エルフィーは覚えていないと言うが、父親が歌いはじめると、少しだけ一緒に歌える。少なくとも、フレックスはもうエルフィーに怒鳴っていない。

愛され、影に隠れながら
あなたは我らにやさしい赦しを与える
我らが使命を思い出し、全力を尽くし
使命に人生を捧げるように――
（とかなんとか、エルフィーは最後の歌詞を忘れていた）

退屈な言葉を覚えていないことは問題ではない。エルフィーが正しい音節で歌えたかのように、父親はエルフィーを見つめている。「アスパラガスちゃんがソプラノオオハシのような声を持ってたとはね」大家の偽善行為がいらだたしい。レイの噂話のせいでエルフィーの歌のことが家族にばれたというのに。ただ、少なくとも大家の感想は本心だった。
「嘘でしょう、よしてください」ばあやがフレックスのほうを向いて言う。「今さらですか」フレックスに向かって指を左右に振る。そのせいで解雇されるかもしれないし、どうやって文明社会に戻ればいいかわからないけれど、止められない。「ご自分の長女が上手に歌えることを知らなかったなんておっしゃらないでくださいよ」

「クホイエで歌っていたことは覚えている」フレックスは少し弱々しく反論する。「ただ、上手な歌じゃなかった。どちらかというと好奇心で歌っていただけだ。クホイエでは伝道集会で歌う人はほとんどいないからな。公の場でも」父親は理解したようにエルフィーをじっと見つめる。その聖職者の瞳の裏では何かがひらめいていた。

40

緑米の上に玄米をのせた夕食を米酒と一緒に食べながら、ばあやがエルフィーのおしゃべりから話題をそらそうとする。「ネッサ嬢ちゃん」と言ってスプーンでネッサの口に米を運ぶ。「丈夫にお育ちになられましたね。いつかご自分の足で踊れるようになりますよ。嬢ちゃんはダンスフロアで誰にもエスコートしてもらう必要はありません」

「あたしは誰とも付き合わない」ネッサは言う。「だから、ひとりで踊るの。あるいは、ダンスなんてまったくしないか」米が数粒、ネッサのあごにこぼれる。ばあやが拭き取る。

「日ごとにバランスを取るのが上手になっていますね」ばあやはのんきに話を続ける。「どうして転んで水田に落ちたんでしょうかねえ。もちろん、そもそもあんなところを歩きまわるべきじゃなかったですよ。まったく、みんないたずらっ子なんですから」

「すぐ後ろにエルフィーがいたの」ネッサは妙な口調で当たり障りのない発言をする。

「当然、ちゃんと気を配っていたんでしょうね、エルフィー嬢ちゃん」ばあやは言う。また聖歌の話題にならないようにしている。わざとらしいものの、それでも努力している。

「ベストは尽くしたよ」エルフィーは言う。

「あら、そうじゃないとは誰も言っていませんよ。溺れさせようとするはずがありません、妹なんですから。ネッサ嬢ちゃん、お姉ちゃんにいわれのない疑いをかけるんじゃありません！」

「あたしは前にいたから」ネッサは言う。「見えなかった。足がすべって、梁が揺れた。もちろん、エルフィーのせいだって言ってるわけじゃない」だが、その口調はとても淡々としている。

フレックスが自分の料理から顔を上げる。レイ・レイラーニは取り分け用スプーンを持ったまま動きを止めていた。エルフィーはしゃべれない。自分を弁護することも、湖沼の菜園でのあの騒乱の瞬間に何が起きたか自分でもわかっていないと告白することもできない。沈黙が長引くにつれ、言葉では語られていない可能性の重みが増していく。

耐えられなくなったのはシェルだ。ちっちゃなシェル。「エルフィーじゃないよ。わかってるでしょ、ネッサ」

「もちろん、エルフィーのはずないよ、お姉ちゃんなんだから」とネッサ。

「あの〈コビトグマ〉たちだよ。走ってきて、ぼくたちの匂いをくんくん嗅いで、梁を揺らしたんだ。エルフィーのせいじゃない」

「シェル、でたらめ言わないで、ばかなんだから」エルフィーは鋭い口調で言う。

「ほんとだよ」シェルは落ち着いて言う。「ぼくはその場にいて、見たんだ。あいつらがぴょんぴょん跳ねて、ネッサを水に落とした。ゲームをしてるみたいだったよ。それから、ネッサが溺れるかもしれないと思って怖くなって、引きあげようとしたんだ。でも、ネッサを助けたのは、ほとんどぼくだけどね。エルフィーは何もしなかった」

「お米のおかわりをいただきましょう」ばあやが言う。「とってもおいしい」

「ちょっと歌って」レイが言う。「感謝の歌を。みんながここにいて、誰も溺れなくて本当によかった」急に満足そうにテーブルを見まわす。

41

オッベルズには広い空き地がいくつもある。しかし、レイの話では、認可された食料品か手工芸品の販売が許されているだけで、それ以外はどのような活動であれ個人の金銭的な利益のために利用することは市議会によって禁止されている。また、数少ない市営の公会堂の利用は軍事訓練――行進など――に制限されている。

フレックスはレイに、伝道活動は営利事業とはかぎらないと反論するが、よき未亡人は手を上げて制する。その手にヘナで模様が描かれていることにエルフィーは気づく。レイの手のひらには、よりによって、ひとまわり小さな手のひらが描かれている。手のひらを見せることとで、反論に対する二重の抵抗の壁を効果的に表現している。「例外を認めるのはわたしじゃない」大家は言う。「議長に直談判して」

議長とは、なんと、エルフィーの特殊な美貌を鼻で笑ったパリーシ家の若者の父親だかおじだという。やめておこう、というのがこの件に対するエルフィーの意見だ。湿地に戻って、また虫を食べよう。

だが、聖祭が迫っている。セーンスと呼ばれる祭り。この地でのラーラインマスの代わり。オッベルズの少年たちが祭りのために野菜真珠（ベジタブル・パール）の畑から騒々しく帰省してくる。街は

——街と呼ばれているのだから、いいだろう——ますますあわただしくなる。日中でも米のチップシクルが多く消費される。いい変化がもたらされ、にぎやかさが増す。

フレックスは情報収集をレイに任せる。もちろんレイは喜んで応じる。たとえフレックスの戦略を理解していなくても。レイはこんな話をする。祭りの期間中はオッベルズの少女たちの学校として使われている小屋のひとつが空くから、ときどき住民がこっそり運動場に忍びこみ即興で朝のどんちゃん騒ぎをする。祭りの前日の、セーンスのピクニックのようなものだ。フレックスは計画を思いつく。その盛大なお祭り騒ぎの日、エルフィーに服飾店の仕事には行かなくていいと言う。

「祭りの期間中で最後の営業日だよ。手伝わなきゃ」エルフィーは反論するが、フレックスは聞く耳を持たない。

「あの店主はおまえを利用しているんだ。おまえが現れる前は、おまえがいなくても店を開けていた。調子に乗っているんだ。あまりつけあがらせたくない。いいな、私と一緒に来なさい。今日はおまえの助けが必要なんだ」

「何をするの？」

「時が来ればわかる。まずは、もっと見栄えのいい服を探すんだ」

「どこで？」

「お母さんの古着が入ったトランクを見てみなさい」

「何着かはもうウンガーにあげちゃったよ」

「残っている服があれば、引っ張り出して着てみなさい。いいか、胸の部分が大きな服はやめておけ——おまえの体には合わない」

「あたしは十三歳だよ」エルフィーの口調は父親の言葉への反論でも支持でもない。

エルフィーとばあやは、まだウンガーの手に渡っていない数少ない服を調べてみる。黒い糸で羽の模様が施された地味な赤いスカートが見つかる。ウエストの部分を折れば、あまり裾を地面に引きずらずにすむ。けれど、落ちないようにひもを胴体にぐるぐると巻かなければならない。そこで、薄い赤レンガ色の縁にピンクのバラの模様が描かれた房つきのショールで隠す。「カーニバルの客寄せみたい」熱心に着付けをしてくれているばあやに不平を漏らす。

「お母様にそっくりですよ」ばあやは口にピンをくわえながら厳しい口調で言う。

「あたしも行きたいな。どこに行くのか知らないけど」ネッサが言う。「そのトランクの中に、あたしの服もない？」

「ネッサ嬢ちゃんに似合う服はありませんよ。すでにお美しいから、着飾る必要なんてありません」とばあや。「ともかく、あたしたちはお留守番をしてるように言われてます、シェル坊ちゃんとネッサ嬢ちゃんとばあやはね。お父様とエルフィー嬢ちゃんが帰ってきたら、お話を聞きましょう」

「急げ」フレックスが言う。「レイが買い物から戻ってきて、同行すると言い出す前に、出かけよう」

「ウンガーのお店に寄れない？　せめて今日は働けないって伝えないと。じゃなきゃ、きっと怒るよ。お祭りの直前でも注文が入るんだから！」

「ばあやに謝罪に行ってもらうよう頼んである。早く支度をしてくれ」

ふたりは出発し、木から木へ吊るされた歩道を進んでいく。人々が顔を出し、通りすぎるふたりの姿を目で追う。自分の容貌のせいだろうとエルフィーは思う。屈辱的な肌の色を別にしても。「歩く木の幹になったみたい」と不平を漏らす。「このブロードのスカート。すごくごわごわしてて、着心地が悪い。母さんはよく我慢できたね」

「母さんは服を着ないことが多かった」フレックスはぶっきらぼうに言い、それからきちんと説明する。「つまり、伝道者として活動していたときは、正装が求められることはあまりなかった」

校舎代わりの小屋の端で、数人の音楽家がクロスボウのような形をした奇妙な弦楽器を奏でている。さらに太鼓をたたく音や、鈴の音、羊の鳴き声のような葦笛の音が響き渡る。

オッベルズの住民たちが細口酒瓶や花束、昼食の入ったバスケットを持って集まってくる。これぞお祭り騒ぎ。人々が小さな輪になってまわりながら踊りはじめる。段取りはなく、すべてが行き当たりばったり。

フレックスは小屋を調べ、脇のステップを上る。ステップからベランダに上がるぞとエルフィーに言う。建物の角をまわり、ステップを上る。ベランダは見晴らしがよく、人々が集まっている場所に直接ではないが斜めに面している。床板の向こうには、聴衆が集まれるほどの広さの草地が見える。やがてフレックスがエルフィーに言う。「私が合図したら、歌うんだ」

「どうかしてる」エルフィーはパニックになって父親に微笑む。「できないよ」

「言われたとおりにしなさい。貯金が底を尽きそうなんだ。集会を開けなければ、いや、住民の慈悲にすがって施してもらうしかない。名もなき神は私たちの最大限の努力を、いや、それ以上の努力を求めている。まずはカヌーでよく歌った聖歌から始めなさい。『我らにやさしさを与えたまえ』だ、知っているな」

「でも、あれはオズ語だよ。ここの人たちはカーティ語を使ってる」

「いいから、私の言うとおりにしなさい。さもないと後悔するぞ、娘よ」

角の向こうの草地から聞こえる音楽がしばし途切れ、その合間ににぎやかな話し声が起こると、フレックスはエルフィーにうなずく。エルフィーは言われたとおりにする。「もっと大きな声で」フレックスは言う。「人々を呼び寄せるんだ」エルフィーはベランダの前のがらんとした運動場に片方の腕を伸ばし、誰もいないことをフレックスに気づかせようとする。「もっと大きな声で」

やがて聖歌の中間の歌詞が終わり、より高音域のメロディが展開される二番目のリフレインに入ると、エルフィーの声はどういうわけかフルートのようなやわらかい音色になる。高さが安定し、より自然にのどから発せられる。母親のきついドレスで身動きが取れず、逃げることもできずにいると、数人のオッベルズの住民が小屋の角をまわって、どんな人間がこの耳に心地よい雷鳴を口から発しているのかと見に来る。

エルフィーが歌い終わると、フレックスが神に祈りを捧げる。どの神か、明確に頭の中に思いうかべてはいない。それからエルフィーに向かってすばやく手を振り、別の歌を歌うよう伝える。最初に頭に浮かんだ歌、のどから出てきた歌は、動物たちの戯れ歌だ。ばあやが何年も子守用のテントの中でエルフィーとネッサに、そしてずっとあとになってからシェルに、しゃがれ声で歌ってくれた歌。

神を称える歌詞でないことは問題ではない。滑稽ででたらめな言葉を空中で紡ぐ音節。軽快で不規則なメロディ。さらに人々が集まってくる。こうしてフレックスの狙いどおりになる。エルフィーを信仰的な囮として、褒美として、ついにオッベルズで伝道を始める。

セーンスの祭り中に起きたということは、いいタイミングであるだけでなく、まるで予言的でもあった。

42

一週間のうちに、フレックスは公式にオッベルズの住民たちに布教活動を行う。住民たちは気にかけてもらえてうれしかったのかもしれない。ただ礼儀正しいだけかもしれない。いずれにせよ、賢明なフレックスは住民たちが何を渇望しているかを察し、それを与える。自分自身を変化の使節と呼んでいる。

フレックスは試練について住民たちに公然と詳細に説明する。思慮深いカドリング人たちなら、世界が不安定であることを理解できるはずでは？　オッベルズの人々は自分たちの生活習慣に迫っているリスクを否定できない。

従来の習慣は脅かされ、崇められてきた先祖たちはパニックを起こして黙りこむ。

まず、方解石（カルサイト）の中の鋼石の奇跡。いわゆる〝ルビー事変〟！　多くの野菜真珠（ベジタブル・パール）の農園が、湖の地下に眠っているルビーの鉱床の採掘によって荒らされる。

次に、エメラルド・シティによるカドリングの支配の強化。あのいまいましい幹線道路。古きよき習慣を抑圧する黄色いレンガの首つり縄だと、フレックスは主張する。遠方の領主たちは、従来のカドリングの生活を犠牲にして採掘されたルビーを地元市場にあふれさせることで、カドリングの地に侵入してきている。

いや、私はオズの魔法使い政権の軍人ではない、とフレックスは説得する。むしろカドリング人と同じく、対立する立場だ。私がここに来たのは、沼地の向こうからカドリング人を圧制している力に対処する新しい方法をあなた方に教えるためだ。私自身の神は矛盾する名前――名もなき神という名――の後ろに隠れており、カドリングの地元の精霊たちは、精霊と呼べるならだが、消えてしまっているようだ。悲しいことに何の力にもならない。私たちより先に旅立った先祖たちは皆、霧の中へ姿をくらました。〝殺到と驚異〟と呼ばれる、私たちを見守る先祖たち。その名と定義のとおり、姿を変える者（シェイプシフター）。生きていたときと同様、死んでからもあてにはならない。我々が彼らを必要としている今、どこにいる？

要するに、オッベルズの街は改宗の機が熟している。より確固としたものを信じたい気持ちが強くなっている。

フレクシスパー牧師はカドリング人とは違う。これは人々の注意を引くパフォーマンスなのだ、とレイはぶつぶつ言う。同胞たちは部族特有の礼儀正しさと慎み深さを捨てて、実際にフレックスの姿を見に来ていた。フレックスは背が高く、カドリング人の赤い革のような肌と比べて色が白い。カドリング人は広いつばのついた浅めの麦わら帽子をかぶっているが、フレックスは何もかぶらないか、呼び鈴のひものような房がついた四角いトーク帽をかぶっている。そして、あごひげ。ほとんどひげを生やさないカドリング人には予言者のような風貌に見える。エメラルド・シティの土木技師たちの手入れされた口ひげに比べて、フレックスのあごひげは長くやわらかい。また、いくらか体臭がすることも効果をもたらしている。だがレイがそう言うと、フレックスは恐ろしいしかめっ面をして、石鹸とポマードを取りに行く。

妻と長女とともにマンチキンを去って何年も経った今では、フレックスのカーティ語の能力は上がっていた。また、よりうまく住民たちを魅了する方法も学んでいた。おだてるような話し方と情熱的な口調を織り交ぜ、以前のような非難めいた語りはしない。フレックスたちの不安に反して、オッベルズのカドリング人はうぬぼれが強い。非難に対してよりも、称賛に反応する。

そしてもちろん、エルフィーがいる。父親の成功にとって自分がどれだけ重要か、エルフィーははっきりとわかっていないが、重要であることはまちがいない――父親にとっての道具。自分の声は父親の声。ある朝、丁寧にカーティ語に翻訳された聖歌を歌うと、会衆は不機嫌になる。エルフィーには神秘的な未知の世界を歌ってほしいのだ。自分たちがよく知っている言葉を使ったら、安っぽい魔法にしか感じられない。エルフィーはすぐにいつものオズ語に戻す――フレックスのぶっきらぼうな命令で。

43

四日目には、父親はエルフィーに、ウンガーの店に行ってもう働けないと伝えてきなさいと言う。エルフィーは伝道集会で必要とされていた。集会を開く運動場を今後も使っていいと、女子教育用の学校の職員たちがフレックスに許可してくれた――おかげで他の学校よりわずかに目立っていい宣伝になるからと。人々を魅了して呼び寄せる。エルフィーは信仰に鎖でつながれるのが気に入らない。だけど、自分に何ができる？　スロップ家は食べていかなければならないし、すでに滞納している家賃を近いうちにレイに支払わなければならない。

その日の午後、エルフィーはあのばかげた重いスカートをはいてウンガーの店に行き、階段を上る。〈コビトグマ〉の姿が見えないだろうかと思ったが、正午以外にはめったに水上菜園に近づかないと言っていた。エルフィーは肩をそびやかせ、頭を下げて、戸口からハエが入らないようにボタンを糸に通して吊るした暖簾（のれん）の下をくぐる。「いるんでしょ。じゃなきゃ、ドアが閉まってるはずだもん」

奥の部屋からウンガーが出てくる。「なんてヘンテコな格好だ」と言い、エルフィーの服をじろじろ眺める。「勝手に休暇をとったあとで、のこのこ戻ってきたのか。それとも〝がさがさ〟戻ってきたと言ったほうがいいか？」

「父さんが、この仕事を辞めなさいって。もう対価は払い終わったはずだよ。母さんのドレスを三、四着渡したし、あたしも頑張って働いた。測ったり、ええと、切ったり、掃いたり、羽を作ったりしてね」

ウンガーはうなずく。「そう都合よくいつまでも働いてもらえるとは思ってなかったさ。おまえに教えてやれることがまだたくさんあるんだがな。まあいい、あの斬新な模様のドレスのおかげで、聖祭用の羽をたくさん作れた。大人気で、商売敵たちを出し抜けた。だから感謝してる。わかった、例のタートル・ハートの調査費用については支払いずみってことにしてやる。情報が役に立てばいいがな」

「それで、タートル・ハートの家族はどこなの？　教えてくれる？」

「最後まで聞け。割れたガラスの代償に関しては、おまえがこれまでここで働いた分で足りるだろう。まだ勘定してないがな。たとえ」──手を上げて──「たとえ、おまえが言うように、おまえの仲間の誰かが割ったと証明できないとしてもな。俺には証明できないし、おまえも証明できない。これで貸し借りはなしだ。少なくとも差し引きはほぼゼロだ。だから、俺への借りがまだ残っていたとしても、その分は俺からおまえへの贈り物だと考えてくれ。だがな、お嬢ちゃん、そのごわごわした服はどうにかしてくれ。後ろを向いてみろ。ひどいな。腰にぐるぐる巻いてるのは何だ。優雅じゃない。嘆かわしい。目も当てられない。まったく似合ってない」

「似合ってないほうがいい。これは修道服なんだよ──ええと、歌うときに着るの」エルフィーは顔をしかめる。自分に何ができる？

「脱げ。この数週間、店のにぎわいを取り戻してくれた礼に、ちゃちゃっと作り直してやる。おまえはいい客寄せだった。みんな、店に来て近くでおまえを見たがった。おまえが──何て言う？──招集人？　聖人？　聖なる妖女？──とにかく、目立つ存在として自分を見せびらかす前はな」

「やめてよ！」エルフィーは言う。父親の代わりに腹を立ててみるが、ウンガーのほのめかしについてはあまり気にしていない。

「脱げと言ったろ。その重いカーペットみたいな布を細く切って、もっと軽いモスリンのスカートに織りこんでやる。重さは半分になるぞ。もっと軽いかもな。それから、おまえの死んだ母親の腰じゃなく、おまえの腰に合うように仕立ててやる。ほら、さっさと脱いで、こっちによこせ。すぐにすむ。今日の午後までに仕上がらなかったら、明日取りに来い」

「でも、ちゃんとした下着をつけてない！」

「おいおい、それがどうした。おまえはもっと気ままな性格かと思ってた。クソ真面目な父親よりも自由な生き物に見えたがな。いや、気にするな、街の人たちの噂になっちまうな。待ってろ」ウンガーは姿を消し、漂白した白いリネンの質素なシフトワンピースを持って戻ってくる。ガーゼのように軽く、体をほぼ隠せるほどには厚い。「見たことあるだろう。最後の葬式以来ずっとしまっておいた礼服の修理なんかを駆けこみで頼んでくる客に着てもらうやつだ。衝立の後ろで着替えて、おまえが修道服って呼んでるその甲冑をよこせ」

エルフィーは言われたとおりに着替えると、緑色の素足で出て、母親のひだのついた重いドレスをウンガーの腕の中に置く。ウンガーは戦死した息子の遺体を受け取る父親のようにそれを受け取る。だがエルフィーに目を向けたとき、顔が赤くなる。「なあ、おまえ」とそっけなく言う。「白が似合うな。それに気づく機会はなかったようだが」

「それはよくわかってるさ。だがな、ほんのたまにはきれいに見えちまうこともある。ああ、まったく、エルフィー、どうしたものかね」

エルフィーはウンガーに向かって舌を突き出す。「きれいに見えることに興味はない」

その話題についてはそれきりになる。ウンガーは奥の部屋に戻っていく。母親のドレスがハサミで裁断される音が聞こえる。「ここにいるなら、残っている羽をひもに結んで、ベランダの手すりの上に吊るしてくれ」ウンガーが呼びかける。「祭りの季節は終わりだが、大幅に値下げすれば売れるかもしれない。来年は新しいデザインを考えないと。流行はすぐに移り変わる。この悲惨なマンチキン製のドレスが証明してるようにな。マンチキン人は何を考えてたんだ？ ひょっとして、おまえの母親はイカれてたのか？」

エルフィーは二十組近い布の羽を吊るす。あと残り十組になったところで下を見ると、あのパリーシ家の青年が店に通じる傾斜したステップの下にいた。父親気取りでにやにや笑いを浮かべ、指に煙草をはさんでいる。「ウンガーは取り込み中だよ」エルフィーは言う。「急ぎの仕事をしてる。帰ってちょうだい」

「いや、ウンガーに用はない」青年は言う。「通りかかったら、おまえの姿が見えたからさ。商品を仕入れすぎたウンガーの栄光を称えて歌うんじゃないかと思って。〝オッベルズのヒバリ〟って、みんなはおまえを呼んでる。僕は〝オッベルズのハゲワシ〟のほうがぴったりだと思うけど、ハゲワシは歌わないよな」

　エルフィーは服を着ているとはいえ、白いワンピースは軽くてすーすーするし、緑色の腕とすねと足が丸見えになっている気がする。いつもは突然の土砂降りに備えて茶色のフードつきマントを着ているからなおさらだ。「真珠のチョーカーで窒息しちゃえ」エルフィーはぴしゃりと言い返す。青年は声をあげて笑うと、ショルダーポーチから何かをひとつかみ取り出し、小さな物体をひとつずつエルフィーに向かって投げはじめる。エルフィーはしゃがんでよけるしかない。野菜真珠（ベジタブル・パール）。貴重な品物。それを無駄遣いして、エルフィーに飛びつかせようとしている！　ばかを見るのはあんたのほうだよ、とエルフィーは思う。投げ返してなんてやらない。欲しければ、ここまで取りに来ればいい。来ないなら、あたしがもらう。

　けれど、青年は理由があってエルフィーをからかっているようだ。だぶだぶの白いシフトワンピースを着たエルフィーが黒い髪を振りまわしながら、体を斜めに傾けたり、跳ねたりする様子を楽しんでいるのだ。それをどうとらえればいいのだろうか。「やめないと、ウンガー・ビークシを呼ぶよ」エルフィーは言う。

「おまえがここにいてよかった。おまえのお父さんが始めた伝道集会だけど、僕は行くなって言われてるんだ。せっかくだから僕のために歌ってくれないか？　おまえの歌は奇妙に説得力があるって、みんな言ってる」

「あたしは奇妙なだけ。説得力があるのは父さん」あと少しで作業が終わる。急いで雑に手を動かす。「何の用で来たわけ？　あたしは仕事があるの」

「下りてこいよ。こっそり教えてやる」

エルフィーはこれ見よがしに野菜真珠（ベジタブル・パール）をすくいあげる。ひとつを正確に投げて青年の頭に当て、腕がいいことを示す。それから残りを持って店に戻り、裁断台の上に置く。「ほら」とウンガーに言う。「窓の弁償代が残ってるとしても、これで帳消しにして。あなたから贈り物は欲しくない。ありがたいけど」

ウンガーは鋭いまなざしでエルフィーを見あげる。「どこで手に入れたか聞いてもいいか？」

「寄付してもらったってとこかな」エルフィーはウンガーに言う。「あたしは宝石を身につけない。きれいな白いドレスも着ない。服が仕上がるまで、衝立の後ろで待ってる」

「他の客が来て作業を中断されたら、夕暮れまでに終わらないかもしれんぞ」

「不景気だって言ってたでしょ。ドアは閉めておく。お客さんがノックしたら、ウンガーは取り込み中だって伝える」

「俺の評判が悪くなるだろう。若い娘とふたりきりで、ドアを閉めて、〝取り込み中〟だなんて」

「じゃあ、さっさと手を動かして」

ウンガーはそうする。本職は商人であり、仕立て屋ではないが、何十年も駆けこみ客の手伝いをしてきたので腕前はたしかだ。布を継ぎ合わせたシンプルな服が完成する。黒っぽいグレーのモスリンのワンピース。ハイネックで、ひじの下までの長さのマトンスリーブがついていて、肩からふくらはぎにかけてゆったりとした形になっている。腰にぐるぐる巻いていた布がないと、シンプルなラインのおかげで、発育途中の女性らしい特徴に、あるいは女性らしい特徴がないことに目を引かれることもない。スカート部分は少しふくらんでいるだけで、母親のあずき色のドレスから切り取った五、六枚の布が矢羽模様に縫いこまれている。ひだはなく、フリルもない。エルフィーは初めて気づく。母親のドレスは何かを意味していた——花を意味し、鳥や葉の模様を意味し、単なるスカートの素材以外の意味を持っていた——けれど、カドリング人の感覚では表象は好まれない。母親のドレスから切り取られた数枚の布は、今ではほとんど判別できない。ただの色と形。花ではない。「こっちのほうがいい」エルフィーはドレスに顔を押しつけて言う。

「シンプルな白いドレスほど魅力的じゃないが——」

「あたしにぴったりだよ」エルフィーはきっぱりと言う。「じゃあ、もう貸し借りはなし？　これでさようなら？」

「まだだ」ウンガーは答える。「おまえと父親は、窓ガラス交換の手配をしろ。支払いは俺がする。おまえが家族の代わりに働いた分で弁償代はまかなえる。だが、注文はおまえがしろ。カドリング人はガラス吹きが得意だが、このサイズのガラスを作るには職人技が必要だ。これから布を使って窓の寸法を測る。そのあとで職人の居場所を教えてやる。そいつがタートル・ハートについて知ってることを教えてくれるはずだ。半日あれば約束をふたつとも果たせる。それがすんだら、俺たちのビジネス協定は終了だ」

「一緒に来てくれないの？」

「そういうことだ。父親か別の人間を連れてけ――例のばあやとかな。それと、エルフィー？」

ウンガーがエルフィーの名前を呼ぶことはめったになかった。「何なの――ウンガー？」エルフィーもまた、ウンガーの名前を呼ぶことはめったになかった。

「ここからおまえの人生がどこへ向かうかはわからない。ずっとオッベルズで暮らすかもしれない。だけど、そうでなければいいと思う」

「ありがとう、あなたもね」エルフィーはウンガーににっこりと笑いかける。「でも、なんで？」

「オッベルズはおまえに何も与えない。おまえは頭の切れる子だ。もっと読む力をつけろ。おまえは好奇心旺盛で、鋭い洞察力がある。おまえにはまだ与えられていないものが必要だ。教育と呼ばれるものだ」

「ふん」エルフィーは答える。「そんなのいらないよ」

「本気で言ってるんだ」ウンガーはエルフィーに言う。「おまえは野菜真珠（ベジタブル・パール）と同じだ。泥の中で収穫され、磨かれて輝くのを待ってる。いいか、オズにはおまえの父親や俺が与えられる以上のものを与えてくれる場所がある。だが、そこへ行くためには、数学や科学をもっと学ばなきゃならない。進学を目指して学校に通う子もいるが、おまえは——おいおい学んでいけばいい」

「おいおい？」

「自分のペースでってことさ。あまり期待はさせたくないが、おまえは家柄がいい。そういうのが重視されるならだがな。おまえは才気のある女の子だ。それを無駄にするな」

「あたしは大きくなったら〈コビトグマ〉と暮らしたい」エルフィーは言う。

「このあたりにいる山賊のことか？　そりゃ無理だな。やつらは数日前に追い払われた」

エルフィーは身をこわばらせる。「見つけてみせる」

「見つからないさ」ウンガーはきっぱりと言う。「あいつらは戻ってこない、エルフィー」

「でも――でも、なんで？」

ウンガーはためらう。「さあな、何とも言えん。〈コビトグマ〉の考えが俺にわかるか。あいつらは街のすぐ近くをうろついてたそうだ。理由は知らない。地元の農業にとっては大敵だ。なんでも食っちまうし、私有地に敬意を払わない。スキーオティがおまえのかわいそうな妹を脅して溺れさせようとしたって、レイ・レイラーニが言いふらしてたらしい」

ウンガーは助手の打ちひしがれた表情に気づく。口調をやわらげて言う。「もしくは、おまえが人前で歌ってるって噂を耳にして、自分たちも聴いてみたくなったのかもしれんな。それで街に近づきすぎた。真に受けるな、エルフィー、何を言ってるのか自分でもわからん。だが、これだけはわかる。やつらは街から追い払われた。まちがいなく、永久に。もういないんだから、オッベルズの人間がこれ以上やつらを脅かすことはない」

ウンガーは自分が何を言っているかわかっているのではないかと、エルフィーはいぶかしむ。ネリ・ネリ。ロッロ・ロッロ。

「窓ガラスの寸法を測って」エルフィーはきびきびと言う。「それをレイの家に送って。

ガラス吹き職人がいる場所への行き方を説明した覚え書きも。注文はしてあげるけど、それ以上はしない」

「いいか、忘れるな。ガラス吹きの一族がタートル・ハートとやらの素性を明らかにしてくれるかもしれない。チェローナ、それが元の名前だ、いいな。そのさすらいの予言者はガラス吹きだったと、おまえの父親は言ってたんだろう。俺はさぼってたわけじゃない。ちゃんと約束は守ったぞ。おまえが探してる手がかりになるかもしれない」

たしかに、あのトランクの中の母親の最後のドレスの下に、楕円形の鏡のようなものが入っている。タートル・ハートが作ってメリーナに贈り物としてあげたものだと、ばあやが言っていた。

切り詰めたドレスを着たエルフィーは、白いワンピースをほとんど投げるようにしてウンガーに返す。「ひとまず、さよならを言うよ。また会うことがあるかもしれない。木の上か、あるいは地面の上で。だけど、ここの人たちがあの〈コビトグマ〉をいじめたがってるなら、オッベルズでは暮らしたくない。ここよりもっといい場所で暮らしたい」

「そういう場所が見つかるよう、幸運を祈るよ」ウンガーはエルフィーのぶっきらぼうな態度に傷ついている。「見つかったら教えてくれ。もしくは、迫害される者たちを守るために自分で保護区域を作るのがいいかもしれない。エルフィー、表情が硬いぞ。俺が言ったことを忘れるな。教育だ。ミス・エルファバ・スロップ。教育を受けて、その生き生きとした魂の中に抱いているものを活用しろ」

「やっぱりあなたのことは好きになれない」エルフィーは言う。

「俺もまったく同じ気持ちだ。おまえを見た瞬間からな」

ふたりは互いに腕をまわす。エルフィーは緑色の頬をウンガーの肩甲骨に寄せる。ウンガーの息がエルフィーの髪にかかる。

付記

布の羽をぼろぼろの古い人形に、あるいはあまり違いはないが乾燥したトウモロコシの皮で作った人形につける行為は、年に一度の先祖への崇拝を示している。

スロップ家の人間は、羽をたくさん作ったエルフィーも含め、この習慣が好きになれない。カドリング人の中にも、習慣を守りながらもこの伝統の由来を忘れている人がいる。

前提はこうだ。私たちを作り、そしてこの世に残して去った先祖は、私たちが生きているあいだそばにいてくれる。ただしそのためには、私たちと一緒に旅をする能力をよみがえらせなければならない。そうでなければ、あとに取り残されてしまう。子孫である私たちを認識できなくなるかもしれない。だから、前に飛んでいく私たちについてこられるように、定期的に新しい羽を与える。周期的に変化するスタイルは、私たち自身の成長を象徴している。私たちは先祖に祝福してほしい。先祖は私たちにときおり思い出してほしい。でないと、その影響力は腐葉土のように朽ちていく。

私たちは役目を果たす。自身の命が尽きる寸前まで。そのあとは私たち、私たちが誰かの思い出になる。気持ちを新たに入れ替え、私たちが存在していたという色あせた事実を更新していく。

おもちゃの羽はおもちゃでしかないが、先祖は現実であり、時間を超越する。

第四部　巣立ち

44

フレックスはエルフィーの華やかな服を不審がる。重さがなくなったので、エルフィーは思わず軽快に動いたり、くるりとまわったりする。「どうしたんでしょうね？　ご自分にぴったりの服を着るなんて初めてじゃありませんか」ばあやが口をはさむ。「しかも快活になったみたい」

「それが気に入らないんだ」フレックスが娘のほうを向く。「手遅れになる前に、伝道の任務を思い出しなさい。まだ間に合う。あの店主は怪しいとずっと思っていたんだ」

「へえ、父さん、そうだったの？　それなのに、家族を養うためにあたしがウンガーの店で働くのを許したんだ」ああ、なんて冷淡な切り返し。新たな偉業！　無邪気で辛辣。

「皮肉はよしなさい。事前に聞き込みをして、ウンガーについて調べて、おまえは安全だときちんと確かめたんだ。安全だったろう？」

認めたくはないが、嘘はつけない。エルフィーはうなずく。

「よろしい。だが、ウンガーはおまえに少し着飾った服を着せた。私の当初の不安は的中したようだ。とはいえ、危害がなかったのならいい。危うく魅惑の巣窟から逃げられなくなるところだったが、問題はなかった。前に進み、信仰を通して自分を高めよう。良識のある人たちは皆そうしている」

この新しい服を着て、伝道の案内係と先唱者を務めていると、エルフィーは前よりも父親の言いなりになっている気がしない。たとえ指示どおりに動いていても。フレックスはこの仕事着をよく思っていない——だからエルフィーは気に入っている。つま先でくるりとまわって、スカートをふくらませたりはためかせたりする練習をする。

「熱意にあふれた人の装いですね」ばあやが称賛と嫉妬と疑念の入り混じった口調でつぶやく。

ある日、いつもの用足しに出ていたレイが、雑に裁断された布をかかえて戻ってくる。ウンガーからフレックスに渡すよう託されたのだ。レイは、フレックスが祭服用に注文したのだろうと思っていた。もっと地味な服でエルフィーに威厳を持たせてあげてほしい。

「型紙を作って、もっと似合うシフトワンピースをささっと縫ってあげる。それが母親の役目だもの」レイは約束する。だが、エルフィーは布を調べながら、ウンガーがこれを家に送ってきた理由を説明する。「ガラスを注文しなきゃいけないんだ。あたしがウンガーの店に行った日に、なぜか割れたんだよ。それを弁償するために店で働いてたの。最後まで約束を果たさなきゃ」

フレックスが家に帰ってきて、もうウンガーと彼の仕事に関わる必要はないとエルフィーにきっぱりと言う。「約束したんだから」エルフィーは言い張る。これでようやくタートル・ハートの家族を見つけられるかもしれないと、父親に思い出させる。タートル・ハートももとはガラス吹きだった。「単純な取引だよ。何かわかるかも。それに、あたしたちは約束したんだよ、父さん。たとえ誰もあの窓を割ったことを認めていなくてもね」

「ガラスはそれ自体の重さで割れることがある」父親は主張する。

「心もね」とレイが続ける。その言葉は本題から大きくずれているので、誰も反応しない。

レイは、ウンガーが書いてくれた、ガラス吹きの作業場がある村への行き方を読みあげる。そこはサマニと呼ばれ、朝出発して徒歩で北へ向かい、エルフィーが〈コビトグマ〉と待ち合わせたなだらかな丘を越えれば、午前中のうちに着く。「わかった」エルフィーは言う。「一日で行って帰ってくる」まだスキーオティを見つけられるかもしれない。何があったのか教えてもらおう。ネリ・ネリとロッロ・ロッロは無事かもしれない――無事ではないかもしれない――

「そんなこと考えるだけでも許さない。私が行く」しかし父親は、公共の場で伝道集会を開いたことに対する街の年長者たちからの苦情に対処しなければならない。弁明して、許可を得なければ。さまざまな委員会や担当役員との話し合いには数日はかかるだろう。だとしても、フレックスはエルフィーをひとりでサマニへ行かせるつもりはない。論外だ。

ばあやは付き添えない。オッベルズでシェルを自由にさせるわけにはいかない。あの反抗的な子は手に負えない状態で、自分でもそれを楽しんでいる。

ネッサは言うまでもない――知ってのとおり。

エルフィーはとにかく飛び出したかった。今すぐに。理由はわからない。タートル・ハートの家族を見つけることはあまり関係ない。それは父親が執着していることだ。エルフィーはうずうずしている。オッベルズの世界は窮屈で偏狭だと感じるようになっていた。布教のために歌うのは耐えられるが、ペテン師になった気がする。自分には真の信仰心はない。ウンガーの店が恋しいけれど、戻ることはできない。それに、まだネリ・ネリとロッロ・ロッロに何が起きたかを知りたい。可能であるなら。

そこでエルフィーは戦略を練る。父親に休む間を与えない。頭痛がすると言う。ふらふらして、人前では歌えない――気分転換をしたらどうかな？　運動するとか？　いい案はない？

「頭痛？」ばあやがあごをなでる。「時が経つのは早いですねえ。布を用意しておきましょう」

フレックスは他の男をエルフィーに同行させて街から出すなど考えられず、解決策が出ないままだったが、思いがけないことに大家が名乗り出る。レイ・レイラーニ、人々の役に立つ存在。「サマニは知ってる」と勇敢に言う。「前にいとこが住んでたの。わたしがエルフィーを連れていって、取引を完了させるわ。喜んで」

「なぜウンガーが自分でガラスを注文しに行かない？」フレックスがぶつぶつ言う。

「サマニには妻のひとりと子供たちが住んでるのよ」レイが肩をすくめて答える。「家族。一緒には住めないけど、家族なしでは生きられない。でも、我慢はできる。わたしもしばらく我慢してみたけど、家族と住むほうがいいわ」ばあやがあきれたように目をぐるりとまわす。

「それに」エルフィーは言う。「ウンガーはタートル・ハートの家族と何の関係もない。これはあたしたちの役目だよ。ウンガーのじゃない」

そういうわけで翌朝、大家とエルフィーは布の図面を持って出発する。置いていかれることに腹を立てたネッサが金切り声をあげはじめる。エルフィーはすぐ、ネッサが姉の歌をまねているのだと気づく。声はこんなにも強い武器になるのだ。

「やれやれ」レイ・レイラーニが言う。「か弱い未亡人がこんな目にあうなんて。あなたの妹はいつも闘争心むき出しなの？」

「というより、名もなき神に自分の存在を知らせたいんだよ」エルフィーは答える。「あたしが思うに、聖職者になれるんじゃないかな」

「まだ準備不足ね、あの声じゃ。改宗者の心をつかむというより、追い払ってしまいそう」

ふたりは樹木の中で人々がひしめき合って暮らす驚異的なオッベルズの街を足早に出る。さわやかなそよ風、シーダーの木々、他の土地より高く乾いた地面に恵まれた街は、まったく別の世界のようだ。レイとふたりきりになることがめったにないエルフィーは、このときを待っていた。大家がスキーオティの悪い噂を広めたのかもしれない。事実を突き止めたい。けれど、旅は始まったばかり。今はまだレイを敵にまわすリスクは冒せない。ロッロ・ロッロとネリ・ネリがまだ近くにいるという証拠が見つかるかもしれない。もし見つかれば、彼らが追い出されたことについて思い悩まずにすむ。レイに対する疑惑もなくなる。

先入観で決めつけないようにしよう。レイに悪意はなさそうだ。ただ――不満が多いだけ。慎重にことを運ばなくては。しゃべる〈動物〉と会ったことがあるかレイに聞きたいが、どんなふうにたずねても、詮索したがっていると、あるいは思わせぶりな質問だと受け取られてしまいそうだ。レイは無類の噂好きかもしれないけれど、謙虚で誇り高い女だ。また、丘をぐんぐん登っていく様子からは、自分で言うようなか弱い女には見えない。愛情深くおせっかいな年配女。

丘の頂に着くと、エルフィーは〈コビトグマ〉を捜してあたりを見まわす――食べ物の残骸や糞、ねぐらとして使われていそうな踏みつぶされた茂みがないだろうか。すると、この機に乗じてレイが静寂を破る。エルフィーに母親について単刀直入にたずねる。「お母さんのこと、少しは覚えてる？」

「もちろんだよ」エルフィーは言う。あまりに早く答えが返ってきたので、レイは一、二秒待って、エルフィーに考えをまとめる時間を与える。

ふたりは立派なシーダーの木々のあいだをてくてく歩いていく。〈コビトグマ〉の姿はない。というより、太りすぎたリス以外に動物の姿は見えない。いるのは虫や鳥、茂みの中に隠れてあっちこっちへちょこちょこ走りまわっている生き物だけ。どれも記憶の奇襲からエルフィーの気をそらしてくれるようなものではない。ふたりは丘の反対側へ下りていき、オッベルズは視界から消え、街の喧噪も聞こえなくなる。

母親が死んでから五年が経っていた。今のところ、エルフィーの人生の三分の一以上だ。記憶の中の母親はぼんやりしている。ときどき、暗闇の中で別のテントからしゃべっているかのような、ゆがんだ母音が思い出されるだけ。姿を思い描くことはできない。母親の顔を忘れてしまうのは普通だろうか？

だけど、記憶が空白なのは自分のせいなのか？　メリーナが上の娘と過ごしたことはほとんどない。ネッサローズの面倒を見なければならなかったから。つねに世話が必要で、どうしても手を離せない状況だった。なぜエルフィーが不安な気持ちにならねばならない？　ネッサが生まれたとき、エルフィーはまだ幼い子供だった。ネッサの事情はエルフィーにはまったく関係のないことだ。けれど今、ネッサの悲しみの責任の一端は自分にあるのではないかと思っていた。なんとなく。緑色の肌で生まれたという難点はあるものの、エルフィーはネッサにできないことができる。ふたりともそのことをわかっている。

エルフィーはつねにネッサの足に刺さっているとげ。ネッサ自身には決して引き抜けない。

ここしばらくのあいだ、エルフィーは妹に両親の愛情を盗まれたのかもしれないと思っていたが、ネッサのおかげで過度に干渉されることもなかったのだと認めてもいた。父親の抽象的な天命と母親のうわべだけの監視からいくらか逃れられた。つまり、エルフィーはネッサに何らかの借りがあるということだ。認めるのは癪にさわるけれど。今ならはっきりとわかる。言葉を理解できるようになった今、エルフィーは再び父親の聖書の中に引き戻されている。父親の支配下に。

しかし、メリーナの立場からいえば、ふたりの壊れた子供を同時に世話できる母親がいるだろうか？　ネッサが必要とする世話は底なしの穴と同じで、どれだけかき集めても埋まらない。エルフィーが理解しきれていないあの言葉――愛――を使うなら、メリーナはどうやってふたりの娘を同時に愛せただろう？　そんなことは誰にもできないのでは？

ああ、愛。無垢で無知なエルフィーでさえ、もう十三歳なのだからその概念を理解しはじめていいはずだとわかっている。母親がいれば、教えてくれたかもしれない。エルフィーが厄介な年齢に達して、知りたいと思ったときに、メリーナが本領を発揮したかもしれない。けれど今、エルフィーは愛についてほとんど理解できていない。ばあやいわく、愛とはばかばかしくて女々しいもの、綿菓子と野菜真珠(ベジタブル・パール)でできたまやかし。気晴らし以外に何の役にも立たない。一方、父親にとっての愛は、名もなき神という不確かな創造主と信仰心を固くつなぐ指令。心で感じるものというよりは、返さなければならない借金と同じような義務。

いや、エルフィーが家族の生活だと思っているものに愛はほとんど関係ない。この家族のあり方を表すには別の言葉が必要だ。愛ではなく——義務的な便宜？

エルフィーは文章や提案や当意即妙な答えといった形でこういうことを考えているのではない。ただ考える。メリーナ——愛——母性——家族——うーん？　だが、レイとてくてく歩くうちに、何かがエルフィーの思考に潜りこみ、ちくちくと刺激する。何分も沈黙が続き、さらに続く。

メリーナ。思い描くことはできない。けれどほんの一瞬、母親のきれいな髪のあたたかい香りを思い出す。ラベンダーと、あたたかいキャベツと、かすかにつんとする汗の匂い。エルフィーの目がひりひりと痛みだす。これまでの経験から、涙は肌を焦がすとわかっているので、拳（こぶし）で涙をぬぐい、母に対して怒りをこめて静かに悪態をつきはじめる。切ない考えを遠ざけられればいいのだが。

「お母さんのこと、あんまり覚えてないみたいね」レイが言う。

「うん、仕方ないよ、死んじゃったんだから」

「でも、喪に服す一年のあいだ、他の人たちは思い出を語り合って、自分の中で思い出を築きあげるのよ。又聞きだとしてもね。悲しみが軽くなるでしょ？」

　エルフィーにはレイの言葉の意味がわからない。年上の女は説明する。伝統では、一周忌までは週に一度、地域の住民たちが遺族のもとに集まることになっている。家族と近所の人たちはともに思い出を語り合い、質問を投げかけ――どうやら――恨みを吐き出したり腹を立てたりする。「わからない？　そうしないと、死者の存在は薄れてしまう。ブリキに刻んだり、堅いマホガニーに彫ったりして、死ぬ一週間前あるいは一カ月前の姿でとどめておくなんて、フェアじゃない――死者の魂にとっても、自分にとっても。あなたのお父さんは通常の習慣に従わなかったの？」

「それは父さんの流儀じゃないと思う」エルフィーは言う。

「まあ、聖祭に羽を注文するのはわたしの役目かわからなかったから放っておいたけど、誰もお母さんのために神聖なトーテム像を飾らなかったことは気づいてたわよ。お母さんが一緒にいられないじゃないの」悲しい口調だ。「お母さんのお墓はどこ？」

「覚えてない――遺体がどうなったか。きれいにして、急いで立ち去った気がする。悲しみはあとに残して」

　その面影もあとに残して。見えない母親。

「癒やしもあとに残したのね」とレイ。何かをじっくり考えこんでいるようだ。フレックスをふたり目の夫にする気がなくなりつつあるのかもしれない。自分が先立った場合、死後にきちんと供養してもらえないかもしれないというそれだけの理由だとしても。

悲しみの中で生きることを拒んだら、どうなるのだろう、とエルフィーは考える――完全な疑問文として、頭の中で自分に問いかける。唯一の問題は、主語が誰かよくわからないことだ。エルフィーにとって不可解で神秘的な死の概念を持つカドリング人？　それとも、母親のいない三人の子の面倒を見なければならない父親？　あるいは、自分自身？　いい、あたしが悲しみの中で生きるのを拒んだら、どうなる？

そのことについてさらに考える前に、ふたりは岩だらけの坂を下って村に着く。レイの話では、ここがガラス吹きたちの集落だという。

45

サマニはまさにガラスの村で、優雅さではなく利便性を備えている。みすぼらしい作業場と、陳列されている商品。レイが「どれもすごくきれいね」とつぶやくが、エルフィーにはさっぱりわからない。

それでも、色つきの大きな窓ガラス越しに見られるのはどんな感じか想像しようとする。

緑色の窓を通して見たら、自分はあまり緑色には見えないのだろうか？

エルフィーとレイは、籐製の屋根があるだけで壁のない建物が五、六軒建っているところで立ち止まる。作業場のまわりにはU字型のシーダー材の木枠が立てかけてあり、大きなガラス板がまっすぐにはめこまれている。洗浄のため、検品のため、選別のため。あちこちで、指にたこができた職人たちが割れたガラスの山をカチャカチャとあさり、使えそうな破片を探している。

在庫品の半分は、透き通ってはいるが、気泡が入ったり、波打っていたり、白く濁っていたり、水紋ができたりしている。残りの半分は、まるで色の百科事典だ。こちら側は緑と金。ばあやいわく、ラーラインマスの祭りを象徴する色。そしてこっちには、紫がかった黒とあざのような青。それに、いろいろな黄色。酸性の色、レモン色、歯の黄ばみの色、亜麻色、ライオンの皮の色。不思議なことに、赤は多くない。カドリングはルビーの鉱脈のせいで大いに悩まされてきたので、地元の市場では赤いガラスの流通はあえて抑えられているのだろう。誰がこれ以上ルビーの宣伝をしたい？

エルフィーは自分が話さなければならないのではと不安になる。この商売人の一族はカーティ語の方言を話す。エルフィーはあまり理解できない。だが驚いたことに、レイ・レイラーニがいつもの内気な態度を捨て、胸を張り、真面目な性格を全面に押し出す。直感と鋭い洞察力で、親方を見つけ出す。こっちに来て、ガラスマスター。話があるの。

男は小柄で、体がこわばっていて、エルフィーが見たことのないくらい白い肌をしている。アルビノと呼ばれる病だとのちに知ることになる。水で薄めたミルクのような肌、銀色の氷のような充血した目。はりのない細い髪を後ろでまとめてスカーフで縛っている。両手を背後で組んで、つねに背中を丸めて歩く。バランスを取るためにこういう姿勢を保っているのだろうと、エルフィーは思う。あごが食道の下あたりに位置している。タービと呼ばれているが、〝ボス〟のような敬称なのかもしれない。

レイがウンガーの注文について説明しはじめるが、タービはさえぎる。エルフィーのまわりを歩き、科学的な疑いのまなざしでまじまじと眺める。ぶつぶつとつぶやく。おそらくこんなことを言っているのだろう。「おまえは原色で、私は何の色もない。どちらのほうが不運なのか」いや、そんなはずはないだろう。エルフィーはうまい切り返しができない。ただ茶色のモスリン製の楕円形の図面を取り出す。このカーブを描く寸法に合わせて新しいガラスを作ってもらう。

タービはそれを見て、元のガラスを思い出したようだ――ウンガーが店を開いたときに自分が提供したガラス。タービはレイに高価な商品を買わせようとする。だが、レイに交渉する権限はなく、断固拒否する。タービは取り寄せ注文が殺到しているのだとぼやく。

今入っている注文に対応することしかできないと言う。レイは折れない。ウンガーの店のために無理をしてくれてもいいんじゃないか。

タービは飛び出た目をこする。この商談を成立させるのが気乗りしないようだ。紅茶が運ばれてくる――紅茶というか、泡立てた藻のようなブクブクした冷たい飲み物。タービはエルフィーに興味を抱いている。エルフィーは警戒しつつひそかにそれを感じ取っていた。だが、エルフィーが注目されることも過程のひとつらしい。レイがタートル・ハートのことを質問してくれると信じてるわけではないが、エルフィーは方言が少ししかわからないので自分からは話題を切り出せない。

一枚の大きな楕円形のガラスを作るのがどれだけ難しいかを証明するかのように、タービはふたりを作業場に連れていく。ジェスチャーと片言のオズ語で、クラウンガラス作りの工程をぼそぼそと説明する。腰まで裸になった汗まみれの作業員が、パイプでガラスを吹いて大きくふくらませている。適切な大きさになると、ポンテと呼ばれる棒を反対側の端にくっつけ、ブローパイプから切り離す。半球形のガラスはくるくるまわされながら何度か再加熱され、しだいに平らになっていく。大きなガラスの場合は、数人のガラス吹きが縦に並んでもっと大きなポンテを操り、水平を保ったまま、冷えかけたガラスを再び巨大なかまどに入れるのだと、タービが説明する。レイは調子を合わせて、すごいと言うようにのどから声を漏らす。エルフィーは口をつぐんでいる。エルフィーにとって最大の敵は水かもしれないけれど、火も味方ではない。

「レイ、タートル・ハートのことを聞いて」エルフィーはぼそぼそと言う。

「まずは取引を成立させましょう」大家は答える。

レイと契約書にサインを交わしたガラスマスターは少しリラックスする。そしてエルフィーたちにさまざまなガラスの珍品を見せる。色つきのガラスを無理やりねじ曲げて作った水差しやトーテム像やよくわからない物。どれも無益でばからしく見える。けれどエルフィーはひとつのがらくたに興味を引かれる。蔦がはびこる中、脇に置かれた石の台座の上にのっている。「あれは何なのか聞いて」とレイに言う。「ガラスのシャボン玉みたい」

ターピは鋭い視線をさっとエルフィーに向けてから答える。レイの通訳がどれだけ正確かエルフィーにはわからない。「ターピはこう言ってる」大家が伝える。「これは占い玉。世界のすべてがこの中に映し出される。玉には境界も角もないから。どんな秘密も見通せる。誰かがこっそり近づいてもすぐにわかる。だから、魔法使いには役に立つと考えられていて——」

「なんだ、それだけか」エルフィーは肩をすくめる。

「いいえ、聞いて」レイは傷ついたようだが、続ける。「タービはあなたに伝えろと言ってる。他の人には見ることのできない深淵まで見ることができる人もいると。つまり、ある人にとってはキラキラしたガラス玉。他の人にとっては窓。わたしがちゃんと理解してるかわからないけど」

「例えば、未来が見えるとか？」

「そんなことは聞けないわ」だが実際にはレイはその考えを気に入っていた。「わたしが再婚できるかわかる？」エルフィーにも理解できるように、共通言語をいくらか使ってタービにたずねる。

　タービはわざわざ答えたりしない。けれどエルフィーのほうを向いて、玉をのぞくように言う。エルフィーはしぶしぶ前かがみになる。タービがぶつぶつ言い、レイがもったいぶって通訳する。「中を見て、何が見える？」

　ブージーのまずいスープをのぞきこむようだ。ずっと昔に出てきた、透明なのに不透明なスープ。おそらく水と油が乳化していないのだろう。ブージーはずぼらな料理人だった。エルフィーは何年もブージーのことを忘れていた。

　ガラスの玉に触りたくないけれど、目をそらしたくもない。曲面にゆがんだ自分の顔が映っている。怪物みたいだ――けれど、背後にいる大家とガラス吹きも同じで、丸括弧（まるがっこ）のようにエルフィーの目立つ鼻をゆらゆらと囲んでいる。今まではどんなものに自分の顔が映ってもまじまじと見たことがなかったが、今は避けられない。ばかっぽい無遠慮な緑色の顔が、ぬうっと現れている。

できることならガラスの玉を手に取って粉々に割ってしまいたいが、それだけの損害を弁償するお金は持っていない。だから目を閉じ、不愉快な現実を頭の中から追い払おうとするかのようにかぶりを振る。再び目を開けたとき、ガラスは異なる様相を呈している。さっきより粘り気があるみたいで、鏡というより雲のような感じ。

反射面のどこか下のほうで、幻影が浮かびあがってくる。「まあ、楽しかったわね。でもわたしは――」とレイが言いかけるが、エルフィーは手を上げて横に振り、レイを黙らせる。幻影が姿を現そうとしている。漂白されたような色が注入され、丸い形を成していく。

ときどき、たき火の中に顔が見えることがある。踊る炎の中に笑顔や意地の悪い顔が浮かび、逃げたり、隠れたり、また現れたりする。同じことは空に浮かぶ雲でも起きる。エルフィーは一度、灰色の山脈の前をギャロップで駆ける二頭の白い馬を空の中に見たことがある。あれは雲による光と目の錯覚だった。だけど、この玉の幻術は桁違いだ。たしかに見える。まぎれもなく、前かがみになった猿のような影が女の手を引いている。

猿は――幽霊〈猿〉という言葉がエルフィーの頭に浮かぶ――跳ねながらばらばらになる。と同時に母親の顔が上下に揺れるように現れ、ガラスの宇宙空間に広がっていく。それまで思い出せなかったメリーナの顔は満足げで、なんとなく絵画や大理石の胸像とは違う。まばゆい活気を帯びている。

何か言って、とエルフィーは思う。あたしの名前を呼んで。あたしを見て。あたしたちはみんな元気だよ。

それから、家ではめったに使わなかった言葉。ママ。あたしはここだよ。

メリーナの虚像は胸の内を明かさない。本当にメリーナなのか？　よくわからないけれど、これは悪意に満ちた策略なのか？　この加工されたガラスを通して呼び出されたから、記憶がよみがえって、今になって到着しただけ？　幻影はその状態を保ったまま、ゆっくりと近づきながら大きくなる。現実のルールを超えて動きが遅くなっていく。エルフィーは今まで母親の顔をこんなに近くでちゃんと見たことがなかった。母親がこれほど近づけさせてくれなかったのかもしれない。メリーナの顔は美しくも冷酷でもなく、表情は苦しそうでも幸福そうでもない。ただの人間。抽象的で、超然としていて、手の届かない人間。額が下を向き、あごが引っこみ、鼻は前を向いたまま、目の焦点が合い、とうとう何かを見る。だが、エルフィーを見ているのではない。

「何が見えた？」ガラス吹きに促され、レイがたずねる。

「たいしたものじゃない」エルフィーは男のほうを向く。「これは未来を教えてくれるの？　値段はいくら？　買いたい」

レイが通訳し、少し言葉が交わされ、議論と譲歩に発展していくようだ。ようやくタービの代わりにレイが答える。「タービが未来を教えてくれるかも。いつかあなたはこれと同じものを手に入れるだろうって言ってる——その貪欲な目を見ればわかるって。でも、これじゃない。帰れ、戻ってくるな、ですって。そうしましょう。もう帰れるわよ。例のタートル・ハートの家族について詳細を聞いたから。その若いガラス吹きは昔、まさにこの場所で見習いをしていたそうよ。覚えていることをタービが注文書の裏に書いてくれるって。それを持ってお父さんのところに帰りましょう。そんな不満そうな顔しないで、エルフィー。ほとんどピンク色になってるわよ。普通の人間なら健康そのものに見えるでしょうけど、あなたの場合は気分が悪いみたい。本当に大丈夫？」

アルビノのガラス吹きと緑色の少女は互いにちらりと視線を交わす。タービは白いミミズのような指を小さく動かし、この緑色の少女が仕事場にもたらした危険を払うためにまじないをかける。その一方で、うっすらとエルフィーに微笑みかける。嫌っているわけではない。エルフィーも微笑みを返しそうになるが、できない。まだ好きか嫌いかわからない。

　レイとエルフィーはサマニを出る。砂だらけの急斜面を登りながら、エルフィーは振り返ってもう一度村を眺める。ターピは仕事に戻っていた。シャツを脱いで、大きなガラスを回転させるのを手伝っている。紙のように白い背中に、背骨を斜めに横切るように赤茶色の傷跡がある。労働中の事故。もしかしたら、ムチの傷かもしれない。災難だったけれど生き延びたという証。こうしてより自分らしい人生を歩んでいる。エルフィーにとって、こういう客観的な観察のほうが、あのクリスタルガラスの占い玉によって呼び起された記憶よりも安らぎを感じる。

　あるいは、そう自分に言い聞かせる。

　だが、ほとんど覚えていない母親の幻影がいかに生き生きとしていたことか。存在感があった。たとえガラスのまやかしだとしても。エルフィーではなく、田舎の職人がぼそぼそつぶやく呼びかけに応じて現れた。今、レイとエルフィーはシーダーの木立がある丘の頂に着いていた。オッベルズの小さな街を見下ろす。占い玉の怪しい幻術よりも活気がないような気がする。そして、丘の頂上では——温度が下がるのを感じるように、〈コビトグマ〉の不在が感じられる。どれだけ不自然だったとはいえ、姿の見えない母親が現れたことが、スキーオティの姿が見えないことをよりいっそう実感させる。

待つ理由はない。「湖沼の〈コビトグマ〉のことをあなたが街じゅうに言いふらしてたって聞いた。スキーオティたちは姿を消したみたい」エルフィーは言う。「本当だとしたら、なんでそんなことをしたの？」

レイは落ち着いている。エルフィーのとがめるような口調に気づいていないのだろう。

「スキーオティがネッサローズを水に突き落としたって、あなたの弟が言ってた。他の親たちが自分の大切な子供を守れるように、知らせる必要があったのよ」

「〝他の親たち〟って？　あたしたちはあなたの大切な子供じゃない。あなたには何の権利もない。それに、シェルの話を信じるの？　いたずら好きなクソガキだよ。なんでわざわざ関わろうとするの？」

「ばかなこと言わないで。あなたのお父さんに証明したってかまわないでしょう。わたしは三人の息子を育てたんだから、女の子の世話だってできるって。おかしな見た目の子や、うまく歩けない子でもね。お父さんに対するわたしの義務よ」

「大家として？　借家人に自分の正しさを証明するために、害のないスキーオティを街の自警団に襲わせたの？」

レイは横目で冷静にエルフィーを見るが、直視はしない。「あなたは自分が思うほど賢くない。〈動物〉について何もわかってない。やつらができること、できないこと。それに、あの〈コビトグマ〉たちの身に起きたかもしれないことをわたしのせいにしないで。わたしは心配だとつぶやいただけよ。近所のために」

「誰かのためにでしょ」エルフィーは言う。絶望して気分が沈みこむ。それからこう続ける。「それで、スキーオティに何が起きたの？　街の人たちはどこに追い払ったの？」

「わたしにはわからない。街の人たちと一緒に行動してないもの」

46

数日後、タービから交換用の窓ガラスが届き、ウンガーの店の楕円形の窓枠にはめられた頃、エルフィーとばあやは夕食の後片づけをしている。レイ・レイラーニはとうとうフレックスを説き伏せ、夕方の散歩に連れ出していた。フレックスはシェルを無理やり一緒に連れていった――求婚されないようにするための予防策だろう。あと一時間で日が沈む。夕陽が湿地帯に強くたたきつけられているかのようで、音まで聞こえそうだ。下宿では、残っている者たちがレイの食料貯蔵室で後片づけに専念している。エルフィーは皿を洗えないので――水のせいだ――汚れをこすり落とす。ばあやが水でゆすぐ。ネッサはつまらなそうに近くをうろついている。

「まだわかんないんだけど」エルフィーは言う。「あたしが初めてウンガーとしゃべったとき、なんでガラスが割れたのかな。ばあや、本当にシェルじゃないって断言できる？　こっそり抜け出して、あたしたちのあとをついてきて、あの石を窓に投げたんじゃない？　あの子がやりそうなことだよ。ばあやはときどき昼間に眠りこむでしょ。そうじゃないなんて言わないで」

「シェル坊ちゃんは破壊名人ですけどね、昔も今も小さな男の子はみんなそうですよ」ばあやは言う。エルフィーの仮説を承認も否定もしない。

「シェルは猫とかに石を投げるでしょ。前に、ミートボールでハチドリをしとめたのを見たよ。命中して、ハチドリは死んで落っこちた」エルフィーはばあやを見る。「あの子のやりそうなことだよ。何？　その顔は何？　ばあやがウンガー・ビークシの窓に石を投げたんじゃないよね」

「もちろん違いますよ」ばあやはぷりぷりと答える。「そんな腕はありません」

「それに」とネッサができるかぎり肩をすくめて言う。「あたしが投げたんじゃないってこともわかってるでしょ。だからあたしまで責めないでね」

「責めてるんじゃない」とエルフィー。「聞いてるだけ」

「知りたいなら教えてあげましょうか」とばあや。「答えはわかりきってますよ。ガラスを割れるほど強い力で石を投げられる人が他にいます？」

少女たちはうなずく。ばあやは両手を石鹸水にざぶりと戻し、下を向いたまま話す。「お父様がやったにちがいありませんよ、当然でしょう、エルフィー嬢ちゃん。ガラスを割れるほど強い力で石を投げられる人が他にいます？」


「まさか」エルフィーは言う。「本当に？　でもなんで？」

ばあやは少女たちのほうを向き、片方の頬から石鹸の泡をぬぐう。「ばあやには男の人のことはわかりません、今までもこれからも。でも、見当はつきます。この街での足がかりを作るために、あの服飾店のベランダに上がるよう、お父様に言われたんでしょう。だけどお父様は、店主は女だと思っていた。男がエルフィー嬢ちゃんを中に招き入れるとは思いもよらなかったんでしょう。付き添いもなく独身らしき男とふたりきりにさせたくなかった。すぐに自分の指示を後悔したことでしょう——が、何でもいいからタートル・ハートの情報を聞き出してもらいたかった。だから、ガラスを割って邪魔をして、嬢ちゃんを無事に店から連れ出そうとした。それがばあやの考えですよ」

「絶対にまちがってる。あたしの身に危険が及ぶかもしれないなんて思うはずない。だってあたしは——」エルフィーは手首から指先まで手をぱたぱたさせる。「見てよ、わかるでしょ」

「そうやって、何かにつけて自分の腕に注意を向けさせるのね」ネッサが言う。「でも、あたしに見せつけてるわけじゃないって思うことにする」聖人ぶった笑顔を見せる。少し殺気も感じられる。だが、まちがいなく傷ついたようでもある。

「でも、あたしが心配だったら、店に来てあたしを連れ出せばよかったじゃん。なんでパパはそうしなかったの？」

「さあ、わかりませんねえ」とばあや。

「あたしにはわかる」とネッサ。投げる石も、殴る腕もないネッサは、余計なことを言わず、遠慮がちに、攻撃的に、ゆがんだ微笑みを利用する。「エルフィーが怖いからだよ」

47

これほど遠くまで来て、これほど長く待ったあとで、ようやくタートル・ハートの家族の居場所に関する手がかりを手に入れ、フレクシスパー・トーグ・スロップ牧師は一種の無気力状態に襲われている。ネッサが生まれてから始めた個人的な償いの巡礼を急いで完了させようとはしていないようだ。

ぐずぐずしていたいという気持ちに心を惑わされている。だが、誰に責められる？　家族の誰もそのことに文句を言わない。もうしばらくここに滞在してもかまわない。気取った雰囲気や愚かしさはあるものの、オッベルズは今まで暮らしてきた場所よりもジャングルや沼地が少ない。気候でさえ、ややからっとしている。それに、オッベルズはフレックスが牧師になってからずっと求めていた改宗にもってこいの土地であることがとうとう証明されつつあった。フレックスは成長した——実際、ひとまわり大きくなったようだ。前よりも背中をまっすぐに伸ばしている。あごひげがふさふさになっている。おかげでどことなく世界にとってより重要な存在であるかのように見える。より横柄な態度でレイ・レイラーニに接するようになり、レイはそんなところがとても、とても素敵だと嘘をつく。

レイの下宿での生活が苦しいわけではない。けれど、家族は長いあいだひもじい暮らしをしてきたので、献金用の皿がまわされて硬貨とともに戻ってくると、フレックスは喜んで懐に入れる。

レイ・レイラーニ宅での食事がいいものになる。今でもばあやは生きてマンチキンに戻りたいと思っているが、ときどき週末の昼食にウズラのローストのマルメロ・ゼリー添えが出されるようになっていたし、レイがぼろぼろの寝具を新しいものに交換していた。こうして生活は快適になり、家族は定住する。

エルフィーはウンガー・ビークシの店を恋しがっている。あの店主もエルフィーを恋しがっているだろう。オッベルズの踏みならされた泥の道や吊り橋でふたりがばったり会うことはめったにない。ウンガーがわざとエルフィーを避けているのかもしれない。エルフィーも同じことをするだろう。いずれにせよ、エルフィーの反応を確かめられる瞬間は訪れない。気が変わって、苦々しいけれどまぎれもない笑顔を見せてウンガーに向かって走っていくかもしれないが、わからない。

エルフィーはわずかばかりの思いやりを持って妹の世話をする。ネッサはにやにや笑うことを覚える。責めることはできない——練習して笑顔を身につける以外、ネッサにできることがある？——けれど、エルフィーが協力する必要はない。スプーンでネッサに食事をさせる。シェルが舌を突き出し、スプーンを隠す。レイはシェルのいたずらに気づかないふりをする。文句を言ったら、貴重な借家人たちが機嫌を損ね、荷物をまとめて出ていってしまうかもしれない。今や伝道活動がそれなりに成功しているフレックスの評判が上がるとともに、街でのレイの評判も上がっていた。今では名士だ。このまま契約を続けたい。

そういうわけで、子供たちをしつけるのはほとんどばあやの仕事になっていた。シェルは無邪気さを装って面と向かってばあやをあざ笑う。幼いのだから、これはまだ許せる。

しかし限度を超えるとばあやの手の甲でぶたれる。また、エルフィーが歌いに行くとき、ばあやはネッサの面倒を見てくれる。自分は必要不可欠なのだと、よくレイの前で大きな声で言っている。

フレックスは学校の敷地から追い出されなかった。うまく交渉して集会の許可を取りつけていた。フレックスの伝道活動が評判になるにつれ、学校自体も他のライバル校より人気になっていた。学校経営もビジネスであり、経費削減を迫られている。煩わしい。

エルフィーは言われたことをする。指示された場所に立つ。命じられたら歌う。たいていは目を閉じている。会衆がうっとりと体を揺らしているのを見ると、気まずくなるのだ。なんだかみんなに嘘をついている気がする。エルフィーは父親の信仰を熱心に支持しているわけではない。かといって偽善者でもない――すべてに確信が<ruby>ない<rt>、、</rt></ruby>だけ。共謀していることは否定しない。他の人たちをそそのかして満足感を――帰属意識のようなものを――与えている。何であれ、不思議なことに音楽がすべてを補完してくれる。

一度、群衆から外れたところでパリーシの青年が歌を聴いているのを見かける。ああ、つまりエルフィーはしっかりと目を閉じていたわけではない。訂正する。エルフィーが最後のリフレインを歌い終え、椅子に座って父親の説教を聞いているふりをしていると、青年は去る。見せかけでもきちんと耳を傾けていなさいと、フレックスには言われている。

教義を信じろと言われていないことは、しぶしぶながらありがたく思っている。フレックスはよくわかっているのかもしれない。エルフィーはほんの十三歳で、自分の手が届く世界観にまだ名前をつけられない。

それに、あのパリーシの青年がうろついている理由もわからない。

そういうわけで、エルフィーはベランダの床板に視線を落とし、父親の説教の意味を理解しようとする。父親のほうはめったに見ない。なんとなく恥ずかしく感じるのだが、どうしてなのかはわからない。

フレックスの伝道の人気はどんどん高まっていく。集会は早い時間に開かれる。授業を受けに来た若い女の子たちが、運動場に広がっている会衆をよけてぐるりと遠まわりをして、どすどすとベランダに上がって教室へ向かう。妹と弟以外の子供をあまり見たことがないエルフィーには、ここの女の子たちはエキゾチックで風変わりで、なんとなく洗練されていないように見える。

しかし、エルフィーはもはや父親が望むほど長く信仰心があるふりをしていられない。そのうちあくびが出てしまうだろう。体裁がよくない。エルフィーはばあやに相談する。

「あたしには教育が必要だって、ウンガーが言ってた」ある晩、エルフィーは言う。父親とレイはまた散歩に出ていて、今回は水上菜園の歩道をぶらぶら歩いている。ロマンティックな散歩ができる場所とはいえないだろう。蚊にたかられて、ほうほうのていで帰ってくればいい、とエルフィーは思う。「学校で授業を受けてもいいか、父さんに聞いてくれない?」

「あら、今は『父さん』って呼ぶんですね、ばあやは気づきましたよ」ばあやは言う。「『パパ』じゃないんですね。みんな、すっかり気取ったオズ人になっちゃって」

「公の場では『父さん』って呼ぶんでしょ。それに、あたしにとって父さんは公人みたいなものだよ。話をそらさないで。退屈なの。父さんとあそこにいるときに学校で授業が行われてるなら、あたしも出席できるんじゃない? 昼休みに女の子たちがお昼ごはんを食べてるときに、あたしは仕事に戻ればいい」

ばあやは賛同しないが、エルフィーの嘆願を父親に伝え、数日後に返事をもらって戻ってくる。「嘘でしょ」エルフィーは言う。

「正直、ばあやもちょっと驚きですよ」ばあやも同意する。「でも、お父様を見くびっちゃいけませんよ、エルフィー嬢ちゃん。伝道活動において嬢ちゃんは資産でもあり負債でもあるって、お父様はわかってるんですよ。それに、嬢ちゃんがとてもずる賢いってこともね。お父様はこの状況でできるかぎりのことを嬢ちゃんにしてやりたいと思ってるんです。それに、退屈しきって不用心にオッベルズを歩きまわることになるより、女の子たちとお勉強するほうが安全ですからね。だとしても、ばあやはちょっと不満ですよ。ばあやが教えていることは不適切で不十分だと思われてるんですかね。荷物をまとめてここから出ていってやりましょうか」

「それで？　まだ続きがあるんでしょ」

「まあ、何事にもいい点と悪い点がありますからね。問題は、学校側が今以上に嬢ちゃんに近づいてほしくないって言ってるんです。ベランダにいるのはかまわないけど、教室まで入ってきたら他の生徒たちの気が散ってしまう。嬢ちゃんを指さしてくすくす笑ったりして、勉強に集中できなくなる。しかめっ面はおよしなさい、生徒たちが悪いんじゃありませんよ。ただのばかなカドリング人の子供です。学校の校長だって同じですよ、まったく。そういうわけで、学校側が解決策をひとつ提案してきました。それを受け入れるか、受け入れないか。嬢ちゃんがやってみたいなら、お父様は許可してくださるそうです」

ばあやの説明によると、教師が幼い女の子のクラスの外に椅子を置いてくれる。集会で会衆のために歌い終わったら、エルフィーは静かにベランダを移動して教室の窓の外に座る――つねに人目につかないように、壁に背中を向けて、目は庭に向ける。無言で授業を聴いていい。何か役立つことを学べるかもしれない。すべて習得したと思えたら、そのことを教師に伝える。そうすると教師が次のレベルのクラスの窓の外に椅子を移動する。エルフィーはしゃべってはいけないし、窓越しに教室をのぞいてもいけないし、自分に注意を集めてもいけない。だけど、聴くのはいい。その位置なら、伝道集会に活気がなくなってきたときに、すぐに父親がエルフィーを呼び戻してまた盛り上げることができる。午前中の授業が終わったら、エルフィーは校舎の脇で会衆に説教をしている父親のもとへ戻っていく。そして、深い信念があるふりをしながら心をこめて聖歌を歌い、集会を締める。それからフレックスと一緒に家に帰り、昼ごはんを食べて昼寝をする。

「あたしも行きたいな」ネッサが言う。「ずるいよ。エルフィーは何でも手に入って」

「エルフィー嬢ちゃんがこの——この学び舎に迷惑をかけずにうまくやれれば、そのうちネッサ嬢ちゃんも通えるかもしれませんよ」ばあやがやさしく言う。「予備の椅子は二脚あるはずですからね、お姉ちゃんのあとについて校舎のまわりを移動できますよ。もちろん、まっすぐ座ってなきゃだめです。倒れたりしちゃいけません。ばあやは助けられませんし、大声でエルフィー嬢ちゃんを呼んだら学校に迷惑ですからね。ばあやは家でシェル坊ちゃんの世話をしなきゃなりません。まったく手に負えない子ですよ。それは今じゃ明らかです。でも、ちょっと話が先走りしすぎてますね。どうなるか様子を見てみましょう」

48

何を着ていくか、何を着ていくか。授業に参加している姿を見られてはいけない場合、何を着ていけばいいのか。

仕事を抜けて聴講し、それからまた急いで仕事に戻る場合、何を着ていけばいいのか。

「選択肢は多くありませんけどね」ばあやが言う。「昔の服はもう小さくなってしまいましたし。お母様の古着のほとんどはあのがめついウンガー・ビークシに渡してしまいましたし。なので、歌うときに身につけている服でいいでしょう。お母様が駆け落ちしたときに持ってきた服を細く切ってスカートに縫いこんだやつです。女子生徒にはおしゃれすぎるかもしれませんけど、誰かに見られるわけじゃないんですからね。ご自分でわらのマントを編んで、そこに肥やしを塗れば、誰にも気づかれません。意地悪で言ってるんじゃありませんよ」

そういうわけで、エルフィーは他でもない自分自身として装い、大またで学校へ向かう。それでよかったのかもしれない。新しい服は新しいチャンスを意味する――が、まだ心の準備ができていない。

この状況を受け入れられるようになるまで、数日かかるだろう。エルフィーは待つ。辛抱強く待つ。のどから手が出るほど求めているから。何を？　何かを（何でも）。

やがて、授業を聴いているうちに——つまり、教師が書く図表や身振りを見ずに授業の内容を理解しようとしているうちに——エルフィーは自分自身について新たなことに気づく。具体的には、ふたつの新たなことに。

ひとつ目は、ある教師が窓の外に身を乗り出して言ったこと。その好奇心旺盛で、片方の目に眼帯をした髪の少ない男性教師は、エルフィーにうなずいて中に入るよう伝える。そしていくつか質問をし、エルフィーの返事を聞いてこう答える。「のみこみが早いんだな。明日の朝、次のクラスの窓の外に椅子を運びなさい。私が教えていることはもうほとんど理解している。隣の先生には、きみが行くことを伝えておく」つまり、どういうことだろうか。エルフィーは学べるのだ。今まで習得してきた文字や数字についての限られた知識は、努力によって得たというより、知らぬ間に浸透していたものだ。それが今、聴講しただけで、より知識が広がっているのがわかる。文字の形を思いうかべて読むことで、その文字を綴れる。頭の中で計算して、新しい数字を導き出せる。まるで魔法のように、答えを呼び出せる——あてずっぽうなどではなく、最近得た情報の構造をすばやく査定することによって。

聴講だけで知識の窓を進んでいく。教室の中を見たことは一度もない（毎朝通るたびにこっそり盗み見るだけ）。エキゾチックで異質な女の子たち。接点がなく、不可解。エルフィーが気づいたもうひとつのことも、同じくらい重要だろう。知識はエルフィーの姿に関係なく根付く。知識はそんなことを気にしない。また、一時的にこの新しい知識の足場を作りながら、発見したことがある。不正確さや不十分さを感じて気まずさを覚えたときに、身もだえることが、あるいは身もだえたいと思うことが少なくなりつつある。複雑な言葉を綴ったり、オズの歴史として知られている出来事の概略を覚えたり、石板とチョークを使わず頭の中で計算したりするのは、難しいことかもしれない。大変だけれど、それでも、緑色の奇人として、牧師の異常な娘として振る舞う重責からは解放されていた。思いがけず、答えはおのずと出ている。

そういうわけで、学びは自分自身からの休暇となる。休暇という概念をまだあまり理解していなかったが。眠るよりいい。夢の中ではときどき自分自身に再会することがあり、起きているときにたまに感じる以上に、寝ているときのほうがより恥ずかしく、腹立たしく、寂しく感じる。けれど学業では、自分自身から抜け出て、意味のある別世界に行ける。違う言い方をするならこうだ。エルフィーは初めて、思いがけず、世界とは自分を超えた存在なのだと知る。世界は無限に続く。たとえエルフィーが有毒の沼タランチュラを踏んづけて、次の瞬間には死ぬとしても。現実には歯車があり、結果がある。そして歯車と結果も何かになるのかもしれない――意義に。わからない。それでも、学ぶことで頭の中から外に出て、目がくらむような解放感を得られる。可能性を突き破っていく。

　数カ月もしないうちに、エルフィーが四番目の窓に移る頃、ネッサがあたしも自分の勉強を始めたいと騒ぎだす。エルフィーはこの新しい自由の感覚を妹と共有するつもりはない。けれど、エルフィーはすでに校舎の角をまわった先の窓に移っていたので、ネッサも学校に通うようになったとしても、少なくともひとつ目のベランダにとどまることになり姿は見えない。ふたつ目のベランダに対して九十度になっているのだ（ああ、九十度。以前のエルフィーは角度について知らなかった。いつも黙ってテーブルの天板を支えている角度！　重力に逆らって支えている。あの貪欲な物乞い。喜びを殺すもの（キリージョイ））。

　エルフィーはなにがなんでもネッサの意見をつぶそうとする。ネッサは自分ひとりで勉強なんてできないし、もちろん、ばあやが協力者として一日じゅう付き添うわけにもいかないと主張する。エルフィー自身はずっと先に進んでいるので、赤ちゃんレベルの教室に引き戻されるなんてまっぴらだ。

　ばあやも同意してくれそうだ。少なくとも、ばあやがネッサ嬢ちゃんの年の頃には、何時間もベランダに座って理解できない授業を聴くなんてことはありませんでしたし、今さらそんなことはしたくありません。見てください、シェル坊ちゃんが日ごとに手に負えなくなっています！　ばあやにできるのは、坊ちゃんを抑えておくことだけ。健康な四肢と普通の肌色を持つシェル坊ちゃんは、まだ幼すぎて野菜真珠（ベジタブル・パール）の沼へ送られないオッベルズの同い年の少年たちと走りまわるようになっています。でも、悪影響だと評判が立ってるんです。親がやってきて、もっと厳しく監視してくれって言うんですよ。今、ばあやは自分の役目を放り出すことはできません。そんなの考えられません。ばあやはシェル坊ちゃんを監督しなきゃならず、フレックス様は仕事で忙しい。本当に申し訳ありませんけど、ネッサ嬢ちゃんのお勉強はもう少し待ってくださいまし。

「残念だね」エルフィーはほっとため息をつく。

すると、レイがネッサに協力すると申し出る――ステップを上るのに手を貸し、水を飲ませてあげる。下（しも）の世話もしてあげる。「あなたは家族じゃない」エルフィーはぴしゃりと言う。「父さん、なんとか言ってよ！」

明日の説教と祈禱と集金のスケジュールを書いていたフレックスが、テーブルから顔を上げる。そして穏やかに言う。「いいじゃないか。ネッサにも少しは役立つかもしれない」

「母さんなら絶対に許さなかった。ショックを受けたはず」

「母さんのことをよく知らずに生意気なことを言うな」フレックスは思いがけず厳しい口調で言う。「メリーナは私より教育を受けていた。一緒になったとき、私はいろいろな意味で母さんに頼っていた。スロップ家の血筋を引いているからおまえは賢いんだ。学校での勉強が楽しいのなら、それは母さんのおかげだ」

そういうわけでネッサも学校に通いはじめる。エルフィーほど早くは次のレベルに進めない。そのことをエルフィーは内心うれしく思う。だが、ネッサとて無能ではない。

ある日、ネッサはエルフィーに言う。「あたしたちのお母さんって、身持ちの悪い女だったと思う？」

「意味がわからない」

「ふしだらな女ってこと」ネッサは怒った口調で言うが、その言葉がこぼれたあとで礼儀正しく口を結ぶ。

「それも意味がわからない。教えなくていいよ」

一方、レイが以前にも増して家族の構造の中に食いこんでくる。そのことに気づいていないのはフレックスだけだ。とはいえ、フレックスはばあやの白い糸巻きが床に落ちても気づかない。小さなシェルのいたずらが過激さを増していることにも。

49

ある朝、ばあやが気鬱症になったため、エルフィーがネッサの通学の身支度を手伝わされる。ネッサの小物が入った小さなサイザル麻の袋をあさり、ネッサの髪をとかすためのブラシを捜しているとき、袋の底できらりと光るものが目にとまる。それを引き出す。

「なんでこんなのがあるの？」エルフィーはその装飾品を掲げて妹を問いつめる。鈍い輝きを放つ真鍮の指輪。

「ああ、それはママのよ」ネッサは言う。「結婚指輪じゃないかな」

「なんであんたが持ってるの？」

「わかんない。シェルを産んだ夜にママが外したって、ばあやが言ってた気がする。まちがいないよ。あたしはそこにいたもの。覚えてる。ママの指は腫れて、痛がってた」

「なんで持ってるの？」

「宴会場にいるハイエナを見るような目で見ないでよ。この指輪が欲しいから持ってるの」

「答えになってない」理由はわからないがエルフィーは激怒していた。「なんであんたが持ってなきゃいけないわけ？　指輪をはめる指もないくせに」

「だからこそ、あたしが持ってるべきなのかも」ネッサは鋭く言い返す。だが、口調をやわらげて言う。「ばあやがやっと指輪を外したとき、ママの指に跡が残ってたの」

「それで？　どんな跡？」

「エルフィー」ネッサは言う。「ママの指に緑色の輪の跡が残ってたの。真鍮の下の肌が緑色になってたんだよ。これを持ってると、エルフィーのそばにいるみたいな気がするの」

「とんでもないほら吹きだね」しかしこれはよくある巧妙な返答だ。ネッサの言葉を信じているのかどうか、自分でもわからない。「いつか腕が生えてくるってまだ思ってるの？」

「もし生えたら、そしてもし指があったら、一部分は緑色になるかも。そうしたら、あたしたちもっと姉妹らしくなれるね」

「ふん」エルフィーはネッサの言葉に当惑する。やがて、「まずありえないね」と言い、それからこう続ける。「それに、なんでばあやじゃなくてあんたが指輪を持ってるの？」

「なんでだと思う？」ネッサは姉妹らしいふりをするのをやめて言う。「呪いをかけたの。呪いについて教えてくれたのはエルフィーでしょ？　覚えてないんだね」ネッサの表情には嘘と捏造が瞬きながら渦を巻いている。「ねえ、もう返して。でないと大声で騒ぐよ。面倒なことになるのは嫌でしょ」

エルフィーは言われたとおりにする。震える手で、母親の指輪を暗闇の中に落とす。

50

エルフィーは次の停留所に進む。五カ月目で五番目のクラス。今では自分の年齢に近い女の子たちの星団の外をまわる彗星になっていた。この教室には窓がなく、女の子たちが出入りする両開き扉があるだけだ。そのため、他の生徒たちが集まって椅子に座るまでエルフィーは教室に近づかない。自分のスケジュールに合わせてこっそり来て帰ったほうが、無視される恥ずかしさを簡単に避けられる。

女の子たちを観察するのは、認可された学習課程から外れた教育といえる。意地悪そうな笑い声、わかりにくいジョーク、暗黙の忠誠と侮辱、そしてときには授業に出たくなさそうな態度。エルフィーは謎めいた浮かれ騒ぎを盗み聞きせずにはいられない。学習中の科目に戸惑うのと同じくらい、この謎に戸惑う。けれどたいていは、生徒たちには静かに席についてもらって教師に授業を進めさせてほしいと思う。社会は疲れる。

　ある日、エルフィーが自分の定位置に近づくと、驚いたことに椅子の横の床の上に小さな籐のトレイがある。つかの間、誰かがプレゼントを置いていったのだと思い、焼けつくような幸福感を覚える——ちょっとしたおやつか、今までエルフィーには与えられなかった学習用具だろう。ところが、トレイをよく見て、教室の女の子たちがぎゃーぎゃーと文句を言っているのを聞いて、違うとわかる。

　磁器のティーセット。エルフィーはそれまで磁器を見たことがほとんどなかった。奥地では食べ物は生のまま食べるか、鉄鍋で調理されて木製のボウルによそわれ、フォーク代わりの竹の破片かバルサ材の木製スプーンとともに提供される。この茶器はまるで偶像崇拝の対象物だ。トレイの上にすべてがセットになってそろっている。

　エルフィーはピンと気づく。このエキゾチックな貴重品を誕生日プレゼントにもらった女の子が、自慢するために学校に持ってきたのだ。だが、勉強の邪魔になるからと、授業が終わるまで教師が外に置いておいた。

　渦を巻く魚の形の取っ手がついた、丸型ポット——重なり合った鱗（うろこ）に指をはわせれば、その数を数えられる。エルフィーはそうする。ポットは水のような青灰色に輝き、くすんだピンク色が入り交じっている。おそらく水面からちらりと見える魚の動きを表しているのだろう。それから、耐えがたいほど凝ったデザインの小さなティーカップが四つ。それぞれ針金でできたホルダーに収まっている。ホルダーの両側は、針金を曲げて葉っぱ形の魚のひれの模様が施されている。ティーカップはそれぞれ色が違う——ルビー色、紫がかった茶色、ねばつく胆汁みたいな黄色、ジャングルの霧に射しこむ朝日のようにこのうえなくやさしい緑色。カップの縁には、申し訳程度に金色の波線が刻まれている。釉薬が塗ってあるおかげで、まるでたった今洗われて太陽の下で乾かされているかのように各色に輝いている。

「いったいどこで手に入れたんです?」その夜、エルフィーがスカーフをかけて隠しておいた宝物を見つけ、ばあやが言う。

「友達にもらった。プレゼントだよ。友達がプレゼントをくれたんだ」とエルフィー。

「友達なんていないでしょ」ネッサが言う。「友達と何をするのかも知らないくせに」

「友達はお茶会をするんだよ。お茶会ごっこ。このティーセットでね。一緒にやろう」

「あたしは妹だよ。友達じゃない」ネッサは物欲しそうに貴重品をちらりと見やる。「でも、お友達ごっこをしてあげてもいいよ。ほら、ごっこ遊びなんでしょ」

　ふたりともごっこ遊びは得意ではないが、ばあやから話は聞いていた。昔、メリーナが若くおてんばだった頃、本気で娼婦のふりをしていたため、ときどきふりだというのを忘れて本物のように振る舞っていたという。娼婦が何なのか知らない娘たちは、泥棒みたいなものだろうと推測する。けれど、一度もたずねなかった。ばあやがこういう話をすると、父親が顔をしかめて不機嫌な表情を見せ、話をやめさせるのだ。

　夕食の魚の骨のスープを食べ終え、皿洗いをして片づけてから、レイとフレックスはとりとめのない会話をだらだらと交わすために黄昏(たそがれ)時の散歩に出かける。ばあやがシェルを座らせてアルファベットの練習をさせるあいだ、エルフィーは床の真ん中に正方形のタオルを敷いてお茶会の準備をする。ピクニックみたいだ。タオルは大きな放射状（放射状！）のテーブルよりもいい形（四辺形！）をしている。これだけの大きさであれば、ティーセットがそれほど小さく見えない。針金のホルダーに入った四つのカップが並んで待っている。エルフィーはソーサーを皿として使う。「架空の食べ物は何？」ネッサが聞く。「沼プラム？　蜂蜜ソースのかかった甘いお菓子？　それとも、チーズ・テンプト？」

「残りの二枚のお皿は、ぼくとばあやの？」シェルが聞く。

「お友達がふたり来るんだよ」エルフィーは言う。「宿題をやってなさい」

「あっという間にお高くとまった気取り屋になっちゃって」ばあやが鼻を鳴らす。「シェル坊ちゃん、どうしてこうなるんですか。真ん中の文字を見てください。逆向きで、そのうえ逆さまじゃないですか」

「エルフィーに友達はいないだろ。架空の友達もね」とシェル。

「〈コビトグマ〉が立ち寄ってくれるかも。わからないでしょ」

「ああ、あいつらは死んだよ」シェルはあくびをしながら言う。エルフィーは弟をにらみつける。「何？」シェルは驚いたふりをして答える。「他の男の子たちが言ってることを言っただけだよ」

いつもよりも早くフレックスとレイが帰ってくる。レイはしたり顔で、フレックスはむっつりしている。「そのティーポットに本物のお茶を入れてあげましょうか」レイが明るく申し出て、すぐに紅茶をいれはじめる。スキーオティの話になるとエルフィーは癇癪を起こすようになっていた。シェルの話は冗談だろうが、危険な冗談だ。会話を聞いていなかったレイは不穏な空気を感じ、部屋を出ていこうとする。

ばあやもだ。勉強を終わらせるためにシェルを狭いベランダに連れ出そうとする。シェルは通りすがりにティーポットを蹴ろうとするが、エルフィーが手を伸ばして足首をつかむ。そのままひっくり返してやろうとするが、逃げられる。シェルの泣き声が外から聞こえ、茶会の雰囲気が悪くなる。姉たちは懸命に弟を無視しようとする。

「おかしなお天気ね」ネッサが言う。「風がビュービューうなってる」

「強い風は好き」エルフィーも妹にならってお茶会にふさわしいおしゃべりをしようとす

る。こう続ける。「なんだか背筋が伸びる気がする」

「ほんとね」とネッサは言い、ここで社交の炎は燃料切れとなる。

レイがブリキのおたまにミントティーを入れて戻ってくる。それをそうっとポットに注ぎ、期待して待つ。仲間に入れてもらいたがっているみたいだ。けれどスロップ姉妹は招待せず、レイは自分の部屋に行ってドアをバタンと閉める。一方、父親はまたぶつぶつ言いながら姿を消していた。家の中は不満ばかりで調和が崩れている。

「ええと」エルフィーはやり方を想像しながら言う。「あたしがお茶を注ぐのかな。飲むでしょ？」

「まあ、お茶会なんだから。お皿の上には何があることになってるの？」

「レモン・テンプトかな。それかチーズ・テンプト」

ネッサは言う。「架空のね」

「それしかないんだよ」

「ええと、それじゃ、チーズ・テンプトをふたついただくわ」

「ごめん、チーズのは食べちゃった。レモン・テンプトしか残ってない。うーん、この紅茶おいしい」そのとおりだ。あたたかく、スパイシー。レイが贅沢にもショウガの根の汁を数滴加えてくれたのだ。気の利いた金属製のホルダーのおかげで、指先を火傷せずに両手でカップを持ってまた下ろすことができる。エルフィーは緑色のカップ、ネッサは黄色のカップ。

「まさに世界で一番おいしい紅茶だね。そうでしょ」退屈そうな口調でわかりきったことを述べる。

ネッサは自分の紅茶を見つめる。やがて、「知ってると思うけど、あたしはカップを持てない」と言って、遊びの雰囲気をいくらかぶち壊す。

「お茶会ごっこなんだよ。レモン・テンプトだって本当はない。ネッサもお茶を飲むふりをして」エルフィーはもうひと口飲む。「ああ、何杯でも飲めそう」

「エルフィー」

「カップに呪いをかけて、口元に持ってくれば？」今、エルフィーは脅すような口調になっている。「自分には力があるってわかってるんでしょ。埋め合わせとして与えられたんだよ。それか、呪いをかけられる力があるってふりをすればいい。どうなるかな。ほら。やってみなよ」

「ゲームはするけど、そんなゲームはいや。第一に、パパが許さないよ。魔術っていうのは、ええと、まやかしの宣伝活動で、魔術が存在する場所は危険だってパパは言ってる。名もなき神のルールに反する。あたしはやらない」

　ふたりは汚れた小さなタオルの上で見つめ合う。少女たちは初めてのお茶会遊びをしながら、同時に成長し、大人になっていく。ふたりともそれを感じているが、はっきりと認めるまでにはいたっていない。高揚しながらも危険。協力しながら反目している。茶会というのはあまりに危ない賭けだ。

「もう、わかったよ」エルフィーはネッサの唇のあいだにどぼどぼと紅茶を注いで飲ませてやる。舌を火傷すればいい。ちょっとだけ。

　朝になり、悪意のある別の小妖精が、ティーセットを安全にしまっておいた高い棚に上って、すべて――四枚のソーサー、四つのカップ、四つの金属製のホルダー、ポットとふた――を床に落としていたことが明らかになる。磁器はカラフルな破片となって散らばっている。金属製のホルダーは曲がっているが壊れてはいない。しかし、中に収めるものはひとつも残っていない。

　ティーセットが勝手に持ち出されて壊されたという噂が広まると、持ち主の甘やかされた子供の家族が手がかりを追ってエルフィーの仕業だと突き止め、損害賠償を請求する。エルフィーは学校での聴講を禁止され、フレックスはティーセットの弁償を求められる。あの貴重なおもちゃは、エメラルド・シティからはるばる取り寄せたもので、一カ月分の給料に相当した。ネッサは学校に残ることを許される。真珠層のように嫉妬と憎悪と失望と憤怒の色が塗られ、黄金で縁取られたティーセットを、ネッサが持ち去れたはずがない。

「ぼくじゃないよ」シェルがそう言ってから、無邪気に目を丸くする。あまりに大きく目を見開きすぎて説得力がない。「あの〈コビトグマ〉たちかもね。復讐に来たんだ。そう思わない？」

「死んだって言ったよね」エルフィーはおどけた口調で、けれど脅すような低い声で言う。

「あいつらを捜して丘に登ったときに、茂みの中でうなってるのをたしかに見たんだ。でも、出てこなかった。だから死んだと思うけど、そうじゃないのかも」

「丘には行ってないでしょ。あんたはまだ五歳で、ひとりじゃ家の外の厠にも行けないくせに」

「年上のお兄ちゃんたちと一緒に行ったんだ。熊たちを、ええと――見つけたいって言うからさ。ばあやは毎朝、エルフィーたちが布教活動に出かけたあとで眠りこけてるんだ。ぼくがどこで何をしてるか、エルフィーは全然知らないだろ」

落胆のあまり、エルフィーは弟を殴ることができない。割れたティーセットの破片をとっておこうという気にもなれない。すべて壊れた。すべて。憂鬱な気分で黙りこみ、今まで学校の授業で習ったことを復習する。自分には授業という楽しみがあったのに、どうしてあの気取ったおもちゃに惹かれてしまったのだろうか。これからどうすればいいのだろう。

被害者を、あの泣き虫の生徒を責めたくてたまらない。そもそもあの甘やかされた子供が学校にくだらないお茶会セットを持ってこなければよかったのだ。全部あのばかな少女のせいだ。だとしても責任は自分にある。

スキーオティがまだいるとして、見つけられればいくらか慰めになるだろう。

学校からは追い出されたが、朝の集会での聖歌の先唱者としての役目は解任されていない。学校はフレックスに集会を開く場所を貸す代わりにまだ使用料を徴収しており、会衆を集めるにはエルフィーが必要だ。仕事をするよりほかない。すぐ近くで行われている授業の世界からは追放されてしまった。エルフィーなしで授業は進む。気分が落ち込むほど、エルフィーの歌は力強くなる。

心の傷がこう告げている。「誰もあたしたちにおもちゃをくれなかった。一緒に遊ぶものがないのに、どうやって姉妹になれる？」不合理な結論かもしれないが、傷つくと合理性の許容範囲は広がるものだ。

51

だが、健全でいたい者は、ときに道を見つける。磁器のティーセットの件を除いて、人生でまだあまり喪失を経験したことがないエルフィーは、自分が望むものを自分に与えようとする。

数週間後のある日の午後、エルフィーは最初の聖歌が終わったあとで仕事を抜けたいと父親に伝える。フレックスは音楽なしで集会を締めなくてはならなくなる。なぜだ、と父親はエルフィーに聞く。エルフィーは顔をしかめて暗にほのめかす。女性特有の現象についてはあまり父親と話さないものだ。フレックスは意味を察し、エルフィーの手を軽くたたく。それで話はおしまい。

人々を集める歌が終わると、会衆は地面の上にどすんと座り、穏やかな訓戒を期待して待つ。平和を好む人々にとっては奇妙にわくわくするものなのだ。エルフィーはこっそりとその場を離れ、会衆に姿を見られないように学校の横をまわろうとする。年下の子供たちの教室を通りすぎる。ひとつの窓の前では、今ではネッサローズが恐ろしいほど熱心な表情を浮かべて聴講している。その横では、すっかり退屈しきったレイが葦でかわいい工芸品を作りながら待機している。エルフィーはふたりを無視し、窓や戸口から漏れてくる授業の音をかき消そうと鼻歌を歌う。

エルフィーは人間の行動に対する法医学的好奇心を持ち合わせていない。それよりも〈動物〉にはるかに関心がある。自分が知らないこと、あるいは知りえないことを、〈動物〉は知っているのか。妹や弟の性格について同じ疑問を抱くことはほとんどない。ネッサとシェルは、エルフィーの人生構造において単なる付属品、副産物でしかない。当たり前すぎて、目に見えない。それでも、坂道を上ってシーダーの木立へ向かいながら、エルフィーはぼんやりと考える。じたばたしている小さなシェルは本当は何者なのか、嘘とそうでないものの違いをわかっているのだろうか。その違いは誰にもわからないかもしれない。エルフィーもわかっていないかもしれない。

その疑問は先には進まないが、エルフィーはこうしてここで、三度目の丘登りをしている――事実を言うつもりだったかどうかは別として、シェルの言葉どおり〈コビトグマ〉がまだうろついているかもしれないという希望を抱きながら。驚かせてしまうだろうか？　逃亡中の獣にとってはおせっかい？　厄介者？　スキーオティは姿を消していたいと思っているだろう。もしくは、意地悪な少年たちや脅威を感じた男たちから逃げたのかもしれない。あるいは、本当に殺されてしまったのかもしれない。エルフィーには決してわからないかもしれない（実際、決して知ることはない）。

しかし、かつてロッロ・ロッロとネリ・ネリと貴重な会話を交わした場所からそれほど離れていないシーダーの木立の下で、二頭のスキーオティではなく例のパリーシ家の青年を見つける。片方の耳たぶから野菜真珠（ベジタブル・パール）をぶら下げている若者。毛布のようなものの上に座り、目の前の地面の上に本を開いて置いている。エルフィーがその姿に目をとめる前に、青年はエルフィーの足音に気づいていた。あからさまに、愉快そうに、身構えたように、エルフィーに視線を向けている。

「ここで何してるの？」エルフィーは腰に手を当てて言う。ここが自分の丘であるかのように。

「おまえを待ってたわけじゃない。でも、待ってたのかも」

「あたしはエルフィー」

「知ってる。せっかく街を離れて静かに読書しようと思ってたのに、なんで邪魔をするんだ？」

『あたしはエルフィー』って言ったでしょ。次はあんたが名乗る番じゃないの？　そういうもんでしょ？」

青年は声をあげて笑う。「筋書きに従うのならな。おまえはそういうやつじゃないと思ってた。わかった。僕はパリーシ・トール。おまえ、神聖な仕事をさぼって何してるんだ？」

エルフィーはわざわざ答えない。〈コビトグマ〉が心配なのだと言いたくないし、どれだけ可能性が低いとしても、〈熊〉たちがどこかの穴に隠れているかもしれないという話をこのよく知らない危険な若者に打ち明けたくない。スキーオティの秘密をばらすわけにはいかない。このまぬけな青年はたまたまここにいるだけだ。運命の采配で。「何を読んでるの?」エルフィーは話題を変えようとする。

「知りたいなら教えてやるけど、階級と地位についての論争だよ」

「ええと、あたしには階級も地位もないから、何とも言えない。論争って何?」

「過熱した議論のことさ。メリットを得られることもある。その熱い意見に耐えて読み進められるなら」

この青年にはどこかに行ってほしい。そうすればエルフィーは木々に向かって大声で「おーい」と呼びかけられる。「〈動物〉に階級や地位ってある?」エルフィーは思わず聞く。

「おいおい。僕は読書をしてるんだ。静かにね。討論会を開いてるんじゃない」

「残念」失礼な態度をとりたくて、また、自分ではわからない理由から、エルフィーは地面に腰を下ろす。青年の毛布の上ではないが、すぐ近くに。「ねえ。ときどき集会の後ろのほうでうろついてるでしょ。改宗したいの?」

「いいや。そうじゃない。そもそも許してもらえないよ。僕のおじさんは耳を貸さないだろうね。階級と地位。おじのパリーシ・メンガールは高官なんだ」

「すごいね。あたしの父さんは牧師。ユニオン教に改宗する気がないのなら、なんで集会に来るの？」

「おまえの歌を聴くのが好きなんだ」そう言いながらトールはまっすぐエルフィーを見る。まばたきをせず、勇敢に。その粗野な正直さにエルフィーはひるみそうになる。気の利いた返事が思いつかない。トールは哀れんでいるのかもしれない。こう続ける。「最初の頃はよく歌ってたよな。朝の長い時間、姿を消すようになった」

「あたし、その、授業を聴いてたんだ。でもだめになっちゃった」

「授業に戻りたいんだな。い、あたしを観察してたみたいね。ちょっと気持ち悪いよ、知ってた？」

トールは肩をすくめる。「僕も勉強したいんだ。だから、階級と地位についての本を読んでる。つまらない議会の仕事をしてるおじさんのあとにくっついてまわるんじゃなくて」

トールはエルフィーと同じくらいの年か、年上かもしれない。何とも言えない。エルフィーが知らないことを知っているし、エルフィーにおじけづいたりしない。家族や仲間と離れているときだけ、気さくで心が広いのかもしれない。それもすべて階級と地位。トールは煙草に火をつける。

トールは父親と似ている。じめじめした奥地でずっと仕事を続けてきた父親。マンチキンの田舎で教区を持つよりも自由なのかもしれない。離れた場所に身を置くことには利点もある。エルフィーにとっては飛躍した概念だ。ひとりの人間の経験を他の人間の経験と比べるなんて。めまいがする。

「その本に何が書いてあるか教えて。それについてどう思うかも」

ふたりは午前の半分をシーダーの木陰でだらだらと過ごす。エルフィーが立ちあがる頃には、スキーオティをびっくりさせて隠れ場所からおびき出そうという気持ちは捨てていた。この大人っぽい青年と取り交わした協定に意識が向いていた。

要領の悪い仮契約。誰が何を払って、誰が何を受け取るかもわかっていない。言葉で説明してもらっただけでなぜそれが最初の授業になったかもわからないが、ふたりとも気にしない。

エルフィーが朝の集会の始まりと終わりのあいだに何時間かひとりで過ごすことを許してもらえれば、ふたりはここで勉強会を開く。片側には段々になった棚田、下方にはパズルのピースのようなオッベルズの街があり、湖沼や水上菜園が見渡せる丘の上の、シーダーの木立の中で。ひとりが来られなくても、もうひとりは怒ったり心配したりしない。条件はそれだけ。あとはどうなるか様子を見てみよう。

そういうわけでふたりは様子を見る。実際に何を見ているのか正確にはわからないけれど。次の季節、さらにその次の季節が過ぎるあいだ——沼地の季節は月ごとにあまり変わらないが——エルフィー・スロップとパリーシ・トールはここでふたりきりの時間を過ごす。トールは自分が教えられることを教え、エルフィーは学べることを学ぶ。トールはときどき家で家庭教師に勉強を教わっていた。明晰で優れた知性を持っていて、物事を説明するのがうまい。エルフィーはぐんぐん知識を吸収していく。

エルフィーはトールのことを人間というより意欲のある蛇口だと思っている。トールを脅して協力させたのは、トールがエルフィーに色欲を抱いていることを恥じているから。だが即座にそんなことはどうでもよくなる。エルフィーはトールを人として、雄として、男になりつつある少年としてはほとんど認識していない。ただの便利なもの。のちの人生でこの頃のことを思い返すとき(そういう内省はあまり起こらないし、内省する時間もないのだが)、そもそもなぜパリーシ・トールは自分を助けてくれたのだろうかと考える。最初にウンガー・ビークシの店で会ったときは、エルフィーをばかにしているようだった。むしろ嫌っているようだった。もちろん、ときどき好奇心が嫌悪に打ち勝つことがある。もしかしたらトールにとっては戯れなのかもしれない。恋心など微塵もない。とはいえ、振り返ってみると、当時のエルフィーは恋愛感情など読み取れないし、あとになっても見抜けないのだが。自分は特に魅力的なわけでもなかった（ふん！）。魔法でとりこにしている？　いや、忘れて。自分はただの取るに足らない存在。トールが教えてくれることを理解しようとしている、不品行な学生でしかない。学生と呼べるのならだが。

だが、もっと大人になり、道徳について理解したとき――つまり、ネッサローズが死んだとき――エルファバは気づく。可能性を広げた法の中では、死は日々生きていくにつれてより避けられなくなっていく。残された日々が少なくなるほど、有益に過ごすことが大切になる。自分が吹き飛ばされる前に何かを吹き飛ばせ。それがただの無知であっても――無知を吹き飛ばせ。思いきり吹き飛ばせ。

そういうわけで、とうとうエルフィーはパリーシ・トールという若者（結局、エルフィーよりそれほど年上ではなかった）について知っている数少ないことを整理する。そもそもエルフィーはトールに興味がなかった。学びたくて仕方ないだけ。誰かが置いていったミルクに突進する、母親のいない子オオカミ。けれど決してペットにはならない。のどが渇いて死にそうなとき、引きつけられるのはミルクであって、ミルクを注いでくれる手ではない。

同じ年頃の男たちと違って、パリーシ・トールは沼に潜って野菜真珠（ベジタブル・パール）を収穫する仕事を免除されている。社会的地位が少し上で、権力のある人々とコネがあることが実際の理由ではない（とはいえ、それが害になるわけでもないが）。残念なことに、トールは肺の病に侵されているのだ。オッベルズの医師によると、トールの左の肺には空気の音が聞こえず、右の肺にはほんの少ししか聞こえない。トールは長くは生きられないというのが総意だった。収穫の仕事を免除されているのは、水に潜るのに必要なだけの空気を肺にためておけないから。自分の二倍の年齢の人よりも命の終わりが近いという理由でたいていのことを免除されており、そのことを自分でもわかっている。

そういうわけで、エルファバはのちにとうとう状況を理解し、納得する。トールがシーダーの木立でエルフィーに会って、よりよい教育の恩恵を分け与えてくれるのは、幼い恋心を抱いているからでも、遠回しに誘惑しようとしているからでもない。育ちがよすぎて口説くことなんてできないし、それ以上に、エルフィーに感じているかもしれない嫌悪感を表に出すこともできない。そう――パリーシ・トールはエルファバに何かを教えることで、自分が短い人生を終えるときに、この世界にいくらかの補償金を残していきたいのだ。

エルフィーはトールを見ない。恥ずかしかったのかもしれないし、ふたりのあいだに少し緊迫した好意があったのかもしれない。あとになっても、エルフィーにはわからない。トールはどんな姿をしている？　この先も覚えていることはあまりない。この未熟な青年のことより、沼地のマングローブの中で見かけたボブキャットのほうが、鮮明に思い出せる。トールの髪はふわふわでゆるい巻き毛か、それとも細くてまっすぐか？　カドリングの平均的な少年よりやせているか？　オッベルズには同じ年頃の少年がほとんどいないので、比べられない。体の動きは少しぎこちなく、胸郭を囲む筋肉がこわばっているかのようで、肩ではなく腰をまわして横を向く。エルフィーが覚えていることといえばそれくらいだ。

ウンガーがエルフィーに集中することを教えてくれた。ハサミと定規で、また、父親の教義よりも鋭く世界の輪郭を際立たせる言葉の正確さで。学校の教師たちは基礎知識を満たしてくれた。適切な言葉の使い方を練習して無知という霧を払い、数学という概念に名前を与える。構造を築きあげる。

パリーシ・トールは異なるアプローチをする。若いわりに、どういうわけかエルフィーに心構えを伝授してくれる——知る自由があるのに、それに影響を与えるものについてどのように考えるか。

やがて、ふたりは〈コビトグマ〉の話をする。トールは、エルフィーが他の動物に紛れて暮らしている〈動物〉のことを今までずっと知らず、そのため〈動物〉の生活に関心を持っていることに気づいていた。トールは〈コビトグマ〉についての噂をぽつりと漏らす。スキーオティはネッサを溺れさせるために水に突き落としたのだと誰かが言っていた。けれど実際には、スキーオティは水上菜園を荒らすせいで嫌われていた。あれは個人の菜園なのだ。少なくとも、菜園を作って手入れしている人間はそう思っている。

噂があるだけ。もしかしたら、スキーオティは無事なのかもしれない。エルフィーはトールの分析が暗にほのめかしていることには口をつぐむ。だがあるとき、殺されたかもしれないとはっきり言われ、この話題は二度と持ち出さないことにする。考えるだけで耐えられない。スキーオティはここにいたけれど、今はもういない。エルフィーはそれを受け入れる。子供時代が終わるまで、おそらくもっと先まで、死別の悲しみを抱いて生きることになる。〈動物〉と人間とのあいだに存在する、行動――性格――各々の絶対的本質――の変数を明らかにしたいという好奇心は、食欲のように根付き、決して消えることはない。

〈動物〉が襲われたかもしれないことについてトールが不快に思っているかどうかはエルフィーにはわからなかった。トールはただこう指摘する。〈コビトグマ〉に対して抱く好奇心が大きすぎて、エルフィーはオッベルズの他の誰よりもスキーオティに詳しくなったのだと。階級と地位！　トールはその言葉を口にしたことを後悔しているだろう。エルフィーが冗談の通じる性格だったら、おそらくジョークになっていたのだが。

　ここで要約されているほど、すべての出来事が簡潔に起きているわけではない。トールの穏やかな対話式の授業によって、エルフィーはより多くの知識を身につける。エルフィーがトールの手法を称賛し、自分の教育に影響を与えてくれたことに感謝するようになるのは、トールが死んで、エルフィーがオッベルズを離れてからずっとあとのことである。

52

　エルフィーが学校から追放されたせいか、ネッサは姉よりも自分のほうが教育に値するという態度を見せはじめる。あの嘆かわしい泥棒のエルフィー。どういうわけかよこしまな心で壊された磁器のティーセットを盗んだ犯人。まったく、恥ずかしい。色白で非難がましい妹は、大家と同じように落ち着かなげに唇をすぼめる。エルフィーの不名誉な悪事が話題にのぼるとき、ネッサは何も言わないが、事件についてどう思っているかは一目瞭然だ。

そう、たしかに話題にのぼる。今では世間から少し注目されているのだ。つまりネッサが。外の世界では、レイが付き添っているとはいえ、ネッサは自分の立場を維持し、しだいにバランスも保てるようになり、授業を理解するかぎり、部屋から部屋へ廊下を進んでいく。バランスを習得しつつある。

ネッサは、夜明けに登校して午後の食事に間に合うように元気よく家に帰るカドリング人の女の子たちのペットになっていた。皆で順番にネッサの世話をする。公共の慈善活動についての学習課題なのか、単に障害のある不格好な子と接して自己満足を得たいだけなのか、エルフィーは考えようともしない。どうでもいい。遅かれ早かれ、自由に自分の興味を追求できるようになり、つねにネッサの腕として仕える義務から解放されるかもしれない。オッベルズでのネッサの成長をねたんでいるものの、たまに支えなしで行動できそうな兆しを見せていることに安堵している自分に気づく。

ネッサにはごますりたちの機嫌を取らせておけばいい。信心深さの見本ではないか。肩にショールを巻き、目に見えない手をひざの上で重ねている。慎み深く魅惑的に目を伏せる。ときどきエルフィーは、妹から本当の感情を引き出すためだけにぶってやりたくなる。

レイ・レイラーニはネッサの社会進出におびえている。授業を受けることを認められてから、ネッサはほとんどのことを自分でできるようになってきている。一時間ほど、大家を介助役から解放しようとさえする。そのため、フレックスを二番目の夫にして、お荷物の子供たちを自分の子として受け入れようというレイのもくろみは外れてしまう。レイはやけくそになり、やさしくなったり辛辣になったりする。

フレックスはほとんど気づいていない。以前にも増してユニオン教の理解を深めようとしている。何年も前にマンチキンから持ってきた学術書をトランクから引っ張り出す。かび臭い本を日干しして、かびの胞子を払い落とし、くっついたページをはがす。信仰と教義に関する議論に夢中になる。快く受け入れてくれている会衆に役立つ資料を見つけ出したい。今や、会衆の数は何百人にのぼる――いや、百五十人か。小さな家族の生活費をまかなうのに十分な献金がある。言うまでもなく、数人の改宗者がレイ・レイラーニの片持ち梁の家に立ち寄り、調理済みの魚と青い果物を盛った皿や、二度焼きしたセロリのタルトを置いていくことがよくある。

レイは料理の贈り物に気分を害するようになる――ほとんどが色目を使う未亡人たちからの差し入れなのだ――が、レイ自身も恩恵を受けている。未亡人の蓄えは多くない。スロップ家に不可欠な付属品となり、そこから遅かれ早かれ妻になることを見込んでいた。ネッサが自分の二本の足で立てるようになろうとかまわない。世話を焼く相手なら、まだシェルがいる。レイは安定した母親候補として振る舞う。牧師は自分の息子の世話をしないものだ。街の大多数にとっての〝父親〟であるときは。

ああ、レイ。誰もが主役になれるわけではない。一家はレイの内面生活についてわざわざ推測したりしないし、私たちには時間がない。人生は急に進みはじめるものだろう？　レイは脇に立って、乾燥した手首に軟膏を塗りながら、どうすれば財産のある未亡人になれるか、どうにかして故郷で二流の市民になれないだろうかと思案する。レイについて言えるのはそれだけ。害はなく、あまり役にも立たない。

一方で、緑色の異様な少女と、より奇人になっていくもうひとりの少女は、事実を鑑みるかぎり、できるだけ上品にオッベルズの生活を切り抜ける。

ばあやは、もちろんシェルに目を光らせているが、体の痛みと病気があり、話を聞いてくれる人に愚痴をこぼしている。ばあやのひざ。若い頃には、今は亡き気の毒なメリーナをのせてあやしていたひざは、すでに年老いたひざになっている。すばやく椅子から立ちあがれないため、シェルが部屋から飛び出して悪ふざけをしに行くのを止められない。

結果として、シェルはこれまで以上に堂々と非行に走る。シェルの悪行は、不当にも大家に影響しはじめる。レイ・レイラーニが介入すべきだと、まわりから言われる。実際、よそ者や異常者を迎え入れるのであれば、レイに責任がある。レイに対する近所の人たちの評判は傾き、やがて急落する。もちろん、こんなのは公平ではない。最もスケープゴートになりやすいのは最も信頼できる公人であることが多く、今回はレイだったのだ。

だが、シェルの視点から考えてみてほしい。学校に通っているわけではない。通常、同じ年頃のカドリングの少年たちは父親にならって畑仕事か菜園の仕事をする。あるいは商売をする。父親にならって信仰という怪しげな商売をするのは容易ではない。神について、あるいは、神に押しつけられた哀れな人生の義務について、何もわかっていない活発な少年ならばなおさらだ。

シェルは、年上の少年たちと一緒に野菜真珠（ベジタブル・パール）の畑に行かせてほしいと頼みこむ。フレックスの返事はそっけない。少年たちはシェルより四つ年上だし、シェルは水中で背が立たないだけでなく、いろいろな意味で手に負えないだろう。レイがもっとやさしい言葉で媚（こ）びるように説得し、砂糖をまぶしたココナッツ菓子でごまかそうとするが、シェルはレイに唾を吐きかける。本当に唾を吐きかける。

何もすることがなく、ばあやより早く走れるシェルは、破壊行為が習慣になる。エルフィーは最初、オッベルズに初めて着いた日にシェルがばあやの制止を振り切り、こっそり父親と姉のあとをつけ、ウンガーの店の窓に石を投げたのではないかと思っていた。シェルならやりかねないが、詮索する気持ちは捨てていた。とはいえ、盗まれたティーセットを壊したのはシェルではないかとエルフィーは疑っている。ティーセットは次の日の早朝に、学校が始まる前に戻すつもりだった。あのとき、エルフィーが最初にあの素敵な代物を盗むという罪を犯したことで、そのあとに起きた破壊事件は目立たなくなってしまった。レイ・レイラーニの家にティーセットを持ち帰っていなければ、シェルが壊すこともなかっただろう。

いずれにせよ、シェルは罰を免れた。ティーセットを壊したことを誰にも責められなかったため、シェルはつけあがった。シェルは街をうろつき、別の物を見つけては持って帰り、もてあそび、粉々にした。つややかで色鮮やかな明るい破片。割れた縁からのぞくピンク色の素焼きの筋。破壊行為にともなうリスクも大きくなっていった。

最初は、沼トマトの苗を枯れ木の枝にたたきつけるだけ。赤くなりかけた丸い実が金色の種を土にまき散らす様にシェルは興奮する。あからさまな性的興奮を覚えるには幼すぎるだろうが、皮がぴんと張った実がつぶされて甘く濡れた中身が飛び出るのを見ることが、性的暴力を示唆しているとはかぎらない。単なる暴力なのかもしれない。

同じことは卵にも当てはまる。卵はまちがいなく割られたがっている。そうでなければ、なぜあれほど殻が割れやすい？

トマトや卵やクモの巣を壊すときに不満なのは、ほとんど抵抗されないことだ。シェルはレイの台所からナイフを盗み、メロンを茎から切断する。そして、人間の庭師が戻ってきて菜園を救出する前に蟻が群がれるように、ばらばらに切り刻む。まあ、このほうが満足感はある。

だが、十分な満足感ではない。

これも別の種類の呪いかもしれない。少年だけがかけることのできる呪い。物を破壊すること。

父親は深く熟考する。ばあやは一番座り心地がいい柳細工の椅子に深く腰かける。ひざの上に繕い物をのせて、勤勉なふりをしている。レイはどんどん自暴自棄になって騒ぎたてる。シェルの姉たちはレイの家の外でいろいろと偉業を成すのに忙しい。そういうわけでシェルは、天賦の才と、神の思し召しであるかのようにあっという間に磨かれた正確さで、非行に走る。名もなき神がぼくにあの山羊の放牧場の柵のかんぬきを壊してほしくないと思っているなら、なんでぼくはそういう考えを抱く？　山羊は気にしないさ。ぼくは解放者だよ、パパ。

だが、そんなことを言う必要はない。ある日の午後、山羊は野放しになり、いくつもの庭を駆けまわる。誰もシェルが山羊の放牧場にいたのを見ていない。ただ門が壊れて開いただけでは？　いや、門の樹皮にナイフで切った跡がある。悪意があった証拠だ。

その後、街から遠く離れた田舎でのんびりと休暇を楽しんでいた二頭の山羊が、シェルのナイフよりも鋭く獰猛な歯で襲われる。シェルが死骸を発見する。街の中心に戻って、悲しい知らせを伝える。誰もシェルを疑わないし、疑えない。シェルは子供だ。それに、山羊ののどについた歯形は、シェルのものではない。

スキーオティが噛んだ跡かもしれない。近くをうろついていたのだ。

さらに別のいたずらが続く。誰かのペットの猫がバケツに入れられて井戸の中に下ろされる。猫は生きているが、それ以来人間になつかない。また、四羽の鮮やかな黄色の鳥がなぜか網にかかり、細い首がねじ折られる。犯人はつぶした米粒を羽根につけて米保管所の壁に貼りつけ、言葉を書いていたが、誰も意味がわからない。血の芸術家は綴りが苦手らしい。小さなかぎ爪のついた足を伸ばして地面の上でねじれている死骸のほうが、はっきりと意味を表している。

街の人々の不満の声が大きくなる。フレックスは多発するいたずらの話を耳にする。説教の際に、野蛮行為が起きていることを悪魔の巧妙な手口に例えて語る。その後、何者かがパリーシ・トールの父親のパリーシ・マーニの家に侵入する。穏やかで愛想のいい家長であり、住民にも礼儀正しく接していたと評判だった初代パリーシの肖像画が、ナイフで切り刻まれていた。そのやさしい目は、サクランボから種を取るようにくり抜かれていた。

この件で、オッベルズの人々は魔法が関係しているのではないかと疑いはじめる。大昔に亡くなった地主の目だけを狙って奪うなどという野蛮な行為で何がしたい？　次は何だ？　次は誰だ？　希少な肖像画に描かれた目ではなく、実物の目が狙われたら？　あの山羊の目は結局カラスが食べた。他に目を欲しがるのは？　魔女は目が必要だ。監視のために。そもそも、そのために魔女はカラスを飼うのだ。

高まる脅威の勢いを最初に察知したのはレイ・レイラーニだった。感心なことに、スロップ家を放り出したりはしない。代わりに好機を見出す。しばらくのあいだだけでも、皆で街を出よう。「わたしたちが去っても破壊行為が続くようであれば」とレイは言う。「この家族の人間の仕業じゃないと証明されるわ」

「じゃあ」とばあやが穏やかな口調で言う。「あたしたちが去って、破壊行為がやんだら？」

レイはこみあげる涙をこらえる。「そのときは、わたしたちは戻ってこなければいい」

「やれやれ」ばあやは言う。「この件に『わたしたち』なんてありませんよ、よき未亡人のレイ・レイラーニ」正式な呼称を使うのは、ばあやから大家に対する今までで最も残酷な仕打ちかもしれない。「あたしたちの仲間に入ろうなんて考えないでくださいな。あたしたちがあなたを誘拐したと思われてしまう。どのみち、フレックス様がここを離れるか疑問ですけどね。罪を認めるようなものじゃないですか。フレックス様？」

フレックスは何も言わない。一方、暴力事件はいっこうにやまない——凶暴性が増しているわけではないが、警戒が緩むわけでもない。オッベルズの住民はめったにドアに鍵をかけず、ほとんどの窓は網で覆われているだけだ。それで十分ではないか。また、住民たちは概して強欲ではないので、貴重品を手元に置いている人は少ない。裕福な家にある高級品といえば、布を貼った壁板だ。枠にはめて飾るか、折り畳み式の衝立の上に飾る。その美しい品がいくつも傷つけられているのが見つかる。真っ二つに切り裂かれ、しわが寄り、その正確な切り口からは泥の漆喰や竹の破片がのぞいている。

しかし、硬貨を貯めている壺となると話は別だ。鳥が殺されたりキャベツが台なしにされたりするのとはわけが違う。さまざまな隠し場所から金が消えはじめると、世間の不満がますます高まる。あるときの集会で、エルフィーが歌で群衆の眠気を誘ったあと、パリーシ・トールとの対話へ向かうために姿を消す前に、雰囲気が変わったのに気づく。その日の献金を集める籠がまわされると、現金よりも非難の声が集まる。「あたしらの金はもう尽きかけてる」しみったれた老婆が不平を言う。「なんでなけなしの金を出さなきゃならない？」何人もの声が賛同する。いつもは従順な会衆が、今やミツバチの群れさながらに襲いかからんばかりだ。

「明日は一日、自宅で内省することにしましょう」フレックスが会衆に言う。献金用の籠のことはそれ以上言及せずに集会を早めに切りあげる。それから手を振りおろし、こっそり抜けようとしていたエルフィーを止まらせる。「家に帰るぞ、エルファバ」とぶっきらぼうに言う。「反論はなしだ。どこかの教室の邪魔をしているネッサを連れてきなさい」エルフィーは異議を唱えようとはしない。

フレックスは怒って騒ぎたてる。下宿で、レイとばあやがフレックスを落ち着けようとする。その朝、パリーシ・トールのおじのパリーシ・メンガールがレイの家に個人的に訪問してきたが、それも役に立たない。別の状況であれば、レイの人生の絶頂となり、レイは地域で一目置かれるようになっただろう。今ではスキャンダルだ。レイは高官を中に入れるが、フレックスは別の部屋にこもったきりで、権力者と顔を合わせようとしない。

「私は天から使命を受けている、あなたからではない」と怒鳴る。

「そうでしょうとも」太った役人は言う。「しかし〝天〟ではなく私が来ました。私にはここの市民を監督する権利があります。滞在客も同様です。最近この地域で起きている事件について話し合いたい。噂が流れています」

匿名の通報とは恐ろしいものだ。噂が流れて**い、い、い**ます。その気があれば、エルフィーも噂を流すかもしれない。

父親は家族が使っている部屋から出てこようとしない。大きな声で祈りを唱えながら、レイの物置の垂木の上にしまっておいた古い柳細工のスーツケースと革のトランクをどすんと床に放り出しはじめる。パリーシ家の年長者の階級と地位もここでは意味を持たず、高官は明らかに不機嫌な様子で立ち去る。

「私がいなければ、住民たちはもはや自分たちが何者かわからないだろう」フレックスは言う。それからこう続ける。「こんなにも早く最悪の結論を下すとは。私がしてきたことは無駄だったのか?」エルフィーは父親が実体のない苦情と闘う姿を眺める。現在地がわからず、方向感覚もないまま、川から立ちのぼる霧の中をさまよっているかのようだ。

ばあやとレイがおじぎをして客を見送ってから食料貯蔵室に行き、気晴らしになるように食事の準備をする。家族の部屋ではネッサが静かに泣いており、誰も鼻を拭いてやらない。エルフィーは言う。「どうすればいいか言って。何かしていたい。ここに突っ立っても仕方ない」シェルが部屋の隅に行って他の人たちに背を向けて立ち、これ見よがしに自分を罰しているが、誰もわざわざ問いただしたりしない。実のところ、スロップ家の四人とも、部屋の四隅に立って、家族に背を向け、避けられないことを無視したいと思っている。けれど荷造りをしなければならない。

レイがわざわざエルフィーの横にやってくる。「あなたがこの家族を守るのよ」とささやく。「でも、ひとりじゃできない。わたしが手伝うわ。信じて。わたしのこと、それなりに好きでしょう――それで十分よ」

「何を言ってるのかわからない。それに、なんであたしがあなたを好きなの？　説明して」

「あなたが近づいてくると道の脇によける人がいるけど、わたしは違う」レイは何度かうなずき、要点をはっきりと伝える。

「それだけで人に好かれるわけ？　石を拾って投げなかったから？」

「だいたいそんなところね。わたしはあなたの味方よ、エルファバ・スロップ」

エルフィーはかぶりを振る。「好きとか、好きじゃないとか――あたしにはよくわからない。でも、そもそもあたしには関係ないことだと思う。どいてくれる？　あたしのスカートの裾を踏んでる」

レイは足をどかそうとしない。エルフィーは同情しそうになる。感情をこめずに言う。

「あなたに羽を作ってあげたい。そうすれば、もっといい人生に飛んでいけるでしょ」侮辱されて傷ついたレイは小さく声をあげ、足をどかす。

フレックスが子供たちとばあやに、明日オッベルズを離れると言う。屈服せず、恥じることなく、市場がにぎやかな朝の時間に群衆のあいだを歩いていくのだ。自分たちが恥じていないことを証明するために。明日！　エルフィーは集めていた洗面用品をぽいと落とす。メリーナのトランクに入っていた最後の衣類に手を伸ばす。それを引き出すと、トランクの底には何年も前にママがコルウェン・グラウンドから持ってきた楕円形の鏡があった。「割りたくなければ、やわらかいものでくるまなきゃ」と父親に向かって怒鳴る。「自分で大切にしてよ。このマントはお別れのプレゼントとしてウンガーにあげる」

父親は気もそぞろで、エルフィーに反論する余裕もないが、自分の祈禱用ショールを手に取って鏡をくるむ。まだ手放せないのだ。「これはそのうちおまえのものになる、エルファバ。おまえにとって形見になるだろう。かつて母さんの顔を映した鏡だ」

エルフィーは最後の黄褐色のマントを持って足早に歩いていく。何のためかわからないが、マントは薄汚れた白い毛皮の切れ端で縁取られ、朽ちかけたシルクのはぎれで裏打ちされている。服飾店のステップを上っていくと、なじみのない心の痛みを感じるが、それが何を意味するのかじっくり考えたりしない。やることが山ほどある。

「ああ」エルフィーが服を渡すとウンガーは言う。エルフィーと何カ月も会っていなかったとは思えない態度だ。エルフィーが折よく再び現れることを予想していたかのようだ。「これはいわゆる出産用ローブだな。もしくはモーニングジャケット。運よく世話をしてくれる使用人のいる妊婦が臨月に着るものだ。ここみたいな気候の土地ではあまり見ない。オコジョの毛皮付きか。ちょっと大げさだな。もちろん、俺の勘違いかもしれないが」

「でも、欲しい？　あげるよ」エルフィーは言う。「そろそろみんなでようやくタートル・ハートの家族を探しに行くみたい。街から追い出される前に逃げるって父さんは決めてる。街の人たちが怒ってるんだ。明日の朝、出ていく」

「逃げるのは体裁が悪い」ウンガーは言う。「言いがかりに正当性を与えるぞ。それでも、親父さんは自分の家族を守ろうとしてる。俺も同じことをするだろう。ただし、これほど大げさじゃないやり方でな。ああ、これはもらっておこう。対価も払う」

「お金はいらない」

「受け取るんだ。いいか。対価は、おまえへのちょっとしたアドバイスだ」

新しい窓ガラスが取りつけられていた。母親の鏡のような楕円形だが、大きさは桁違いだ。ほぼ垂直で、下向きに少し傾いている。光がエルフィーに当たっている。哀れなほど緑色に見えているはずだ。エルフィーは石のように硬い目つきでその場にたたずむ。アドバイスは嫌いだ。「何なの」話を終わらせるためにとうとう言う。

ウンガーはカウンターの後ろにある背の高い椅子に腰かけると、胸の前で腕を組み、頭を後方に傾け、鼻柱と土色のこけた頬の向こうからエルフィーをまじまじと見つめる。耳の毛がぼうぼうに伸びている。「最近、パリーシ家に頼まれて仕事をしてたんだ」ウンガーはエルフィーに言う。「病気をかかえた若いトールがおまえの学習能力を高く評価してるってことは、あの家では皆が知ってる」

「病気?」エルフィーはそう言ってから思い出す。ああそうだ、パリーシ・トールは長くは生きられない。

「パリーシ・トールがそう思うのも驚きじゃない。俺はまちがってなかったと確信が持てた。だが、あの若い先生は俺なんかより正式な教育を受けてる。そいつがおまえの頭の回転の速さと聡明さに感心してる。結局、オッベルズを離れるのはいいタイミングなのかもしれないな」

「パリーシの家長はあたしたちを嫌ってる。そのことはわかってる」

「それは大衆向けの反応だ。未知のものに抵抗する姿を見せなきゃならん。あの男のことは気にするな。よく聞け。いいか、エルフィー、じきにオッベルズのひとりよがりの社会は、おまえみたいな好奇心や能力を持つ者にとって偏狭な場所になる」ウンガーはエルフィーがそわそわしているのに気づく。あまりに個人的な話になる前に出ていきたがっているると。「対価になったか? 母親の形見をもらうんだからな。もしかしたら、おまえを身ごもっているときに着てたのかもしれん。いずれにしろ、これでおまえは助言を得られた」

「もう行かなきゃ」エルフィーは逃げるつもりで言う。

「そうだな、行け。エルファバ・スロップ、今まで以上に、自分自身に挑むんだ。おまえはセーンスの祭り用の小さな羽を作るので忙しかった。もっと先へ進め、別の形の羽でな。シズにあるどれかの大学の入学試験を受けるといい。聞いてるのか？　俺が知ってるかぎりでは、シズはオズにおける学問の中心地だ。本物の街だ。シズに比べたらオッベルズはただの町だ。北へ何日も何日も進んだ先にある。エメラルド・シティよりも北。ギリキンにある」

「何くだらないこと言ってるの。あたしたちはタートル・ハートの遺族を見つけて、ええと、沼プラムか何かをあげるんだから」

「気の利いたことを言おうとするのはやめて、話を聞け。シズに行かせてくれと父親に頼むんだ。父親のあとをついてまわるより、もっとふさわしいことをすべきだ。ああ、もちろん、おまえは今は子供だ。いくつだ、まだ十四歳か？　十五歳か？　そのくらいか？　俺は年齢を当てるのは苦手だ。おまえも同じだろう。だが、おまえはオッベルズで過ごすあいだに変わった。自分自身の人生に飛び出す準備ができてる。今でも俺の店で働いてたら、クビにしてただろう。もっとやりがいのあることを探さざるをえなくなるようにな。父親に、あの不可解なほど善良な男に縛られるな。おまえの道は父親の道じゃないし、父親の道はおまえの道じゃない。わかるか？」

「まともじゃないね」エルフィーは言う。「父さんは絶対に許さないよ」

「なら父親には頼むな。自分で行動を起こせ」

「もう一度言うけど、まともじゃない」

「まあな」ウンガーはエルフィーに背を向け、モーニングジャケットをかかえると、忙しそうに仕事に取りかかる。「どうでもいいさ、おまえがまともに考えられるなら」

53

家の状況を考えると、戻らなければならない。だが、レイ・レイラーニ宅へ向かう前に、エルフィーはこっそり湖沼のほうへ歩を進め、途中で近道をして水上菜園を突っ切り、反対側へ出る。急ぎ足で丘を登る。いつもなら竹林や巨大なシダの茂みに隠れながら歩いていくが、今日は堂々と最短経路を進み、シーダーの木立へ向かう。エルフィーとパリーシ・トールがふたりきりで勉強していた場所。

いつもだったらトールがエルフィーを待っている。しかしおそらく、秘密の個人授業のことがおじの耳に入り、来るのを禁じられたのだろう。丘にトールの姿はない。閑散としている。

　エルフィーは湖沼から吹いてくるそよ風の中でくるくるまわりながら、沼カエデの翼果のように腕を両側に広げる。そよ風に乗って飛ぶことができる、翼のついた種子。自分に翼をつけることができたら、見つけられるかも——何を？　世界を見渡せるくらい高く飛んで、ネリ・ネリとロッロ・ロッロがどこに行ったか確かめる？　隠れているトールを見つけて、呼び出す？　さよならを伝えるだけだとしても？　自分には空を飛ぶ翼も、浮かびあがる力もない——あるのは野心だけ。

　無我夢中でくるくるまわる体操を続けるうちに、すべてがぼやけてくる。目がまわる。世界が丘の斜面に溶けて、色つきのリボンの筋となって流れていく。涙があふれ、そのまま こぼれ落ちる。痛みに耐える。痛みは役に立つ。

　止まったとき、新たな孤独感に気づく。ぼんやりしたばらばらの色の帯になっていた風景はもとに戻っていた。今ではガラスの球体のように見える。のぞきこんだりはしない。未来も過去も見ようとは思わない。自分は内側にいる。世界の内側に閉じこめられている。初めてそのことに気づく。頭上のシーダーの枝から、棚田、菜園、ミツバチの巣のようににぎやかなオッベルズ、家族と出てきてまたじきに戻ることになる沼地と川とジャングルまで。これは牢獄なのだ。空は高く青い天井で、湖沼の水は光が反射する分厚い床。

世界の内側と自分自身の内側にとらわれている。二重牢獄。決して逃げられないのかもしれない。

心の底でそのことに気づく。ここまではっきりと自分の存在について認識したのは初めてかもしれない。この気持ちが軽くなるのを待っても意味がない。人生の次の仕事は、この気持ちとともに生きること。それから、次の勇敢な事柄に取りかかること。

家に戻ると、祈禱部屋にいた父親を問いただす。エルフィーは低い声で話す。「明日ここを去るとき、本当にレイ・レイラーニも同行させるの？」と父親にたずねる。

父さんは酔っているのではないか、とエルフィーは思う。何かおかしい。控えめに言っても、打ちひしがれている。目はしょぼしょぼして充血している。反論を言葉にすることもできない。

「ねえ」エルフィーは言う。「レイが一緒に来たら、オッベルズの人たちはレイ、レイも共犯だって思うよ。二度と街に戻れなくなっちゃう。ここがレイの故郷であって、あたしたちはレイの故郷じゃない。レイのためにも、黙って出てくべきだよ。それが正しいことでしょ。レイを危険にさらすわけにはいかない」

フレックスはそれほど思い悩んでいたわけではなく、この偽善に気づく。エルフィーがこのうえなく親切なことを提案している？　フレックスは片方の眉を上げ、爪が汚れた手でひげをなでる。

「レイは自分もあたしたちの家族だと思ってるかも」エルフィーは続ける。「父さんだってそう思ってるかも。でも、違う。レイはシェルのしつけもできない。一番いいのは、朝になったらレイが起きる前にこっそり出ていくこと。知ってのとおり、レイはよく眠る。そうでなきゃ、たまに朝食を出してくれたはずでしょ。夜明け前に起きよう。今回だけはシェルも言うことを聞くよ。レイに偽の母親になってほしくない——誰よりもそう思ってるんだから」

「レイはいい女性だ」フレックスは絶望したような口調で言う。

「同行させたら、レイのいいところはなくなるよ。レイは近所の人たちの目にだけいい人に映るんだから」

「おまえは残忍で心が狭いな、エルファバ。レイに嫉妬する理由はないだろう」

「レイを同行させて、それと引き換えにレイの評判を奪ったりしたら、父さんは浅ましい人間だよ。あたしたちが出ていっても、レイはまた別の下宿人に部屋を貸せる。自分の利益のためならうまくやれる人だよ」

ふたりはしばらく見つめ合う。あまりに長い時間が過ぎるが、どちらも視線をそらさない。

半開きのドアの向こうで大家が静かにいびきをかいているときに、フレックスはメリーナの最後の形見である錦織の財布を置いていく。中には最後の家賃として小さく折り畳んだ紙幣が入っている。あとでシェルが戻ってきて現金の半分をくすねるが、フレックスは気づかない。

湖沼から立ちのぼる海のような霧の上で、家々の傾いた屋根がちらちらと瞬いている。フレックスとネッサは最後にもう一度振り返ってオッベルズを見ようとしない。プライドが高すぎるのだ。しかし、シェルとエルフィーは振り返る。どれがレイの家かわからないが、近所の木立はわかる。シェルが汚い言葉を口にする。エルフィーはシェルの手を握る。ばあやは驚くほど生き生きと歩いている。レイ・レイラーニと縁が切れた今、目的を取り戻していた。

家族の目的と快活さという、なじみのない感覚。

「シェルがやったんでしょ」父親が声の届かないところまで先に大またで歩いていくと、ネッサがシェルに言う。

「何のこと?」シェルは勇敢に、あざけるように言い返す。

「あの磁器のティーセットを割ったでしょ」ネッサは言う。エルフィーは顔をそむける。

「ぼくじゃない。ネッサがやったんだ」とシェル。「棚の上のティーセットに呪いをかけたんだろ。自分でティーカップを持てなくて、ムカついたから」

「あたしはそんなことしない」とネッサ。「それに、あたしは嘘をつかない。それがあたしの偉大な精神力の強さよ。逆説的ね。あたしは腕（アーム）がないかもしれないけど、真実で武装（アーム）してる」

「もう、やめてよ」エルフィーはつぶやく。

「もしぼくがやったのなら」シェルが言う。「きっとネッサがぼくに呪いをかけてやらせたんだ。否定できないだろ。覚えてないとしても。眠りながらぼくに呪いをかけたのかも」

傲慢な弟は姉を言い負かす。ネッサは血が出るまで下唇を噛み、ばあやが来てネッサのあごを拭かなければならなくなる。「あんたを愛さなくてもいいなら、心から憎んでやるのに」ネッサはシェルに言う。

「残念だったね」シェルは元気よく言う。他にも数々の小さな罪を犯したのではないかと責められるところだったが、うまく話をそらし、先に立ってスキップで小道を進んでいく。罪のように自由気ままに。

54

しかし、ガラスマスターのタービがウンガーの勘定書の裏に書いてくれた手がかりをたどるのは、思っていたより困難だとわかる。クモがどの糸をたどれば巣の中心の近くにかかっている朝食の虫にたどり着くか考えているところを想像してほしい。それと同じ問題だ。一家はマングローブが極めて密集して生い茂る川を探している。けれども、名前のない入り組んだ川は見分けがつかないし、定住者の集落もほとんどない。運だけがタートル・ハートの親族へ導いてくれる。あるいは、導いてくれないかもしれない。

それでも一家は進み続ける。樹皮のカヌーで、徒歩で、大雨の中を、ときには乾燥したほこりっぽい空気の中を、何日も。そして、人に会うたびに助言を求め、ときどきそれに従う。

なんとも厄介な旅だ。ひとつには、タートル・ハート、あるいはチェローナという名前は数多く存在する。小さな村落や季節ごとに移住する部族の血縁関係はまるで菌のようで、スター・チェローナや、ハート・オブ・タートル、チェローナ・ゴアー、タートル・パルスといった名前の人々がつねに現れる。スロップ家にはひとつの手がかりしかない。地図はない。

数週間が数カ月になり、さらに数カ月が続き、かつてフレックスが巡回牧師をしていたときのような貧しい生活に戻る頃、一行はあることに気がつく。タートル・ハート、あるいはスター・チェローナについて聞くのではなく、こう質問したほうがいいのではないか。姿を消した若い男を覚えていないか。ガラス吹きであり予言者でもあったハンサムな若い男。エメラルド・シティからルビーの採掘に押しよせてきた鉱夫たちについて警告した男。採掘に抗議して中止を申し立てるために旅立った男。

カドリング人は、マンチキン人と比べると概して自己中心的なので、タートル・ハートは名前よりもその性格のほうが地元の記憶に残っていた。各地域で何人かの年長者たちが思慮深くうなずく。しかし、いずれの場合もタートル・ハートは別の部族だと言われる。北上していった部族。あるいは南下かもしれない。フレックスは死ぬまで伝道以外の野心はなく、家族はフレックスについていく以外にどうすることもできないため、一家の旅は絶望的なほど成り行き任せだ。いつかはタートル・ハートを知っていた人が見つかり、何年も前にコルウェン・グラウンドの前庭で予言者が殺された件についてようやくフレックスは赦(ゆる)しを求めることができるかもしれない。あるいは、そうならないかもしれない。一方で、一家は名もなき神の御心に従う。この旅が無駄足に思えるのも、神の計画なのだろう。口を閉じて、文句を言うのはやめなければ。

エルフィーの残りの人生はこのように過ぎていったかもしれない。だがある日、蚊やブヨがうじゃうじゃ飛び交ううだるように暑い日、伝道団が歩いて新しい集落に入っていくと、聞いたことのある声が響く。けだるそうな調子で全員の名前が呼ばれる。「キャッテリー・スパンジに〝篤信家のフレクシスパー〟。それに、ちっちゃなシダの葉っぱがサヤインゲンになったね、エルフィー・ファバラ・フェイ！」刺咬昆虫に刺されないようにビーズのカーテンの後ろにしゃがんでいた人物が顔をのぞかせる。かつてのずる賢い料理人、ブージーだ。

当時はとても若かったにちがいない、とエルフィーは思う。今のブージーは中年に見えないからだ。額とあの印象的な口のまわりにはしわが数本ある。腰まわりは大きくなっているが、態度はほとんど変わらず、活気のよさが——あるいは活気のなさが——エルフィーの記憶にない記憶をよみがえらせる。けれど、未知の記憶というのは、ああ、たしかに強い。目に見えない何かに抱きあげられているような気分。

これはもしかしたら、シーダーの木立の中にいたときにこみあげてきた孤独感への解毒剤かもしれない。エルフィーにとって初めての経験。再会。

「ネッシー・ネッシー、聖なる乙女みたいに歩いてる。奇跡だね。それに、このちっちゃな王子様は元気そうじゃないか」シェルのことだ。ブージーはシェルを上から下までじろじろ見る。「あんたのせいでお母さんがあんなことになって、みんなに溺れさせられちまったかと思ってたけど」

「そうはならなかったみたいだね」シェルはあごを上げて言う。ブージーのことは知らないが、親密で危険な口調には覚えがある。

「これは驚いたな」フレックスが言う。この偶然の出来事をあまり喜んではいない。

「助けてちょうだいな」ばあやが額を拭き、虫を追い払う。「まずは、ここが沼地のどこなのか教えて」

「ああ、この場所に名前はないよ。不毛すぎる」ブージーは言う。「でも、オッベルズとクホイエのあいだのどこかだよ、だいたいね。クホイエに近いかもしれない。あっちに行くとベングダで、反対に行くと、広大な塩原と白小麦の野原がある。まだあんたの義理の家族に殺されたやつの仲間を探してるのかい？」

「ああ、タートル・ハートの親族だ」フレックスは言う。「またの名をスター・チェローナ、そう聞いた。あるいはそれと似たような名前だ」

「だったら、正しい場所に来たね」とブージー。「ちょっと前までここにいたよ。少なくとも、そいつの家族だと思う」

「知り合いだったのか？　それなのに私たちにそのことを言わなかった？」

「あたしが去ってからあんたらがどこに行くかなんて、あたしの知ったこっちゃない」ブージーは若い料理人だった頃ほど簡単にはおびえない。「それに、あんたたちのことはすっかり忘れてた」

一家はひとつだけのテントを張る。今までずっとかなり狭い空間で身を寄せ合っていたので、ばあやがブージーの小さな小屋で寝ることに同意してくれて家族は喜ぶ。子供たちもただ気分転換に小屋で一緒に寝たがるが、ブージーが認めない。「あんたたちは病気持ちだろう。うつされたくない」ときっぱりと言う。詳しく説明してくれないので、エルフィーは母斑のことを言っているのだろうと考える。明らかに姉妹にはあるし、気まぐれで問題ばかり起こすシェルの魂にも隠されているのだろう。

ブージーが出してくれた簡単な夕食――見た目はまるでスパイシーな泥のシチュー――を食べながら、計画を話し合う。一家が探している部族は――本当にタートル・ハートの親族ならば――ここから北へ半日ほど行ったところで野営している。塩原がある方角だが、それほど遠くはない。まだ移動していなければだけど、とブージーは忠告する。オッベルズやクホイエのように、テントよりも頑丈で移動させるのが困難な建物がある土地で暮らしていないかぎり、誰も一カ所に長くとどまったりしない。それでも、あんたたち伝道団の一家を案内して、用がすむまで待って、またここまで連れ帰ってあげる。だけど、あたしの家の近くで泊まるのはあとひと晩だけにしてくれ。魔女たちをかくまっていると噂されたくない。

「またか？　その魔女とやらは何なんだ？」とフレックス。「新たな忌まわしい懸念だ。私たちは名もなき神の前でこうべを垂れる敬虔な信者だぞ」

「あんたの神は見えないし、名前を与えてもやれない」ブージーは言う。「だったら、どっちに向かってこうべを垂れればいい？　そこがさっぱりわからない」

「妖精の女王、ラーライン様をお慕いする人もいますよ」ばあやが主張する。

「くだらない」とフレックス。

それでもエルフィーは、家族内の憎しみには愉快な面もあると思う。ウンガーが恋しいし、パリーシ・トールのことも恋しいと言えるかもしれない。だから、荒野の真ん中でブージーとばったり出会ったのがうれしい。ブージーがいまだに不愛想なことも！　なんて奇妙な慰めだろう。フレックスでさえ、シェルに川ブドウのワインを少しなら飲んでもいいと許可する。シェルにとって初めての酒だと思っているのだ。

過去の時間と、まだ来ぬ時間に乾杯する。ばあやが声を震わせてラーラインに捧げる聖歌をやさしく歌い、今回だけはフレックスも止めない。エルフィーにとってあえて考えうるかぎり幸福と呼べそうな状態で、一行はうとうとと眠りに就く。

もちろん、一夜のうちに世界は少しずついつもの煩わしさを取り戻す。平穏はつかの間の客でしかなく、監視されるうちに幽霊のようにこそこそと消えていく。

55

まず、誰がブージーと一緒に遠征に出るかが問題になる。目的は決まっている。フレックスとメリーナがタートル・ハートの旅を遅らせたせいでタートル・ハートは危険にさらされたのかもしれず、そのことに赦しを請うのだ。まずは、この巡礼における第一の原告であるフレックス。だが、他には誰が行く？　シェルは手に負えないし、予測不能すぎて連れていけないが、かといってあとに残してもいけない。「あたしが面倒を見ますよ」ばあやが芝居がかった口調で言う。「これまでもばあやの仕事でしたしね」旅への同行を免れてほっとしている。

フレックスはネッサに遠征隊に加わってほしいと言う。最初、ネッサは同意する。しかし、ばあやがネッサの靴を出し、ひざまずいて履かせようとしたとき、片方の靴からぎらぎら光るベージュ色のサソリが地面に落ちる。もう一方の靴からも。このことに恐れをなし、ネッサの気が変わる。従順な少女は同行を拒む（ネッサも成長しているのだ）。

「これはすべてお告げよ」ネッサは言い張る。「名もなき神が毒を持った二匹の聖なる使者を送ってきて、父さんと一緒に行くのは危険だって伝えてるのよ。命に関わるかもしれないって」

「ネッサの命？　それともあたしたちみんなの命？」エルフィーは無邪気に考えこむ。

「ちょっと意味が変わってくるけど」

「わざわざ自分の障害を見せびらかしには行かない」ネッサは続ける。「父さん、タートル・ハートが正しいときに正しい場所で死んだこととの責任を負いたいのなら、それは父さんの問題よ。あたしを連れていけば同情を誘える、そうすれば許してもらえるって思ってるんでしょう。そんなのお断りよ。このいまいましい毒の靴は履かない。あたしのことは置いていって」

ネッサの態度には獰猛なまでの説得力がある――明快さも。「こんな横柄な子に育てた覚えはない」父親はぶつぶつ言う――が、引き下がる。「では、おまえはばあやを手伝って、シェルを見張っていなさい」

「ネッサはぼくのボスじゃない」シェルが言う。どんどん威力が増していくかんしゃく玉のような八歳児。フレックスがシェルの口をひっぱたく。

「緊張してるのはわかりますけど、やりすぎですよ」ばあやがやさしく言う。「落ち着いてください、フレックス様」

こうしてブージーとフレックスとエルフィーは名前のない集落を出発し、両側に黒海藻が生い茂る道を進んでいく。なぜ自分が一行に加えられたかエルフィーはわかっている。メリーナは死んでいて、エルフィーはフレックスの長子だから。こういうときに父親を支えるのが役目なのだ。年上の子供の暗黙の義務。

道は新たにできた代わり映えしない森の中へ続いている。じめじめしていて、低木が生い茂っている。カドリングのこの地域はエメラルド・シティの技師によって干拓されていると、ブージーが言う。今ではルビーの鉱脈は掘り尽くされ、野菜真珠（ベジタブル・パール）の農園の残骸が残っているだけ。移動して暮らすカドリング人の食料である魚や水鳥はすっかり姿を消していたが、ゆっくりとではあるものの戻りつつある。「ああ」ブージーはいつものけだるげな口調でこう語る。「だけどもちろん、地下水の水位は下がってしまって、後退する川岸から出てきたのはあのパークーンティの死骸だけ」

最初、ブージーが何を言っているのか誰にもわからない。エルフィーは忘れていたし、フレックスは武装したカドリング人の男たちと対決した大昔のあの朝、ほとんど現場にいなかった。

けれどブージーはぺらぺらとしゃべり続ける。「考えてみれば、こともあろうにブージーが見つけたんだよ！　普通だったらウジどもが食っちまうけど、あの死骸には手をつけようとしなかった。だから完全に元の状態を保ってた」

「その場所はどのくらい遠いんだ？」フレックスがそっけなくたずねる。それほど興味があるわけではない。

ブージーは片方の眉を上げる。「まだ寝ぼけてるのか。自分がどこにいるかわからない？　ここが昔の川岸だよ。昨夜あんたが眠った場所は、十年くらい前にあんたが野営してた場所だ。今あたしたちは昔の川床を歩いてる。この先ではまた水が流れてて、貯水のために堤防や土手が作られてる。でも今は、あんたは水の幽霊の上を歩いてるんだ」それは事実にちがいないとエルフィーは気づく。道は下り坂になり、よろよろと先に進んでいくにつれ、より古い木々が密集する広い森が両側に現れる。

フレックスがぶつぶつ言う。「今日は私たちを困らせるクロコドリロスが出てこなければいいが」

「もう絶滅したよ」とブージー。だが、明るくこう続ける。「名無しの神に力があるなら、あんたが罪滅ぼしをすれば生き返らせてくれるかも」

三人は黙って歩き続ける。沈黙が長引くにつれ、より悪意を感じるとともに、よりありがたさも感じる。

渡船場らしき場所に着くと、三人の男が集まってしゃがみ、骨を投げたり煙草を吸ったりしている。ブージーが近づくと男たちは立ちあがる。ブージーは男のひとりをティーミットと呼び、自分の夫だとフレックスたちに紹介する。フレックスはティーミットに会ったことがあるそぶりを見せない。ティーミットは無頓着を装う。どちらも警戒している。ブージーはティーミットに賭博をやめて自分たちを川下まで送ってくれとどなりつける。ここの川は浅く、流れがゆるやかだ。「マングローブの茂みまで行く」とティーミットに言う。

「筏だ」エルフィーが青ざめながら言う──青ざめられるかぎり。「側面のある舟はないの？」

「ああ、そうだった、あんたは濡れるのが嫌いだったね。でも、この筏は高さがある」

「十分な高さじゃない」エルフィーは言う。筏はほとんど水に沈んでいて、エルフィーは乗ろうとしない。フレックスがどうにかしてくれと言い張る。そこで椅子が運ばれ、エルフィーはそこに座り、横木に足をかける。カーブを曲がるたび、川の水が船上にうっすらと流れこむ。息を止め、頭の中で算数の計算をすることで、エルフィーはなんとか耐える。

川の旅はそれほど長くない。おそらく三十分もかからない。じきに対岸に着く。マングローブが要塞のように生い茂り、その中に筏を停められるほど大きな隙間がある。「あのクロコドリロスの背中も、こんなふうにごちゃごちゃしてた」ブージーが、フラクタル図形のように複雑な渦巻き模様を描いている根や茎を手で示しながら言う。「賢いね。晩ごはんが泳いでくるまで、マングローブに擬態してたんだ」

ティーミットは筏と残り、三人は徒歩で奥地へ向かう。フレックスがやきもきしはじめる。「私がカドリングで伝道を始めたとき、タートル・ハートの部族がずっとここにいたのに、そのことをわざと私に言わなかったわけではないだろうな？」

ブージーは肩をすくめる。「ああ、もちろん違うよ。あたしたちは移動する。テントを張り、テントを畳み、またテントを張る。ルビー泥棒のせいでみんな不安になってる。これから訪ねていく部族がここに来たのはほんの一年前だ。今回はってことだけど。前にも来たことがある」

白亜層らしき岩棚に沿って坂を上り、ぐったりとしたオークの若木の木立を抜け、坂を下って小さな集落に入っていく。地面から一メートルほどの高さに竹の土台が設けられ、その上にテントが張られている。「この土地はまだ怒ってる」とブージー。「ときどき、古い川の水を氾濫させて、怒りを伝えてくるんだ。床は高いほうがいい」

「あたしには好都合だよ」エルフィーはぶつぶつ言う。「逃げ場があってよかった」

ブージーはエルフィーたちに待っているように言い、紹介の段取りを整えに行く。戻ってくると、少し酔っているようだ。赤茶色の長い額がより赤っぽくなっている。「どういうわけかわからないけど」とブージーは言う。「タートル・ハートのこと――あんたたちのタートル・ハートであれ、別人であれ――を覚えてる人がいて、あんたたちに会うってさ。ちょっとだけね。貢ぎ物は持ってきた？」

「いや」とフレックス。「貢ぎ物がなかったら、彼はどうする？」

「長老は女だよ。名前はチャロティーン。来て、ふたりとも」ブージーはフレックスとエルフィーをテントの後ろの空き地に連れていく。数人が集まっている。仕事から呼び出された男たちが、フレックスと同じくらいの年齢の女の後ろに半円を描いて立っている。女は折り畳み椅子に座り、脚を交差させている。チャロティーンにちがいない。恐れを知らない表情。髪は不自然なほど黒いが、顔には時間と悲劇のしわが刻まれている。片方の手に白い磁器の物体を持っている。ややあって、小さな猿の頭蓋骨だとエルフィーは気づく。オッベルズにいたら、羽を作るために採寸していただろう。

女長老は客たちに近づくようにと身振りで合図する。ブージーは片側に立ち、必要なら通訳をするつもりでいる。だが、何年もカドリングで暮らしてきたフレックスとエルフィーは上手に方言を話すことができる。

「説明せよ」チャロティーンが言う。その声からは疑惑しか感じられない。

「エルファバ」父親が言う。「まず歌え。それが貢ぎ物になるかもしれない」

そういうわけで緑色の少女は前に出て立つ。他に何ができる？　はるばるここまで来たのは、父親が赦しを得られるように手助けをするためだ。他に何の目的がある？　聖歌の音程を外してもフレックスは気づかないと思い、エルファバは目を閉じ、最初から大きな声を出すのは不安だったので弱々しく声を漏らす。即興で歌う。根音を軸に言葉のないメロディをメリスマ唱法でうまく繰り返す。ゆっくりと音階の幅を広げていく。ためらいがちに子音から母音を外して引き延ばす。家族の代わりに、そしておそらく全世界の代わりに、このしなびた中年の沼地の女王の前で、懇願のメロディを奏でる。慈悲を請う以外に何ができるだろうか。

フレックスは娘の本能的な行動に驚いたかもしれないが、反論はしない。感謝をこめてエルフィーを眺めているが、エルフィーは気づかない。目を閉じ、勇気を振り絞ってメロディを伝えているから。

即興曲を高くも低くもないちょうどいい音でささやくように歌い終えると、エルフィーは両手を脇に下ろす。目は伏せたままでいる。それから父親がきびきびと嘆願しはじめる。チャロティーンは誇張的な語り方を好まないだろうと思っているかのように。しかし、チャロティーンはフレックスの言葉をさえぎり、エルファバに話しかける。「歌は先祖に捧げるものだ」と印象的な女は言う。「そなたの先祖は誰だ？」

エルフィーはフレックスを指す。「父は七番目の息子の七番目の息子です」

「そいつのことではない」チャロティーンは上唇をゆがめる。この対話はフレックスに赦しを与えないかもしれないと思わせる最初の兆候。「そなたの先祖のことだ。そなたの天性はどこから得たものだ？」

「ええと」エルフィーは父親のほうを見ない。自分より娘が注目されてひどく気分を害しているのではないか。「だったら、その、母さんかな？　七、八年前に死にました」

「直近の先祖だな」チャロティーンは言う。「だが、先祖は遠くまでさかのぼる。我々は先祖を敬い、そして用心する。先祖はビーズの網で我々の魂を集め、光の中へ連れていく。そなたは奇妙な起源を持っておる」

「父さんはユニオン教の牧師で――」

「その男の話をしているのではない」チャロティーンはうんざりしたように言う。「そなたが歌ったのは弔いの歌か？　カドリングの土地のための？　我々全員のための？　そなたの歌を聴いて切望を覚えたが、何のための歌なのかわからない」今、チャロティーンの声は打ちひしがれているようだ。エルフィーが凶報を持ってきたかのように。「我は予言者である」チャロティーンは続ける。「家族のほとんどがそうだ。我々の血と命に根付いている。そなたらがタートル・ハートと呼ぶ者、我々がチェローナ・スターと呼ぶ者は予言者だった。そしてガラス吹きだった。ああ、かの者を知っていた。やさしく、気まぐれだが、脅威と扇動に気づいた。我々に警告した。ずっと昔に帝国主義者たちのもとへ向かい、軍隊を送ってあの黄色い道路を作らせるのをやめてほしいと訴えようとした。我らの足元に眠る血の結晶のために湿地帯を干拓しないでくれと。かの者は遠くへ旅立ち、二度と戻ってこなかった。土地の破壊は今日まで続いている。我々はクホイエの沼地を離れて集団で暮らしている。食料を求めて放浪するようにできている。そのほうがずっと生きやすい」

エルファバの才能と奇抜さの話からは離れており、少女はありがたく思う。一歩下がり、大きく開いた手のひらを父親に差し伸べる。

「あなたたちの仲間のタートル・ハートについて知らせがあります」フレックスが言う。チャロティーンがさえぎろうとするが、フレックスは先を続ける。「いいえ、聞いてください、予言者どの。タートル・ハートの身に起きたことは、私にも責任があります。あなたの予言者はカドリングを旅立ち、マンチキンにたどり着きました。エメラルド・シティの法廷よりも、マンチキンにある総督たちの家のほうが近いからでしょう。道中、タートル・ハートは食料を求めて奥地にある私たちの住居に立ち寄りました。私と妻の家です。石の小屋。私はそのとき留守にしていました。妻がタートル・ハートを迎え入れ、ふたりは親しくなりました。仕事から戻った私も親しくなりました。家族の一員として大切にしました」

エルフィーはチャロティーンを盗み見る。愛情の話は時間の無駄であり、あてにならないと思っているようだ。けれど少なくとも〝篤信家のフレクシスパー牧師〟の話に耳を傾けている。

「私たちのもてなしのせいで、タートル・ハートは任務を果たしに行くのが遅れました」フレックスは最後にこう締めくくる。「私たちがあれほどタートル・ハートに心を奪われなければ、妻が食事だけ出して先に進ませていれば、私があの異郷の謎めいた雰囲気に魅了されなければ、タートル・ハートはもっといいタイミングで目的地に着いていたかもしれません。人柱が必要とされたのは不運でしかなかった──小作人は干魃に不満を募らせ、家族は私と妻の決断に不満を募らせていた。そこにタートル・ハートが現れた。最悪のタイミングで。そして殺された。私にも責任があります。あれ以来、私は苦労しながら生きてきました。償いをして、名もなき神の福音をあなた方の土地に伝えようと──」

チャロティーンはフレックスの話にうんざりしていた。まわりを見ず、空いているほうの手を開いて閉じる。従者が前に進み出て、チャロティィーンの手に葦の束を握らせる。二メートルはありそうだ。チャロティィーンはフレックスに向かってうなずき、前に出るよう伝える。フレックスは従い、王族の前にいるかのように片方のひざをつく。自分の神を信頼し、あごを高く上げ、額を後ろにそらす。エルフィーが止める前に、チャロティィーンは葦で父親の顔をぶっていた。肌から血が流れ出て、玉となって伝い落ちる。「我らは許さぬ、我らは許さぬ」チャロティィーンは穏やかな口調で言う。あたかも川の商人と取引を結んでいるかのように。チャロティィーンにとってはそうなのだろう。「タートル・ハートのために赦しは与えない。起きたことはもはや取り消せぬ。我々からではなく、別の場所で慰めを見出せ。ここから立ち去れ。ここには近づくな」チャロティィーンはブージーをにらみつけ、元料理人は驚いた顔をする。「この怪物どもに協力するとは、落ちぶれたものだな。恥を知れ」だが、チャロティィーンはエルフィーに向かって一本の葦を空中で振る。ムチとしてではなく指針として。「この子は別だ。次の目的地まで無事に送り届けてやれ」

フレックスは両手と両ひざをついてうなだれており、目に血が流れこんでいる。体の傷は癒えるだろうが、その下に隠れた恥の傷は残るだろう。チャロティィーンは立ちあがり、歩き去る。誰かに渡された沼プラムをむしゃむしゃ食べながら。おそらく、辛辣な言葉を吐いたあとの口直しなのだろう。

56

いつもの気軽さで、ブージーは今住んでいる名もなき集落からスロップ家と一緒に出発することに同意する。ティーミットがどう思うかは関係ないらしい。北東へ、カドリングの首都クォイエがある大まかな方角へ一家を連れていくあいだ、留守にするだけだ。低地を抜けて、夜になると道がオイルランプで照らされる土地まで送り届ければ十分だろう、とブージーは一家に言う。エルフィーはのちに考える。おそらく、チャロティーンと呼ばれるあの意地悪ばばあが、家族をこの地域から連れ出すようブージーにこっそり命じたのだろう。もしくは、金を払ってそうさせたか。しかし、ブージーは細かいことを気にしない。少なくとも口に出したりしない。スロップ家の前では。

それからの数週間、あるいは数カ月、ブージーは一家の世話係になっていた。フレックスは自分の収入からこつこつ貯金をしてきたので、今は働いていない。人生で再び天命に対する自信が粉々になっていた。じめじめした荒地で隠遁者となり、自身の救済を求めて祈っている。あるいは、子供たちが父親の死に耐えられるほど成長するまで生きる力を懇願している。伝道集会を開こうとはしない。代わりに、家族のための食べ物はブージーに買いに行かせるか、物々交換してもらっている。また、ブージーに現金を渡し、テントではなく屋根の下で安心して泊まれるようにときどき家を借りてもらう。特に雨が多い週は。ブージーとばあやでなんとか家を切り盛りする。ブージーは簡単な手抜き料理を作り、ばあやは不平を漏らしたり命令したりする。

ああ、しかしばあやにとっても簡単なことではない。ばあやはこの重苦しい湿気で少し無気力になっているようだとエルフィーは思う。おそらく、雇い主だけでなく自分にとっても永遠の罰だと感じているのだろう。仮釈放の可能性もない。

一方、ネッサは穏やかでうぬぼれが強くなる。少なくともそう見える――実際どう感じているかは誰にもわからない。今ではより厳しく表情をコントロールできるようになっていた。

そして、親に見捨てられたかわいそうなシェル。今でも変わらず非行少年のまま。家族史にあとから付け加えられ、死んだ母親と放心状態の父親の両方に裏切られた子。心の支えがないまま成長しているのだ、とエルフィーは思う。あるとき、フレックスの貯金が入っている財布をあさっているシェルを見かける。エルフィーは弟を密告しようとするが、シェルはチュニックの中に隠したかばんから硬貨や紙幣を出して、オッベルズを出たときよりも中身が激減している父親の財布に入れているのだと気づく。おそらくオッベルズの信者たちからすった金だろうが、それでも生活の足しにはなる。

ブージーが去る前――エルフィーはこれが別れの会話になるとは思わなかったが――クロコドリロスの亡骸を記念品として渡される。「何の記念?」とエルフィーは聞く。ブージーはただ肩をすくめ、死骸を見せる。いや、骸骨ではない。ブージーは説明する。亡骸は水から引きあげられ、しばらく沼に埋められていたため、皮がなめされて、イバラの生垣のようなとげとげした鎧はしぼみ、顔をしかめて非難するような表情のまま固まってしまった。すっかり縮んでいる。あるいは、ばあやが覚えているほど大きくはなかったのだ。実際、爬虫類の革でできた手提げ袋の底にぴったりと収まっている。残酷というか、妥当というか。エルフィーはどう思えばいいかわからない。

〈動物〉に関心があるエルフィーにとって、この奇妙な記念品は魅力的に感じられる。けれど、背骨の名残りに包まれた肋骨と腐敗せずに残っている内臓の入った袋をどうやって持ち歩けばいい? ブージーはエルフィーにどうしてほしいのだろう? この生き物を生き返らせてほしいのか? エルフィーは唇をかんで考えこむ。あきらめかけたとき、木皿に盛られた米とコショウの茎を食べながら話を聞いていたばあやが口をはさむ。

「あたしが持っていますよ」ばあやは言う。「エルフィー嬢ちゃん、ばあやができるかぎり預かってあげます。そしていつか、子供時代の貴重な宝物ですよって言って、いきなり取り出してあげましょう。きっとびっくり仰天しますよ！」

「カドリングで子供時代を過ごしたことの証明になるね」エルフィーは言う。「骨と腸が入った袋。おもちゃの磁器のティーセットなんて必要ない。学校に戻って、発表会に出られたらいいのに。この軟骨を見せて、みんなに話してあげるんだ」

「いつか、それで何かを作るといい」フレックスが言う。他人の話に注意を向けているのは珍しい。

「研究してみたいな」とエルフィー。「方法がわかれば」

「ネッサにクロコドリロスの腕を作ってあげなよ」シェルが木皿から一番熟れたコショウの茎をくすねながら言う。ばあやが木べらでシェルをぴしゃりと打つ。「ネッサのために呪いをかけてやって。エルフィーは賢いんだろ、やり方を考えてよ」

エルフィーは答えない。いつにも増して自分の限界と要求を意識する。けれど自分が知るかぎり、答えは祈りや魔法にはない。どちらも自分には向いていない。頭の中の悩みがどんどん重くのしかかってくる。そのときもその後も、若い時代を生き抜こうとしている以外に自分が何に苦しんでいるのか言葉にするのは難しい。もっと多くのことを知りたい。どれだけつらい思いをしても。知らないという状態は我慢できない。ウンガー・ビークシとパリーシ・トールは多くのことを知っていて、エルフィーの中に欲求をもたらした。それを満たしたくてたまらない。だが、どうすればいいのかわからない。

57

ブージーはフレックスをクホイエまで送ったあと、爬虫類の亡骸が入った袋をばあやに残して再び姿を消す。オズの下方の四分円を占めるカドリングの首都クホイエ。長い放浪の旅のあいだにスロップ家はかつてここで暮らしていたこともあるが、エルフィーはほとんど覚えていない。クホイエの広さはオッベルズの四倍、六倍、八倍はある。にぎやかな通りの利点は、歩行者の気をそらす騒ぎが多いことだと、エルファバは気づく。通りを歩いていても、せいぜいちらりと視線を向けられるだけだ。まあ、見たまえ。他のマンチキン人たちが商いをしている。現地のカドリング人より色白で背が高い。さまざまな伝統衣装を身につけた人、さまざまな顔立ちや肌の色をした人、ときにはさまざまな訛りやさまざまな言語を話す人もいる。たしかに緑色の人間はエルフィーだけだが、通りには他に目を引くものがたくさんあるので、緑はそれほど目立たない。

フレックスはクホイエでまた伝道集会を開こうとするが、あまり成果がない。やる気がないのだろう。もしくは、クホイエの人々はすでに悟っているのだ。先祖を崇拝する土着信仰においては、自分を生かすだけで十分なのだと。いずれ時が来たときに自分たちが先祖になれるように、人生をまっとうすればいい。

シェルはにぎやかな路地や活気のない市場を利用する。今までにないくらいすばやく人ごみに姿を消す。大きな街では、ポケットに手をすべりこませるのはたやすいことだ。もうばあやの手には負えない。だがばあやの年では、シェルの違法行為をやめさせようと市場の屋台のあいだを追いかけまわすのは無理というものだ。

それからネッサ。かわいそうなネッサ。靴の中からサソリが出てきたせいですっかりおびえきっていたが、かえってよかった。素足で歩くようになり、腕が切り落とされたような外見のおかげで聖人像そっくりに見える。最も顕著なのは謙虚さだ。少しそっけない態度をとるのをなんとなく楽しんでいるようにも見える。エルファバには理解できないものの、性格に関する奇妙なメカニズムについては、他の事柄と同様にあまり意味がない。肺がどのように機能するかとか、心のこと、魂はどこにあるかなど。魂の存在を信じるならだが。もし存在するなら、〈動物〉にも魂があるのだろうか？　もしないのなら、それはなぜか？　父親の説教はどれもこの疑問に触れておらず、そのことがエルフィーは納得いかない。

翌年の秋のどんよりと曇った午後、エルフィーは洗濯用たらいの上で説教をする父親のもとに数少ない聴衆を集めるべく、おざなりに歌を歌ったあとで、家に帰るところだった。頭の中では薬草と音楽と説教のことを考えている。通りすがりの馬車が跳ね飛ばした水たまりの水を避けようと後ずさったとき、肩甲骨を突かれる。邪魔者に文句を言おうと振り返る。夕食のポタージュに使うタマネギを持って帰らなければならない。ばあやが待っている。

そこには、印象的なデザインの上質なマントを羽織った男が立っていた。見覚えのない男だが、マントの襟元はオコジョの毛皮で飾られている。エルフィーの心臓が高鳴る。

「わたしに何の用?」ウンガーじゃないと気づくやいなや、怒鳴りつける。

「きみを知っている」紳士は言う。まるで宮廷風の話し方と丁重さだ。「見まちがえるはずがない」

「わたしを知ってるはずない。わたしのことは誰も知らない」わたし、わ、わ、わたし自身でさえも。なぜ急に乱暴な態度になっているのか、自分でもわからない。恐怖のせいだろうか。

紳士は説明する。自分はきみの元個人教師だったパリーシ・トールのおじだと。〝きみの友人〟とは言わない。高尚な礼儀正しさ。一緒に勉強することが友情や単なる交流になるのか、エルフィーには判断がつかなかった。

トールのおじはパリーシ・メンガールと名乗る。エルファバは思い出す。オッベルズで最も影響力を持つ住民のひとり。この人が自分たちを街から追い出したようなものでは？

パリーシ・メンガールは近くのカフェで一緒にシナモンティーを飲もうとエルフィーを誘う。エルフィーはそういう店に足を踏み入れようと思ったことは一度もないが、トールがどうなったか聞きたくて仕方がない。このチャンスを逃すわけにはいかない。メンガールはほんのかすかにエルフィーに触れて、テーブルへ案内する。誰かが来て、何が欲しいかとエルフィーに聞く。

自分が欲しいものをどうやって伝えればいいか、さっぱりわからない。

パリーシ・メンガールが代わりに注文する。「家に帰らなきゃ。ここには休暇でいるわけじゃない」紅茶が運ばれてくるのを待ちながら、エルフィーはメンガールに言う。

あたたかい紅茶が運ばれてくる。針金を編んで作った渦巻き模様のホルダーに収まっている磁器のティーカップから、魅力的なシナモンの香りが立ちのぼっている。エルフィーは目を閉じて肌でぬくもりを感じるが、急に悲しみに襲われる。時は流れていき、自分の人生はほとんど残ってない。磁器のティーカップは遅かれ早かれすべて壊される。まつ毛が濡れてちくちく痛むのは、紅茶の湯気のせいにちがいない。目をぬぐう。「わたしに何の用？」とメンガールをきつく問いつめる。

メンガールはエルフィーに、トールは死んだと伝える。予想していたとおり。エルフィーたちがオッベルズを去って季節が三つほど巡ったあとで。パリーシ・トールがエルフィーのことを話すときの口調にはいつも敬意がこもっていた。そして、ウンガー・ビークシと同じように、エルフィーには出自に制限されずに羽ばたいてほしいと願っていた。

「制限？」エルファバは不機嫌になる。カチンとくる。「教えてあげるけど、わたしの母はコルウェン・グラウンドのスロップ家の二番目の継承者だった。あの家族が今どうなってるか知らないけど、一応わたしがスロップ家の次期継承者ってことになってる。少なくともね。そんな肩書は欲しくないし、必要でもないけど。でも、その、わたしはそんなに卑しい身分じゃない。制限なんてない！」

「だがきみはお父さんに育てられたんだろう？」このうえなく穏やかな当てこすりだが、やさしいためらいが感じられ、エルフィーが父親のせいで落ちぶれたと思っているのだと察せられる。フレックスはエルフィーを気にかけてこなかった。聖なる天命のせいで、娘が現実で求めていることにずっと無頓着だったと。

パリーシ・メンガールはそんなことをほのめかすつもりはなかったのかもしれないが、明確な定理の最終証明としてエルフィーの頭の中に刻まれる。急速に理解するあいだ、しばらくパリーシ・メンガールの声が耳に入ってこない。ほら、自分はほんの一瞬で成長した。苦しい。解放されることも傷をともなうのだ。

「父はできることをしてくれた。教えて。パリーシ・トールは苦しんだ？」しかしそこでかぶりを振って両手を上げ、質問を取り消す。知りたくない。「どうしてわたしを引きとめたの？　わたしを知ってるから？　だから、家族に晩ごはんを持って帰るわたしの邪魔をしたの？」

男は声をあげて笑う。「もちろん違う。きみは気が強いと聞いていたが、理由がわかったよ。いいや、ミス・エルフィー——さっき言ったように——」

「エルファバ」

「ミス・エルファバ。いいや、私がきみを引きとめたのは、偶然というのは運命と同じように正当だからだ。予言と同じように。通りを渡ろうと思って待っていたら、きみが私の前に現れた。よかったよ、まわりに注意を払っていたおかげできみに気づけた」

「そんなに難しいことじゃないはず。わたしが他人と見まちがえられることなんて、そうそうないんだから」

「だけど、きみはだいぶ成長した。オッベルズを出てから、街の人に会った？」

「いいえ」

「ほらね？　そういうわけで私たちは出会った。幸運か運命か。私は今週、オッベルズの議会の仕事で首都に来ている。そしてたまたまエルフィーの——エルファバの——物語を紡ぐ機会に恵まれた。甥はきみの物語の次の章を見ることなく死んでしまった。だが、こうして私が代わりにここにいる」

「わたしの記憶が正しければ、あなたのせいでわたしたちはオッベルズから去ることになった。違う？」

「違う」メンガールはきっぱりと言う。「私が下宿を訪ねたのは、苦情を伝える義務があったからだ。それ以上介入するつもりはなかった。だが今回は違う。いい意味で介入をしたい。さっき言ったように、次の章へ進むために」

「次の章があると思うなんて、変わってるね。わたしはこの章から抜け出せない」

「まあ、そうかもしれない。あるいは、違うかも」メンガールは身を乗り出す。「知ってのとおり、我が一家はあの服飾店の店主とよく取引をしている。ウンガー・ビークシだ。あそこで甥は初めてきみに会ったんだったね？　私たちは年に何度か店に足を運ぶ。ウンガーはしょっちゅうぼやいていたよ。きみに助言したことが現実になってくれたらいいと」

「ウンガーには関係ないことだよ。そもそも、わたしは覚えてない」

「私は覚えている。ウンガーはきみに、シズ大学の入学試験を受けるよう薦めた。正式な教育を受けていないが、熱意があって聡明だから。大学に通うことで、家族のつまらない期待から自由になれるかもしれない。そう何度も私に話してくれた。あきらめきれない様子でね。オッベルズに戻ったらウンガーに伝えてやりたい。クホイエできみに会って、この話をしたと。ここには仕事で数日いるだけだが、きみの代わりに大学に問い合わせてあげてもいい」

「父さんが許さないよ。そもそも、家族がわたしを必要としてる」

「虚勢を張るんじゃない」口調はやさしいが、メンガールはいさめるように言う。「きみは自分を知っている以上に他の人を知っているか？　私はそうは思わない。他人と触れ合って、驚きを経験してみてはどうだ？」

そこでエルフィーはこの権力者を家に連れて帰る。厩舎の上の下宿は遠くないし、まだ夕暮れでもない。きっと父親は気分を害してこのおせっかいな男を門前払いするにちがいない。そもそも部外者なのだし。

ところが、フレックスはカドリングの名士を追い払わない。オッベルズを去らなければならなくなったことに恨みを抱いているとしても、オッベルズを出たことで長年の悲願だった懺悔を成し遂げられたのだ。また、オッベルズの名高い名家の一員がわざわざ自分に会いに来てくれたことに感激したのかもしれない。

小麦のポタージュを食べていかないかと招待されると、パリーシ・メンガールは断るが、ばあやが隠し持っていたかぐわしいコーディアルを小さなグラスで一杯もらう。そんなものがあるとはそれまで誰も気づいていなかった。

フレックスは訪問者の提案と協力の申し出に耳を傾ける。パリーシ・メンガールは説明する。クホイエは国内の最も貧しい地域にある取るに足らない街ではあるが、カドリングの首都であり商業の中心地であるため、遠方のシズ大学が事務所を構えている。ここに、この街に。

エルファバはこの提案に従いたいかわからない。ネッサが口を開き、ぜひ自分が入試を受けたいと言っても。「この人はわたしと話すために来たんだよ」姉はぴしゃりと言う。

「もちろん、心配と懸念はあります」メンガールがフレックスに言う。「お嬢さんはしがない田舎娘です。大きな都市には目を引くものや奇妙なものがたくさんあるでしょう。学生の中には高貴な家柄の子も――」

「エルフィーはスロップ家の後継者だ」フレックスがむっとして言い、だらしない格好の長子をちらりと見やる。「だが、教養を身につける必要がある。母親が死んでから、手本となる者がほとんどいなかった。適切に行動できるか心配だ」

「女子の学校と男子の学校がそれぞれあります」パリーシ・メンガールは続ける。「学生の生活は厳しく監督されるので、あまり心配する必要はありません。それでも大変でしょう。ここは世界が違います。オズじゅうからさまざまな人たちが集まります。教職員には〈動物〉がいるかもしれません。それだけでも慣れるのに時間がかかるでしょう」

「〈動物〉?」エルフィーは興味を引かれる。そのことを隠そうとしない。「教育を受けた〈動物〉と——話せるかもしれないの?」

「そんなに心配することはない」メンガールは助言する。「教職や研究職に〈動物〉を雇う習慣は、今は下火になりつつある。きみに危険が及ぶことはないはずだ」

エルフィーは背筋を伸ばし、肩をそびやかす。「わかった、面接を取りつけてくれるなら、受けてみる。つまり、父さんが許してくれればだけど」

エルフィーはフレックスをちらりと見る。「もう私の許可は必要ないはずだ」フレックスは認める。「エルフィー、おまえはまだ成長していないが、退化しているわけでもない。この十六年ほど、私はおまえを生かしておくことができた。おまえは私に何の借りもない」

　どういうわけか、これまでフレックスに言われた中で最も痛烈な言葉に聞こえる。なぜ心が痛むのか、エルフィーにはわからない。きっと父親に何か借りがあるはずだ。

あるいは、ないのかもしれない。まだわからない。答えを知ることはできないのかもしれない。あるいは、どんな答えであってもそれほど重要ではないのかもしれない。

58

ある朝、エルフィーはどうしてここに来ることになったのだろうかと考えこみながら、他にほとんど人のいない静かな面談室に座っている。部屋の正面には試験監督官がいて、少し危険を感じさせる目つきでこちらをにらみつけている。「何？」エルファバは聞く。「始めて、と言ったんだ。これは時間制限のある試験だ。始めるのが怖いのかね？」「いいえ」エルファバは言う。人生のすべてが鉛筆の先で揺らめいている。「考え事をしてただけ」頭を下げ、最初の問題に取りかかる。

59

私が皆さんに語れるのはこれがほぼすべてである。

交渉、手続き、別れのあいさつ、学費についての質問。無数の結び目がほどかれ、再び結ばれる。数カ月が経ち、その日が訪れる。

ばあやはネッサとシェルと一緒にクホイエに残ることになる。ばあやは涙を流し、ネッサは見事に嫉妬し、シェルはそのすべてにうんざりし、不機嫌になる。エルファバは新調した厚い革のブーツで忙しくどたどたと歩きまわっていた。鉱夫が履くようなブーツだ。それを履き慣らす。誰が何を支払うか、エルフィーにははっきりとはわからないし、たずねない。貧しい学生のための奨学金があるのかもしれない。あるいは、あれからさらに一、二度訪ねてきたパリーシ・メンガールが、甥に敬意を表して学費をいくらか出してくれたのかもしれない。もしかしたら、ウンガー・ビークシが、かつてエルフィーが渡したパリーシ・トールの野菜真珠(ベジタブル・パール)を換金したのかもしれない。何でもいい。学費は支払われ、エルファバは気にしていない。金にはまったく興味がない。手元にあってもうれしくないし、不足していても困らない。厄介な代物でしかない。

出発前に最後にパリーシ・メンガールが訪れたとき、エルフィーに餞別を渡す。耳たぶにつけられるようにフックのようなものが取りつけられた野菜真珠(ベジタブル・パール)。パリーシ・トールが身につけていたものだ。おそらく友情の証。

エルフィーは感謝を述べるだけの作法を身につけていた——あとちょっと遅かったら、ザゼンソウ（スカンクキャベツ）のように無礼だと思われ、気分を害した寄付者によって奨学金を取り消されていただろう。だが、メンガールが去ったあと、エルフィーはぶらぶらと川まで歩いていき、贈り物を投げ捨てる。小さな装飾品はきらきら光る鋭い弧を宙に描きながら飛んでいく。友情の記念品なんて持っていたくない。野菜真珠（ベジタブル・パール）はもともと生えていた場所へ沈んでいく。友情などまったく求めていないし、義務的な愛情も欲しくない。

過去は私たちにひとつだけ約束する。私たちを見捨てるということ。私たちは孤児になる。私たちが先に過去を見捨てないかぎり。

出発の日、ばあやは我を忘れて取り乱し、涙ながらに助言と、ラーラインへの祈りと、警告と約束と不吉な予言を伝える。そしてちょうどいいタイミングで、とうとうエプロンを頭にかぶって嗚咽（おえつ）をこらえる。さもなければエルフィーが代わりに窒息させていただろう。

シェルは姿を隠して出てこようとしない。家の中にはいないかもしれない。仕方ないだろう。結局、シェルを見捨てるのだ。それでもエルフィーは平気だろう。たぶん。

だが、ネッサ。ネッサは素足で前に進み出ると、窓から射す明かりの中に立つ。下の厩舎から立ちのぼる馬糞の湯気がネッサのまわりで渦を巻いているが、どういうわけか悪臭がしない。エルフィーの胸が張り裂けそうになる。これが聖人にできることなのかもしれない。世界の本質を変えること。

「餞別をあげなきゃね」ネッサがわざと堅苦しい口調で言う。「でも、あたしには傷しかない」

「ええと、そんなのいらない」エルフィーは思わず口走る。

「心の中の傷よ」ネッサは説明する。

「ああ」外で塔の時計が鳴る。「いいよ。手当ての仕方がわからないし。でも、わたしからネッサにこれをあげる」旅行用の前掛けのポケットに手を入れ、小さな石を取り出す。手のひらに収まるサイズの、完璧な黒い卵形の石。「湖沼の近くの岸で見つけたの。何か思い出さない？」

「何かしら？」

「わたしたちが一夜で沼プラムに変えた、水の中の黒い石だよ。あの呪いはたぶん呪いじゃなかった。覚えてない？　まだ幼かったから？」

「持てないわ」ネッサは姉に思い出させる。「あたしののどに突っこんで、姉さんのために祈るのをやめさせるつもり？」

「ネッサ、あなたが捧げてくれるなら、どんな祈りも受け入れるよ。そうじゃなくて、この石は――おもしろみには欠けるけど、その、可能性に満ちてる。あなたはまだ自分の人生に魔法をかけられるんだよ、ネッサ」

「わたしは魔法なんて――」

「本物の魔法のことを言ってるんじゃない。変化のことだよ。わたしのあとに、あるいは他の誰かのあとに続いて。外に出て。あなたの番が来たら。黒い石を価値のあるものに変えてかぶりついて――沼プラムとか。例えばね。象徴だよ。わかる？　覚えてると思ったけど」

ネッサはかすかに微笑み、目を潤ませている。ありがたくない涙がこぼれそうだ。「幼すぎて覚えていなかったとしても関係ない。姉さんはあたしのためにやってくれた。あたしの面倒を見てくれた。そのことを思い出すのに〝象徴〟なんて必要ない」

いずれにせよエルフィーは石を窓台に置く。ネッサの手を握りしめていただろう――もしあれば。代わりに妹の腰に片方の腕をまわす。抱き合うのではなく、ただ一緒に歩く。黙ったまま、窓の前を行ったり来たり、日光の中を出たり入ったりする。床板の上のふたつの平行な影。

さて、次に語ることはほとんど私の憶測である。

フレックスとエルファバは馬車に乗り、オズの首都を西に迂回する田舎道を進むだろう。

フレックスはエルファバに、エメラルド・シティの罠や誘惑に触れてほしくないと言う。慎重になっているのかもしれないが、クホイエより大きな街に対する自身の不安を隠しているのだろうとエルファバは思う。マンチキン人として、再び歓迎されないよそ者として扱われるから。

オズの首都。いつかエルファバはそこに行くかもしれない。自分の力で。

しかし今は旅路を進む。フレックスは馬車の隅で祈りを捧げ、エルファバは入学審査委員会に薦められた教科書を読もうとする。こうして無言の旅が十日以上続いたあとで、借馬に引かれた未塗装の田舎の馬車は目的地に着く。シズは活気がある街で、すがすがしく、太陽の光が降り注いでいる。空気は乾燥しており、湿気の中で育ったエルファバにとってはほとんど初めての環境だ。高くそびえる木々は枝を遠くまで伸ばし、たっぷり茂った葉はしなやかで小さい。枝のあいだに風が吹くと、湿った空気ではなく乾いた空気が流れ、まわりでカサカサとにぎやかな音を立てる。

新入生の歓迎会が開かれるホールまでの行き方はシズ大学から案内書が届いていたので、御者が戸惑いながら街の大通りや小道に馬車を走らせ、ついに到着する。いかにも印象的な正方形の御影石の建物が、色鮮やかな赤や黄色の葉が散らばる芝生のナプキンの上に鎮座している。ここでは緑の木々が色を変えるのなら、わたしも変われるかもしれない、とエルファバは珍しく比喩的に考える。

父親が、馬車を降りるエルファバに手を貸す。いつもうひとりの娘に手を貸しているので慣れたものだ。エルファバは涙をこらえるが、フレックスは鼻をかむ。それからエルファバの手提げかばんを下ろす。また、母親の古いトランクを使ってもいいとエルファバに許可していた。かつてこのトランクにはメリーナのあらゆる服が入っていた。それと楕円形の鏡も。今や衣類はすべて手放されていたが、鏡はエルファバの畳んだ服や文書やエルファバが自分で手に入れた本の底に埋もれている。

「おまえには家族がついている」父親が言う。「この教育がうまくいけば、おそらくいつかネッサも大学に通わせてやれるだろう。手紙を書いてくれるか？」

エルフィーはあたりを見まわす。他の学生たちが集まっている。歩道には、暗い色の学者用ローブを身にまとった三人の威厳のある年上の男性が立っていて、さらには――ああ、ラーラインよ！――後ろ足でバランスをとっている〈山羊〉らしき生き物が、正装している〈猿〉と何やら話し合っている。一行はこちらを向き、冷たく懐疑的な態度でエルフィーをじっと見る。うまくいくはずない。馬車に戻って、沼地に帰るべきだ。父親の手をつかもうとする。

そのとき別の馬車が到着し、五人の教授らしき者たちはエルフィーをじろじろと眺めるのを中断する。教授陣はくるりと向きを変え、エルフィーの視界をさえぎる。よく見えないが、光り輝く存在が到着したようだ。トリルのように声を震わせながら、馬車から降りて姿を現す女子学生――自分自身の能力に満足しているかのように高らかに言い放つ――「着いたわ、ひとりでちゃんと来られたわよ、駅からまっすぐね、先生、想像してみて！」魅力的な新入生に人々の注意が向いたことは拍子抜けだが、ありがたい。この機にエルフィーは深呼吸をして勇気を奮い起こす。

鋭いあごを新入生たちからそらす。学生たちと触れ合う時間は十分にある。

「ばかなこと聞かないで。もちろん手紙を書くよ、父さん」

「ひとつ助言を」

「いいえ。ありがたいけどいらない。父さんがわたしに教えられることは、すでに教えてもらった。絶対に忘れたりしない。でも、わたしは他のことを学ぶためにここに来たの」

エルフィーは一歩下がる。父親にキスをせず、抱きしめもしないが、父親の前腕にそっと触れるだろうと私は想像する。フレックスは、敷石の上を重い足取りで歩いてホールの正面階段へ向かう娘を眺める。なんと急ぎ足か。フレックスの気が変わるとでも思っているのか！　建物の高い窓は輝き、奇妙な薄い雲が浮かぶ砂糖漬けのような青空を映している。慣れない気候の異郷の空。いつかエルフィーの空になるだろう。今はここで、牧師の娘にふさわしく、人目を引かない旅行用のワンピースに身を包んで立っている。エルフィーの目の前でホールのドアが開く。エルフィーは振り返らない。これから起こることはエルフィーの物語であり、フレックスのではない。フレックスはきびすを返し、エルフィーは前に飛び立つ。

なんにせよ、私はこのように想像する。だが、私に何がわかる？　これはすべて憶測である。今まで目撃してきた初期の年月の大まかな出来事から導き出された評価。私たちは湿った風であり、けだるげに光り輝く川であり、もしかしたら、占い玉であり、幽霊〈猿〉なのかもしれない。眺めている。暗い過去から緑色の夜明けに向けて眺めている。この先どうなるのか、固唾（かたず）をのんで見守っている。

解 説

本書『ウィキッド・チャイルド』は、グレゴリー・マグワイアによる*Elphie: A Wicked Childhood*（2025）の全訳である。

アメリカ児童文学の古典『オズの魔法使い』（一九〇〇年、ライマン・フランク・ボーム著）に着想を得て、ふたりの魔女の若き日の出会いを描いたのが『ウィキッド』だった。そこからさらに時間をさかのぼり、この『ウィキッド・チャイルド』はのちに〝西の悪い魔女〟と呼ばれることになるエルファバ（エルフィー）の幼少期を描いている。三歳から十六歳まで、エルフィーが運命と向き合いながら成長する姿を感情豊かに綴っている。

小説『ウィキッド』を原作としたミュージカルは、アメリカ、日本をはじめとする世界各国で愛されている。さらに、二〇二四年には、ミュージカルを原作とした映画『ウィキッド ふたりの魔女』が公開された。監督はジョン・M・チュウ、主演はシンシア・エリヴォ（エルファバ役）とアリアナ・グランデ（グリンダ役）。アメリカをはじめ世界各国で大ヒットとなり、第九七回アカデミー賞では衣装デザイン賞、美術賞を受賞し、大きな話題を呼んでいる。日本では二〇二五年三月七日から公開され、早くも多くのファンを喜ばせている。

この世界的に愛される物語は、一九九五年にマグワイアが発表した小説『ウィキッド』（市ノ瀬美麗訳、ハヤカワ文庫NV）からはじまった。それから約三十年を経て、本書では、これまで断片的にのみ描かれてきたエルファバの少女時代がついに正面から描かれる。私たちの知る、頑なで生真面目、勉強熱心で、〈動物〉への共感と正義感に満ち、そして傷つきやすいエルファバは、どのような子どもだったのか。

日本よりもひと足早く刊行されたアメリカでは、こう評されている。「マグワイアの語り口は魔法のように魅惑的で、長年描き続けてきたオズの世界の驚異に満ちている。彼の小説やブロードウェイミュージカルのファンにとって必読の一冊だ」（Publishers Weekly）

エルファバの覚醒の物語

オズの国の南部にあるカドリング。生まれつき緑色の肌をもつエルフィーは、その異質さゆえに家族のなかで孤立して育つ。伝道者として厳格な信仰に生きる父フレックスと、マンチキンの総督の孫である母メリーナは、生まれつき障害をもつ妹ネッサローズばかりを気にかけた。居場所のないエルフィーは、自然のなかで過ごす時間が増えていく。

ある夜、エルフィーが口ずさむ子守歌に誘われるように、幽霊猿（ポルターモンキー）が現れる。その猿オポロスは「おまえが歌で呼び寄せているんだ（…）おまえの声が好きだ」と言う。言葉を話す〈動物〉との出会い、自らを認めてくれる言葉は、エルフィーの心に刻まれた。

やがて、父の伝道活動のために一家でオッベルズへ移り住んだ。エルフィーはもう一つの運命的な出会いを経験する。ネッサローズが水上菜園に落ちたとき、水を避けるエルフィーは助けることができない。そこへ突如現れ、ネッサローズを助けてくれたのは、言葉を話す〈コビトグマ〉たちだった。

エルフィーは気づく。自分の知る世界は、父親の教えてくれた世界は、ほんの一部にすぎない。言葉を話す〈動物〉たち、広大な未知なるオズの国、自身がもつ歌の力――あたしはここに縛られなくていいんだ。この出来事は、やがてエルフィーをシズ大学へ、そしてグリンダとの出会いへ向かわせる。

著者が込めた思い

グレゴリー・マグワイアは、一九五四年、ニューヨーク生まれ。小説家。一九七八年に

児童書 *The Lightning Time*（未邦訳）でデビュー以来、子ども向けと大人向けの作品を数十作執筆。児童文学の古典『オズの魔法使い』に着想を得て、前日譚である『ウィキッド』を一九九五年に発表。その続きとして、エルファバの息子の物語 *Son of a Witch* (2005)、臆病ライオンを主役にした *A Lion Among Men* (2008)、そして *Out of Oz* (2011) を〈ウィキッド・イヤーズ〉四部作として刊行した。さらに、エルファバの孫娘を描いた *The Brides of Maracoor* (2021)、*The Oracle of Maracoor* (2022)、*The Witch of Maracoor* (2023) を〈アナザー・デイ〉三部作として刊行している（以上、未邦訳）。

マグワイアは、『ウィキッド』の執筆時に長くなりすぎたためカットせざるを得なかったエルファバの幼少期のエピソードをもとに、本作を執筆したという。しかし、大半は新たに考えられたもので、エルファバや、ネッサローズ、両親をより人間味あふれる存在として描き出した。『ウィキッド』の出版から三十年、作品が広く知られる存在となった今、その幼少期を描くことは、マグワイアにとって新たな使命となったという。「エルファバは私の頭の中から現れました。それが彼女という存在であり、出発点です。彼女は変化してきたでしょう。ウィニー・ホルツマン（『ウィキッド』ミュージカルと映画の脚本を担当）やスティーヴン・シュワルツ（ミュージカルの作詞・作曲を担当）によって再解釈され、イディナ・メンゼル（ミュージカルでエルファバ役を演じた）やシンシア・エリヴォ、そして私が敬愛する多くの素晴らしい俳優たちによって演じられてきました。私は彼女たちを心から尊敬し、それぞれの解釈を愛しています。しかし、それでもエルファバはまず、私の頭の中にいるのです。ついに決心しました。『自分が死ぬ前に、虹の彼方に行く前に、私自身のイメージを作品として残そう』」（Broadway World）と語っている。

マグワイアはこうも言う。「私はいまだにエルファバというキャラクターについて考えつづけています。彼女は今もなお、私にとって謎のままです。皆さんが私にとって謎であり、私の夫や子どもたちが私にとって謎であるのと同じように。私たちはお互いにとって謎の存在なのです。だからこそ、ただ一度『こんにちは』と言って、それきり荒野へ去るなんてことはしません。寄り添うことで、お互いを知り、思いやる方法を探しつづけているのです。私は今もエルファバのことを気にかけています」（Paste Magazine）

二〇二五年三月

（早川書房編集部）

本書は、訳し下ろし作品です。
翻訳協力：株式会社トランネット

上

ウィキッド
誰も知らない、
もう一つのオズの物語
早川書房
WICKED
グレゴリー・マグワイア
市ノ瀬美麗 訳

訳者略歴　翻訳家　訳書『ウィキッド』マグワイア（早川書房刊），『クィア・ヒーローズ』シカルディ，『Find Me』アシマン，『あなたの笑顔が眩しくて』バンクス他多数

HM=Hayakawa Mystery
SF=Science Fiction
JA=Japanese Author
NV=Novel
NF=Nonfiction
FT=Fantasy

ウィキッド・チャイルド

〈NV1539〉

二〇二五年四月十日　印刷
二〇二五年四月十五日　発行
（定価はカバーに表示してあります）

著者　グレゴリー・マグワイア
訳者　市ノ瀬美麗
発行者　早川浩
発行所　株式会社 早川書房
郵便番号　一〇一 - 〇〇四六
東京都千代田区神田多町二ノ二
電話　〇三 - 三二五二 - 三一一一
振替　〇〇一六〇 - 三 - 四七七九九
https://www.hayakawa-online.co.jp

乱丁・落丁本は小社制作部宛お送り下さい。
送料小社負担にてお取りかえいたします。

印刷・中央精版印刷株式会社　製本・株式会社フォーネット社
Printed and bound in Japan
ISBN978-4-15-041539-6 C0197

本書は活字が大きく読みやすい〈トールサイズ〉です。